目次

登場人物紹介

高城《たかしろ》賢吾《けんご》…………失踪人捜査課三方面分室の刑事
阿比留《あびる》真弓《まゆみ》…………失踪人捜査課三方面分室室長
明神《みょうじん》愛美《めぐみ》…………失踪人捜査課三方面分室の刑事
醍醐《だいご》塁《るい》…………同上
森田《もりた》純一《じゅんいち》…………同上
田口《たぐち》英樹《ひでき》…………同上。警部補
小杉《こすぎ》公子《きみこ》…………失踪人捜査課三方面分室庶務担当

花井《はない》翔太《しょうた》…………東京栄耀《とうきょうえいよう》高校三年生。パイレーツ入団が決まっている
花井信也《しんや》…………翔太の父
花井仁美《ひとみ》…………翔太の母
飯田《いいだ》浩太《こうた》…………野球部員。翔太のチームメイト
平野《ひらの》…………野球部の監督
布施《ふせ》泰治《たいじ》…………翔太と中学時代バッテリーを組む
杉山《すぎやま》学《まなぶ》…………パイレーツのスカウト
高嶋《たかしま》水穂《みずほ》…………翔太の同級生
秋庭《あきば》香織《かおり》…………水穂の親友

高木《たかぎ》幸一郎《こういちろう》…………恵比寿駅前の交番勤務。行方を眩ます
法月《のりづき》大智《だいち》…………渋谷中央署警務課
長野《ながの》威《たけし》…………警視庁捜査一課の刑事

牽制

警視庁失踪課・高城賢吾

1

閉塞《へいそく》感と開放感。

アクアラインの最初の料金設定をした人間は馬鹿だが——確か初期は、片道三千円したはずだ——設計者は天才ではないか、と私は感心した。この道には、走る喜びがある。

川崎側からアクアラインに入ると、いきなりトンネルだ。数キロは、そのまま人工的な光の下でのドライブが続き、次第に不安が募《つの》ってくる。長大なトンネルには、逃げ場がないからだ。その不安感に耐えられなくなった頃、前方に見えてくる細い光。海ほたるのところで海上に出ると一気に空が広がるが、しばらくは高架道路の上を走っているようにしか感じられない。しかしやがて、真っ直ぐな道路は緩やかな下り坂になり、左右に東京湾が開ける。道路は海面すれすれの高さにまで下がり、海の上を低く滑空《かっくう》していくような気分が味わえるのだ。こんな道路はあまりない。

晴れた一月の朝。薄青い空は高く、車の窓を開けると、身を刺すような寒気と強い潮の香りが車内を吹き抜ける。眠気を追い出し、ぴしりと背筋を伸ばさせる冷たさは、ある意味心地好い。

だが今の私は、この心地好さを素直には楽しめなかった。行き先のことを考えると……拳《こぶし》で唇を擦《こす》ると、かさかさに乾いているのが分かった。このところ酒は控《ひか》えていて、朝の調子もいいのだが、さすがに寝不足は応《こた》える。昨夜《ゆうべ》もほとんど眠れなかったのだ。こんなことが今まで何度あったか。そして、いつまで続くのか。

背広の内ポケットに入れた携帯電話が鳴り出した。反射的にダッシュボードの時計を見ると、間もなく午前八時。何かが動き出すには早過ぎる時間で、嫌な予感に襲われた。着信を確認すると、番号表示がない。規則は無視して右手でハンドルを保持したまま、電話を左耳に押し当てた。

「高城《たかしろ》さん？　高城賢吾《けんご》さんですね？」少し震えるような若い声だった。

「そうです」

「内房中央《うちぼうちゅうおう》署の桜田《さくらだ》です」

「ああ、どうも」それだけで事情が分かった。内房中央署とは、昨夜から何度かやり取りをしている。主な相手は刑事課長だったが、彼は私が現地に赴《おもむ》くと告げると、「若い刑事をつける」と言ってくれた。その「若い刑事」が、桜田という男なのだろう。捜査の最中に申し訳ないと思ったが、事情が分かっている人間と話ができるのはありがたかった。

「忙しいところ、申し訳ない」運転しながら、私は自然に頭を下げていた。

「いや、大事なことですから」桜田が遠慮がちに言った。「今、どの辺ですか？」

「ちょうどアクアラインを抜けたところだ」

「直接署に来られます？」

「ああ」私は唾《つば》を呑《の》んだ。署へ行けば、遺体と対面することになる。何度も経験したことだが、その都度精神的にかなりのダメージを受けていた。こんなことがずっと続くと、自分がどうなってしまうのか、想像もつかない。

「だったら、館山《たてやま》自動車道を富津《ふっつ》中央《ちゅうおう》で降りて下さい。そこからなぎさラインを真っ直ぐ南へ走って、五キロぐらいです。そのルートが一番早いですから」

「分かった、ありがとう」

「あの……まだ何も分かってませんから」

「ああ」桜田にすれば、精一杯の慰《なぐさ》めだろう。唾を呑んだが、喉の奥に引っかかる感じが残った。「忙しい時に面倒かけて、申し訳ない」

「とんでもないです。何か、お役に立てればいいんですが」

「十分助かってるよ……じゃあ、運転中だから」

　携帯電話を背広のポケットに落としこみ、両手でしっかりとハンドルを握る。アクセルを踏みこみ、マークXに鞭《むち》を入れた。タコメーターの赤い針が一瞬で跳ね上がり、ついで急激に下がる。しかし、まさか車を買うことになるとは……酒呑みの自分が運転するのは、覆面パトカーだけど思っていたが、あちこちへ飛ぶ機会が増えてきて、自分だけの足が必要になったのだ。酒を控えているのも、いつでも素面《しらふ》で動けるように、と考えてのことである。

実際、夜中の二時に知らせを受け、そのまま松本《まつもと》まで車を飛ばしたこともある。片道三百キロぐらいまでは、車の方が便利だった。中古でこの車を買って一年ほどで、既《すで》に一万キロ以上走っている。マークXは色気もクソもない車だが、安楽に早く目的地に到達するためのマシンとしては、そこそこ優れている。

相変わらず、空は青く高い。甲高《かんだか》いノイズが途切れないのは、風がずっと強く吹き抜けている証拠だ。内房の下の方——木更津《きさらづ》から南は基本的に古い港町、あるいは農業地帯で、どこへ行ってもこういう強い風が吹いていることは容易に想像できた。周囲を見れば、住宅よりも、薄茶色になった水田の方が目立つ。風を遮《さえぎ》る物がまったくないのだ。

こんな場所のはずがない……自ら姿を消した失踪《しっそう》者が隠れるのは、圧倒的に都会が多い。人が多ければ多いほど、目立たなくなるからだ。だが娘の綾奈《あやな》は、自らの意思で姿を消したわけではない……ないはずだ。小学生になったばかりの娘に、そんなことができたわけがない。

とにかく行くしかない。行かなければ分からない。

だが、行きたくない。

どうしてこんなことを始めてしまったのか、と思う。関東近郊で身元不明の若い女性の遺体が見つかった時、できる限り現場に赴く。一刻も早く確認して……それは、明らかに捻《ねじ》れた形での焦りだ。娘の遺体かどうか確認する——そんなことのために車を走らせている自分は、いったいどういう父親なのだろう。

内房中央署は、なぎさライン——走っているうちに国道一二七号線の別称だと気づいた——沿い、湊川《みなとがわ》のすぐ近くにある。三階建ての古い建物で、元々白かったはずの壁はかなり汚れていた。入口脇の駐車スペースが開いていたので、そこにマークXを停め、車を降りて深呼吸する。冷たい空気が肺の中に入りこみ、長いドライブで疲れた体を瞬時に癒《いや》してくれた。

桜田は、わざわざ庁舎の前まで出て、私を待っていてくれた。小柄な男で、腰回りなどは少年のように細い。これでよく警察の仕事に耐えられるものだと思ったが、顔つきが案外頑固そうなので、精神力できつい場面を乗り越えてきたのだろう、と私は想像した。

「お疲れ様です」丁寧《ていねい》に頭を下げる。いかにも硬そうな髪をかなり短く刈りこんでいるので、ブラシのような髪型になっている。

「わざわざどうも」

私は表情を引き締め、冷静になれ、と自分に言い聞かせた。遺体の顔を見る直前、鼓動は胸郭《きょうかく》を打ち破りそうなほどに高まり、吐き気《はけ》がこみ上げてくる。違う、と分かった時の気持ちは、簡単には説明できない。安心した、では決してないのだが……目の前に、一人の少女の遺体があるのは間違いないのだ。しかも今回は、他殺体である。

「行きますか？」

「お願いします」

桜田に案内され、遺体安置所に向かう。その間、二人とも終始無言だった。適当な話題でお茶を濁《にご》すのも、遺体の状況について話し合うのも、適当でない気がした。桜田は、見た目まだ二十代のようだが、空気を読む術《すべ》には長《た》けているようだ。

線香の香りがかすかに漂っている遺体安置所は、外よりもずっと寒く感じられた。桜田が一瞬間を置き、顎《あご》に力をこめて、私にうなずきかける。私はうなずき返して、桜田にこの場のリードを任せた。顔にかけられた白い布を取る瞬間、彼の手がかすかに震えているのに気づく。まだ、遺体には慣れていないようだ。

一瞬だけぎゅっと目を閉じ、意識を集中する。見なければ始まらない。だが、見るのは苦痛だ——相反する感情がせめぎ合い、鼓動がさらに高鳴る。口から心臓が飛び出してしまうのではないかと思えるほどだった。

思い切って目を開け、すぐ下にある顔を見下ろす。蒼白《そうはく》な顔面。閉じられた目。髪は辛《かろ》うじて耳を覆う長さだった。丸い顎に、薄い唇。そして……黒子《ほくろ》はない。それを確かめて、私は両足から力が抜けるのを感じた。綾奈には、首の左側、それと右顎に、比較的目立つ黒子があった。決して醜《みにく》い物ではなく、愛嬌《あいきょう》に寄与するような黒子で、綾奈本人も気にしている様子はなかった。中には、黒子が気に入らずに取ってしまう人もいるのだが、綾奈はそんなことをしないタイプ……のはずだ。断定はできない。離れて生きてきた十二年の歳月。小学生だった娘は、高校を卒業した年齢になっている。考え方も趣味も変わるだろう。

「ちょっと見てていいかな」

「ええ」

私は、ラテックス製の手袋をはめて、遺体を覆った白い布をさらに大きくめくった。指先を使って、白いカットソーの首元を少しだけ広げ、肩の様子を確認する。綾奈は三歳の時、右肩の上部に火傷《やけど》を負っている。それほどひどい火傷ではなかったが、小さな平行四辺形の形に、赤い痕《あと》が残ってしまった。妻は、整形手術を受けさせるべきだと主張したのだが、私は三歳の娘の体にメスを入れることに抵抗感があり、何とか妻の主張を退《しりぞ》けた。その後も痕は薄れながらも残っていて、今ではそれが一つの目印になっているはずだ——遺体が綾奈かどうか確かめるための。

「違う……ようです」

「そうですか」それまでずっと息を呑んでいたのか、桜田が言葉と一緒にゆっくり息を吐き出す。蒼褪《あおざ》めていた顔に、少しだけ血の気が戻った。「特徴が一致しないんですね？」

「黒子の位置が違う。それに、肩の火傷の痕がない」

「娘さんがいなくなったの、何年前でしたっけ」

「十二年前だ」

「ああ」

桜田が顔をしかめる。彼の懸念《けねん》は、私にはすぐに理解できた。十二年も経てば、身体的特徴は変わる。私が恐れていたのもそれだったが、この遺体は綾奈ではない、と勘も告げていた。七歳の子どもと十九歳の女性では、同じ人間でも顔つきがまったく違うが、基本的な面影は残っているはずだ。それに私の頭の中には、十九歳になった綾奈の顔がインプットされている。鑑識課の連中が、最先端の加齢シミュレーションソフトを使って、「現在の綾奈の顔」を作ってくれたのだ。私はその画像をプリントアウトして常に持ち歩き、今ではすっかり覚えてしまっている。こんな顔になるのか……十九歳の綾奈は、すっかり美しい娘に育っていた。その顔のベースが、別れた妻によく似ているのは複雑な心境だったが、美しいことに変わりはない。すっきりした顎のライン、大きな目、健康的に赤い頰《ほお》。快活、かつ上品な感じだ。鑑識課の連中は、「サービスで」と言って様々な髪型での画像を作ってくれたのだが、私としてはロングボブが一番似合う気がしている。

目の前の遺体は、その綾奈とは似ても似つかない。

桜田が、突然下を向く。ズボンのポケットから携帯電話を取り出すと、私に向かって「すみません」と馬鹿丁寧に頭を下げ、遺体安置所を出て行った。廊下では声を押し殺して話しているので、会話の内容までは分からない。私は遺体の顔に布をかけ、深く一礼した。

「高城さん」

声をかけられ、頭を上げる。桜田が、初めて見せる明るい表情を浮かべていた。

「DNA型、一致しませんでした」

「ああ」

私は顔を擦った。恐怖や悲しみ、疲労が、わずかだがこそげ落とされたように感じる。綾奈のDNA型は、早い時期からデータベースに登録してある。若い女性の身元不明死体が見つかれば、自動的に照合されるようになっているのだが、結果が出るには多少時間がかかる。それを待ちきれず、私は自分の目で直接遺体を確かめるようになったのだった。

この遺体が発見されたのは、昨夜遅くである。身元が分からないまま、情報が私に届いたのは、今日の午前二時頃。血液型が一致、それに年齢も近いようだ――その情報だけで、私は早朝、武蔵境《むさしさかい》の自宅を飛び出し、千葉まで走ってきた。もう少し待っていれば、DNA型の照合は済んで、遺体は綾奈ではないと分かったわけだが、ここへ来たのは無駄ではなかったと思う。

もしかしたらこの女性も、私が勤める警視庁失踪人《しっそうにん》捜査課三方面分室に捜索願が届けられている、失踪者かもしれないのだから。取《と》り敢《あ》えず、この女性に関する情報は持って帰ろう。面倒をかけた内房中央署の連中に、手がかりを渡せる可能性もある。

「特捜本部は立ったのか？」

「ええ。まだ最初の捜査会議も開いてませんけどね」欠伸《あくび》を噛《か》み殺しながら桜田が言った。

「寝てないんじゃないか」

「寝ようとしたら連絡が入って、そのままです」

「大変だな」

「そうですね。この署で特捜本部なんて、久しぶりだそうですよ。自分が来てからは一度もなかったです」

「じゃあ、これから大騒ぎになるな」

左へ折れて庁舎の出入口へ向かおうとした途端、テレビのカメラマンが何人か、外でたむろしているのが見えた。

「早速始まってるよ。この辺にも、煩《うるさ》い連中がいるな」私は反射的に歩みを停めた。

「ええ」桜田が思い切り顔を擦る。「どうします？」

「時間はあるか？」

「大丈夫です。取り敢えず高城さんのお世話をするように言われてますから」

「お世話って……」私は思わず苦笑した。お世話が必要なほど、偉い人間ではないのだが。裏口から外に出て駐車場に向かう。煙草《たばこ》に火を点《つ》け、車のロックを解除すると、助手席に座るよう、桜田を促した。細くウインドウを開けて煙を逃し、質問を続ける。「身元に関する手がかりはないんだな？」

「ええ。強盗かもしれないですね……現場には、財布もバッグもありませんでしたから」

「犯人が持ち去った？」

「だと思います」

「ちょっと、現場を見てもいいかな」

「それは構いませんけど……」

ちらりと横を見ると、桜田が戸惑った表情を浮かべていた。

「別に、案内してくれとは言わない。一人で行けるよ」

「いや……おつきあいします」一瞬の躊躇《ためら》いの後、桜田が言った。「現場にはまだ、鑑識が入ってますけど」

「問題ないよ。邪魔しないようにするよ」

どうして現場を見たいのか、自分でも分からなかった。この段階では、千葉県警の捜査に首を突っこんでも、なにもできない。遺体の身元が割れ、例えば東京に住んでいる人間だと分かれば、全力で協力するが……。

鎮魂《ちんこん》、そして敬意。

今日は、強引に——早朝に室長の阿比留真弓《あびるまゆみ》に電話をして、休暇をもらっている。午後からは仕事に復帰するつもりでいたが、それほど焦ることもないだろう。

私たちの仕事は、しばしば遺体と向き合う。どんな死に方をしたにせよ、遺体にはしっかり哀悼《あいとう》の念を示すべきだ。そして自分が捜査を手がけなくとも、事件の早急な解決を祈らなければならない。ただ遺体を確認して、自分の娘でなかったことにほっとしてさよなら、というのでは、あまりにも失礼ではないか。

だからこそ、私は現場に赴く。それで数時間が潰《つぶ》れるとしても。

「なぎさライン」という名前は実態に合っていないな、と私は思った。海辺を通る場所が少なく、どちらかと言えば田園地帯を走る一本道という感じである。ＪＲ内房線とほぼ並行しているのだが、所々で現れる駅も、いかにも鄙《ひな》びたローカル線のそれであり、駅の周辺にも、大きく市街地が広がっているわけではない。

「田舎《いなか》でしょう」大貫《おおぬき》駅の前を通り過ぎた時、桜田が自虐的な口調で声をかけてきた。

「ああ、まあ、そうだね」私は適当に言葉を濁した。

「一応この辺《あた》りが、富津の中心なんですけどね。隣の青堀《あおほり》駅の方が、乗降客数は多いはずだけど」

「それでも、そんなに賑《にぎ》やかじゃないな」

「ですね……こんな田舎で殺しが起きて、未《いま》だに被害者の身元も分からないって、変な感じです」

「全員が顔見知り、のような？」

「それに近いです。人口も五万人を切ってますし」

「被害者は、外の人間かもしれない」

「うーん……外と言っても、せいぜい千葉県内ですかね」

「どうして」

「遺体が見つかった場所……富津岬《みさき》の展望台はデートコースなんですけど、それほど有名な場所じゃないですから。県外からわざわざ、あそこへ来る人がいるとは思えないんですよ。地元の人間なら、誰でも知ってますけどね」

信号待ちで、私は地図を広げた。富津岬は、東京湾に向かって細く突き出している。鋭角な二等辺三角形のような形で、先端に公園がある。市街地から離れたそういう場所が、デートコースとして人気があるのは、容易に想像できた。そして桜田の言うように、地元の人間しか知らないということも理解できる。どこの街にも、そういう地元限定のような名所があるものだ。

「展望台の手前が公園、だね」

「そうですね」

「強盗というより、デートをしていて、口論になって男が絞《し》め殺した、という感じじゃないのかな」いわゆるデートレイプに近い。

「そういう線かもしれませんけど、何しろ遺留物が何もないのが痛いです」

犯人は意外と冷静だったのだろう。意外だ。人を殺した直後、証拠を湮滅《いんめつ》するほど冷静でいられる人間はほとんどいない。もちろん、最初から強盗目的で計画を立てた場合は別だが。

あまり車のスピードを上げないように気をつけながら、田舎道をひた走る。やがてささやかな市街地に入ると、桜田が細かく道順を指示し始めた。カーナビよりよほど役に立つ。ほどなく道路は、鬱蒼《うっそう》と生い茂る林の中に入っていった。

「この辺がもう、公園なんです」桜田が言った。

私はアクセルから少し力を抜き、左右を見回した。右手に大きな駐車場、その左側には飲食店が何軒か固まっている。何故《なぜ》かどの店の前でも、「あなご丼《どんぶり》」の幟旗《のぼりばた》が翻《ひるがえ》る。この辺は、東京湾で取れるあなごが名物なのだろうかと考えていると、急激に空腹を覚えた。朝を食べないのはいつものことだが、今日はスタートが早過ぎた。仕方なく、煙草に火を点けて空腹を紛らわせる。煙が胃を満たしてくれないのは分かっていたが、何もないよりはましだ。

公園の施設は、進行方向右手に集まっているようだった。特徴的な三角屋根を持つのは、野外音楽堂だろうか。屋根の下には広いステージがあり、その手前にコンクリート製のベンチがいくつか、固まっていた。そこを通り過ぎると、素っ気ないデザインの四角い建物が姿を現す。温水プールの看板が見えた。

私は、縦に一列に並んで走って行く長距離走の選手たちを慎重に追い越した。揃《そろ》いの黒いジャージ。一人だけダウンジャケット姿の男が、最後尾から自転車で追走して行く。

「ずいぶん本格的に練習してるみたいだね」

「ああ、この辺、大学の陸上部なんかがよく合宿を張ってるんですよ。交通量が少ないんで、ロードの練習をするのにちょうどいいんですね」

アップダウンも少なく、ペース走をするには適しているのだろう。横を通り過ぎる時に見ると、選手たちの顔は皆真剣で、レース本番のような表情だった。

建物があるのは温水プールの辺りまでで、あとは林の中を走る一本道になる。これは確かに、危ない感じがする……昼間はいいだろうが、夜は真っ暗なはずだ。人通りもないだろうし、邪《よこしま》な意図を持った人間が何かするには、格好の舞台だろう。

ほどなく道路は林を抜け、岬の突端に出る。まさに突端だ、とすぐに分かる光景だった。はしごを組み合わせたような展望台がそびえ立ち、その横には小さなプレハブ小屋が建っている。展望台の下の方は、ブルーシートで目隠しされていた。中で鑑識作業が続いているようで、時折ストロボの光が煌《きら》めく。右手に大きな駐車場があったので、そちらにマークXを乗り入れた。普段は、ここまでドライブしてくる客の車で埋《う》まるのだろうが、今は警察関係の車両しか見当たらない。

海が近いのに驚く。駐車場のすぐ向こうが細い砂浜になっているのだが、浜を五メートルも歩けば、もう波打ち際だ。広がる東京湾が視界の大部分を占め、眺めていると頭がくらくらしてくる。右手はるか遠くに巨大なクレーン群が見えるが、あれはどの辺りなのだろうか。

車を降りると、激しい海風が体を叩《たた》く。私は、薄いコートで来てしまったことを後悔した。よく晴れ上がり、気温もそれほど低くないはずだが、体感温度は氷点下だった。こんなコートではなく、ダウンジャケットを着て来るべきだった。

「現場、見ますか」

「ああ。そのために来たんだから」

桜田の案内で、私はブルーシートで覆われた犯行現場に入った。展望台の下は、柱が林立しているものの、基本的にはオープンスペースである。誰かがいれば、簡単に外から見えるような場所だ。ただし、夜は分からない。ろくに照明もない場所なので、この辺りで何かが起きていても、車で通り過ぎる人からは見えないだろう。

「ここは、いつでも入れるのか？」

「そうですね」桜田が両手を擦り合わせる。彼はコートさえ着ておらず、背中が丸まっていた。

「夜のデートコースでもある？」

「ええ。夏とか、すごいんですよ。ラブホテル代を節約しようとする若い連中とか、ね」

「なるほど」

「現場、そこなんです」

桜田がコンクリート製の柱の一本を指差したが、教えてもらわずともすぐに分かった。濃い青色の制服を着た鑑識課員たちが、這《は》いつくばるようにして集中的に調べているのだ。遺留物を捜しているのだが、下は基本的に砂であり、相当難儀しているのは明らかだった。

「遺体の遺棄現場です。それと、もう一か所、展望台の上で血痕《けっこん》が見つかっています。被害者が側頭部を負傷していたの、分かりました？」

「ああ」確かに、かなり大きな裂傷があった。血が髪の毛を固め、黒いアクセサリーがついているようにも見えた。「あれが致命傷なのか？」

「解剖してみないと分かりませんけど、頭の傷は浅いと思います。死因はやっぱり、窒息《ちっそく》死ですかね」

桜田が、左手を自分の首に回した。見ていてあまり気持ちのいい行為ではない。私は思わず眉《まゆ》をひそめた。それに気づいた桜田が、慌《あわ》てて言葉を継ぐ。

「上の現場も見ますか」

「そうだな」そうすることに意味があるわけではない——千葉県警の捜査に役立つわけではないが、どうせここまで来たのだ、全てを記憶に収めておきたい。

展望台に上がるには、複雑に入り組んだ階段を昇って行くしかなかった。強風に煽《あお》られながら階段を昇って行く最中、私はエッシャーの絵を思い出していた。上がっているつもりがいつの間にか下がり、何故かスタート地点に戻ってしまう、だまし絵のような階段。階段と踊り場を組み合わせただけという単純な構造が、あの絵を彷彿《ほうふつ》させるのだ。

結局桜田は、展望台の一番上まで私を導いた。そこまで上がるとさらに風が強くなり、まともに会話もできない。コートがはためいて、裾《すそ》が体にまとわりつく。風には潮の香りが混じっていた。ほぼ三百六十度が見渡せる。薄く曇《くも》っているので対岸——神奈川県の横須賀辺りになるはずだ——は見えなかったが、振り向くと、先ほど走り抜けてきた公園の全景が見事に視界に入る。細長い岬の様子が、地図を見るように把握《はあく》できた。右手には消波ブロックの固まり。左手はずっと砂浜になっている。二等辺三角形の中央は森の緑だ。それほど高い位置にいるわけではないが、航空写真を見ているようだった。

「デートに来て、わざわざここまで上がって来るものかな」

「何となく、こういうのがあると登りたくなるじゃないですか」桜田は自分の体を抱きしめていた。

「ああ、それは分かる」

「血痕は、そこなんです」

　桜田が指差した場所を見る。コンクリート壁の一番上の部分に、直径十センチほどの赤黒い染みができていた。出血量からも、大した怪我《けが》でないことは分かる。頭を打てば、出血量に関係なく致命傷になることはあるが、今回の事件は、桜田が指摘した通り、絞殺《こうさつ》だろう。遺体の首に残っていた赤黒い痣《あざ》を思い出す。

「遺体の首から指紋は出ていない？」

「ええ。犯人は、手袋をしていたんじゃないでしょうか」

　仮に突発的な犯行であっても、その状況は異常ではない。犯行が夜だったら、今よりもっと冷えこんでいたはずだから、ずっと手袋をはめているのは自然である。その状況が、犯人に有利に働いたか……。

「降りようか」三百六十度の景色には目を奪われたが、いい加減寒くなってきた。桜田は、歯をがたがた言わせている。

「コートぐらい、着てくればよかったのに」手が切れそうに冷たい鉄の手摺《てすり》を握りながら、私は言った。

「ここへ来るつもり、ありませんでしたから」

「ああ——そうだった。申し訳ない」自分が強引に誘ってしまったのだと思い出し、私は頭を下げた。

「いや、いいんですけどね」桜田が先に立ち、階段を降りて行く。すっかり体が冷えてしまったのか、動きがぎこちない。

下まで降りると多少風が弱まり、ほっとする。桜田がいち早く何かに気づいて、私の側に寄って来た。

「署長が来てます」

「それじゃ、挨拶《あいさつ》だけさせてもらうかな」

現場をかき乱したくはないが、一応の礼儀は尽くしておかねばならない。桜田に案内され、私は制服姿の署長に引き合わされた。

石井《いしい》署長は、私と同年輩に見えた。恰幅《かっぷく》のいい体形は、「デブ」ではなく「貫禄《かんろく》がある」と評価されるタイプである。

「大変な時に申し訳ありません」私は頭を下げた。

「いえ……それで、違ったんですか？」

「ええ」

二人とも言葉に詰まる。どう言えばいいのか、難しいところだ。少なくとも「よかった」ではない。ここでは、殺人事件の捜査が進んでいるのだから。そしてまだ身元も分からないままの女性の遺体が、遺体安置所にある。めでたいことなど、何もないのだ。石井が素早くうなずき、言葉の代わりにした。それが正解だと思う。私もうなずき返し、署長への謁見は終わりになった。踵《きびす》を返して署長から遠ざかりながら、桜田に声をかける。

「忙しいところ、申し訳なかった」

「いえ」

桜田は、どこかぼうっとした様子だった。いろいろ考えているのだろうが、その本音《ほんね》は私には読めない。

「あの」

「何か？」

「よかった、と思います」

私は立ち止まり、体を捻《ひね》って彼と向き合った。よほど怖い顔をしていたのだろう、桜田がすっと一歩下がる。

「こういうことを言うのは不謹慎《ふきんしん》だって分かってます。被害者が浮かばれるわけじゃありませんから……でも、高城さんにとっては、可能性が増えたことになるじゃないですか」

顔面が蒼白なのは、寒さのせいばかりではあるまい。私が、行方《ゆくえ》不明になった娘を捜してあちこちに出没しているのは、多くの警察関係者が知っていることだ。千葉県警にお世話になるのは、これで実に三度目である。現場の警官は、毎回面倒なことを……と嫌がっているとは想像していたのだが、桜田が義理や愛想でこんなことを言っているとは思えなかった。

「分かってる」私は桜田の肩をぽん、と叩いた。こういう風に言ってくれる人に対しては、素直に感謝すべきだ。「いろいろ気を遣わせて悪かった。何だったら、飯でも奢《おご》ろうか？どうせ朝飯、食ってないんだろう」

「ええ……でも、すぐに捜査に戻らないといけませんから」

「そうか」私は桜田に向かってうなずきかけ、「後で被害者に関する情報を送ってくれ」とつけ加えた。わざわざそんなことを言わなくてもきちんと回ってくるのだが、こちらは失踪者のことを真面目《まじめ》に心配しているとアピールしたい。失踪課は、警視庁の中では何かと煙たがられているので、外に味方を作っておいて、悪いことはないだろう。

仕方ない。取り敢えず何か腹に入れてから、三方面分室のある渋谷中央《しぶやちゅうおう》署に戻ろう。個人的な用事は終わったのだから、休暇は終了だ。それにしても、年度内に有給があと何日残っていたか……車に腰を落ち着け、手帳で確認する。刑事の仕事など、決まった勤務時間はあってないようなものだが、有給休暇の消化に関しては、さすがに最近は煩くなっている。私は、綾奈を捜すために積極的に有給を使っていたが、それもそろそろ切れそうになっている。年度内で、休めるのはあと五日ほどだろう。それをどう有効に使うか。現状は、未だ手がかりがまったくなく、霧の中に手を突っこんでかき回しているようなものなのだ。

一つ溜息《ためいき》をつき、手帳を背広の内ポケットに落としこむ。目の前には東京湾。少し濁った海の青は、目に優しかった。煙草に火を点け、一瞬だけぼうっと意識が漂うに任せる。ここへ来る途中で見かけた数軒の飲食店は、もう店を開けているのだろうか、などと考えた。

携帯電話が鳴り出し、静かな時間はすぐに打ち破られた。まあ、何もないってことはないよな、と苦笑しながら電話を取り出す。失踪課の同僚、明神愛美《みょうじんめぐみ》だった。

「高城さん、今、千葉ですよね」前置きなしに、いきなり切り出す。彼女ほど気の短い人間を、私は知らない。

「ああ。富津だ」

「富津って……」

「木更津の南。地図を見てみろよ」

「たまたま、ですよね？」愛美は、私の話を聞いていない様子だった。

「そう、たまたま」

「何か分かったんですか」声を潜《ひそ》める。彼女は当然、私がどうしてここにいるか、知っているのだ。出勤してきて、真弓から事情を聴いたはずである。

「人違いだった。ＤＮＡ型が一致しなかった」

「そうですか」

ごくさらりと、それしか言わない。二人の間では何度となく繰《く》り返された会話だが、愛美はいつも素っ気ない言葉しか返してこなかった。私としても、その対応が一番安心できる。淡々と――綾奈の件に関しては、今のところこういう対応が一番ありがたい。そして私は、否定の言葉の後に、事件の説明をするのが常だった。

「カップルかな。遺体が見つかった現場は、デートスポットなんだ」

「岬の先の展望台ですよね？　この季節にデートっていうのも変じゃないですか」

「他に来る人がいなければ、邪魔されないじゃないか」

「ああ」あまり関心なさそうに、愛美が相槌《あいづち》を打つ。

「それで、用件は？」遺体が綾奈だったかどうか確認するためだけに、彼女が電話してきたことは一度もない。大抵、私の方で後から話すことになる。

「朝方、捜索願の届け出があったんです」

「ずいぶん早いな」腕時計を見ると、まだ九時になっていない。私はまた手帳を取り出し、ハンドルの上で広げた。携帯電話で話しながらメモを取るのは、結構面倒なのだが。

「失踪者が、そこ――富津の出身なんです」

「そういうことか。名前は？」

「花井《はない》翔太《しょうた》、十八歳、高校三年生です」

まずいな、と反射的に思った。中学三年生、高校三年生、それぞれ危ない時期である。

特に年明けの今頃は、進路に悩んで行き詰まる人間も少なくない。それが家出や自殺につながるケースも少なくないのだ。

「富津出身って言ったな？　高校はどこなんだ」

「東京栄耀《とうきょうえいよう》高校です」

「知ってる」即座に答えた。かつて——綾奈が行方不明になる前——私たちが住んでいた荻窪《おぎくぼ》にある高校である。「醍醐《だいご》の方が詳しいかもしれないな。去年、甲子園に出たんだ」

醍醐は元高校球児で、一年だけだがプロ野球の世界に身を置いていたという、刑事としては異色のキャリアの持ち主である。高校野球の季節になると、試合のチェックで気もそぞろになるのが常だった。普段の仕事はきちんとこなしているから、私もそれについて何か言うことはない。それに私自身、野球は嫌いではないのだ。出身地の高校が予選で勝ったか負けたかは気になる。今住んでいる東京の代表校も。

「ええ。野球部なんです」

「待てよ」頭の中で何かがかちりと鳴る。答えはすぐに出てきた。「確か、ドラフトに引っかかったんじゃないか？　去年の甲子園で活躍して」

「そうです。それで、醍醐さんが大騒ぎしていて」

「君も手伝ってやってくれ。あいつ、野球のことになると見境がつかなくなるからな。冷静に話なんか聴けないぞ」

「いや、それが、今朝はもう一件事案があるんです」

おいおい……私は目を細めた。このところ、開店休業のような状態だったのに、年が明けたら急に忙しくなった。

「どういう事案だ？」

「こっちの方が大変かもしれません」愛美が声を潜める。「あの、実は署内の若い警官が行方不明になって……」

「何だって？」私は思わず電話を握り直した。「若い奴って、誰だ」

三方面分室は、渋谷中央署に間借りしているだけで、署とは直接仕事上の関係はない。だが毎日出勤しているのだから、知り合いは何人もいる。

「地域課の高木《たかぎ》巡査なんですけど……交番勤務です」

「知らないな」

「拳銃《けんじゅう》を持ったまま、昨日の夜から行方が分からなくなっているんです。深夜のパトロールに出たまま、戻って来ていないんですよ」

「まずいな」私は、首筋が熱くなるのを感じた。

「それで、警務課の方から話が回ってきて、うちも協力することになったんです」

「警務課……オヤジさんか」

「ええ」

私が「オヤジさん」と呼ぶ法月《のりづき》は、失踪課の先輩だった。定年を間近に控えて、渋谷中央署の警務課に異動になったのだが、同じ署内にいるので、今でも毎日のように顔を合わせる。管理部門に回って仕事が暇になったのは間違いなく、失踪課に居座って無駄なお喋《しゃべ》りをしていくことも珍しくなかった。それがしばしば、いいヒントになる。

「オヤジさんの頼みじゃ、仕方ないな」

「とにかくそれで、醍醐さん以外は全員、そっちの捜索を担当することになりました」

「俺は、醍醐のサポートに回ればいいんだな」

「ええ」遠慮がちに愛美が認めた。「富津に、中学時代の同級生とかがいるはずですから、事情聴取をお願いできますか？」

「もちろん」先ほどまで胸の中にあった空疎《くうそ》な気分が、一気に吹っ飛んだ。失踪課に来て五年、仕事にはすっかり慣れ、そこにやりがいも見いだしている。今は何より、若い女性の遺体を見て生じた空しさを埋めるためにも、仕事が必要だった。

「分かってる情報を、全部メールしておいてくれ」

「了解です」ほっとしたように、愛美が言った。

エンジンをかける。行き先はこれから決めることだが、まず本格的に飯を食べよう、と決めた。気合いを入れるには、胃袋を満たすのが一番手っ取り早い。

2

聞き込みを始める前、私は愛美が携帯に送ってくれたデータに目を通すことにした。朝食——既にブランチの時間だが——を取るために入ったファミリーレストランで、じっくりと読みこんでいく。時間はある、と判断した。肝心の花井翔太の家族は、まだ東京にいるのだから。学校と相談して届け出を決めたそうだが、その後も学校側といろいろ話しているはずだという。富津に戻って来るのは、午後になりそうだ。

確かに、相談しなければならない事はたくさんあるだろう。資料を精査しながら、私は一人納得していた。不謹慎な考え方だが、この案件は久々の「大物」である。プロ野球の、将来のスター候補が姿を消したのだから。

花井翔太は、富津市内の公立中学を卒業後、自らの意思で東京栄耀高校への進学を決めた。栄耀は、二十年ほど前に二年連続して夏の甲子園に出場したことがあったが、その後は最高でも、地方予選でベスト4止まり。翔太がそういう環境に目をつけたのは間違いなかった。強いことは強いが、もう一歩で甲子園に手が届かない高校——そこなら確実にレギュラーを取れる、と判断したのだろう。しかも、過去に甲子園出場経験のある高校は、多少力が衰《おとろ》えても、ＯＢや保護者のサポートが厚い。

　翔太に関する情報は詳細を極めた。捜索願を出してきた家族には当然詳しく話を聴いたはずだが、さらに高校での通算成績まで記載されている。醍醐が趣味でやったのだろう、と私は苦笑したが、短い時間でよく調べ上げたものだ。

　翔太は、一年生の時に早くもレギュラーポジションを獲得した。その年夏の予選は、ベスト４。翌年は四番に座ってチームを引っ張り、決勝まで駒を進めた。両チームとも二桁《けた》得点という乱打戦で、最後は栄耀高校が涙を呑んだが、この大会で翔太の評価は一気に上がる。六試合で打率六割超、ホームラン三本、打点十五と打ちまくったのだ。特に決勝では、シングルヒットが出ればサイクルヒットという大当たりで、全打席出塁、一人で六打点を荒稼ぎしている。プロの目が集まるのも当然だった。

　翌年──つまり去年、ついに念願の甲子園出場。予選での打率六割二分三厘を引っさげて甲子園に登場した翔太を、マスコミは「東の怪物」と持ち上げた。ちなみに優勝したのは、高校通算七十本塁打の記録を持ち、「西の怪物」と呼ばれる選手を擁《よう》した兵庫県の高校である。栄耀高校は三回戦で敗退したが、翔太は十一打席連続出塁の記録を残した。うち、ホームラン二本の他に、五打席が四球、というのが目立つ。力に頼るだけではなく、選球眼もいい証拠だ。三試合で七打点を上げているのは、チャンスに強かったからだろう。

頼れる四番打者。

　去年秋のドラフトでは、横浜にフランチャイズを置くパイレーツが、一位で指名していた。翔太も快諾、挨拶に来たスカウトに、すぐに入団の決意を伝えたという。パイレーツはここ数年、低迷が続いているが、歴史ある名門球団である。翔太にとって意中のチームだったのでは、と私は想像した。故郷の富津から見れば、東京湾の対岸にある「近い」チームでもある。

　高校通算打率四割四分二厘、五十三本塁打。醍醐の奴、スポーツ新聞を相当読みこんでいたようだ。そうでなければ、こんなに短い時間にデータを揃えられない。彼が打者としての翔太をどのように評価しているか聞きたかったが、時間がある時にしよう。野球の話を始めると、あの男は止まらなくなるのだ。

　現住所は杉並《すぎなみ》区。野球部の寮に住んでいるのだから、これは当然だろう。富津に残った家族は、両親と弟二人。父親は地元の信用金庫に勤めており、母親は専業主婦だった。

　東京へ行っている両親には話を聴けないとしても、中学校の同級生たちを摑《つか》まえるのは難しくないはずだ。まず、そこから攻めよう。

　最後に、最近の翔太の行動を頭に叩きこんだ。

　入団が決まってからは、野球部の後輩たちに混じって自主トレをしていたが、冬休みは実家へ戻っていたようである。野球漬けの三年間で、珍しい休暇だったのでは、と私は想像した。

　パイレーツの新人選手の入寮は、一月十五日。半月ほど自主トレで体を作り、二月一日のキャンプインを待つ。パイレーツのキャンプ地はどこだったか……実質的には、入寮のタイミングで彼のプロ野球選手としての人生がスタートするのだが、それまで一週間しかない。タイムリミットを設定されたようなものであり、気が急《せ》く。もちろん、早く探し出すに越したことはないのだが、焦るとろくな結果が出ないことを、私は経験的に知っている。しかも今は、醍醐以外のメンバーが、若い警官の捜索に専念しているのだ。

　ふと、球団側はこのことを知っているのだろうか、と訝《いぶか》った。入団予定の選手が姿を消し、入寮までに姿を見せなければ、大事《おおごと》になる。それを考えても、これはやはり第一級の事件だ。その件が気にかかり、醍醐の携帯に電話をかけた。

「えらいことになりました」醍醐の声は、前のめりになっている。

「分かってるよ」私は苦笑しながら答えた。「一つ、確かめたいんだ。球団側は、この件を知っているのか？」

「知りません――知らないはずです」

「家族や学校は、意図的に話してないんだな？」

「ええ。新人にスキャンダルは御法度《ごはっと》でしょう。チームだって嫌がります。これがばれたら、今後の選手生活で不利になるかもしれないって、家族は心配してるんです」

「だろうな……だったら、チームには絶対に知られないように気をつけながら、捜索しなくちゃいけない」

「そうなんですが」醍醐の口調は歯切れが悪かった。「学校や家族よりもチームの方が、選手のことはよく知っていたりするものですよ。チームに事情を聴けないどころか、知らせないようにしながら捜すのは、相当難しいです」

「もっと難しいことだって、今までやってきたじゃないか」私は醍醐を励《はげ》ました。この男は一本気な正義感を持っているが故に、壁にぶつかるといきなり止まってしまうことがある。ましてや今回の件は、彼にとって大変なこだわりのある事件なのだ。

「ま、そうですね。とにかくこれから、チームメートに話を聴きに行きます」

「こっちも、千葉でできるだけのことはするよ……ところで、花井翔太っていうのは、お前の目から見て、どの程度の選手になると思う？」

「目標は常に、三割三十本百打点になるでしょうね」醍醐が一瞬も躊躇《ちゅうちょ》せず、すらすらと答えた。

「だとしたら、大変な選手だぞ」

「高いレベルで安定すると思います。必ずしもタイトルが取れるとは限らないけど、チャンスには絶対欲しい選手ですよね。今のパイレーツだったら、三番に置けば安定すると思います。座りがいい」

「今の段階でそこまで読めるものか？」

「体が完成してますからね。夏の甲子園の打席も見ましたけど、あれは相当入念に筋トレしてますよ。高校生は、体力的な問題で、プロに馴染《なじ》むのに何年もかかるんですけど、あいつは問題ないでしょうね」

「あいつ」か、と私は微笑した。醍醐にとって翔太は、同じ世界に住む優秀な後輩、あるいは自分がなし得なかった活躍を託す相手ということなのだろう。

「だったらなおさら、早く見つけ出さないとな」

「ええ」醍醐の声に力強さが戻った。「変なことに巻きこまれないように、守ってやらないと」

「ところで、仮にこのまま見つからなかったら、契約はどうなるんだろう」

「嫌なこと言わないで下さいよ……俺の記憶だと、この時期に入団が取り消されるようなトラブルってのはなかったですけどね」

「皆、慎重になるよな」

「大事な時期ですよ。自主トレで、だいたいペースが分かりますしね。学生は、キャンプインまでは直接に指導は受けられないことになってるんですけど、そこは皆、目を光らせてますから」

「そうだよな。出発のタイミングは大事だよな……後でまた連絡する」

「オス」

いつもの挨拶を残して、醍醐が電話を切る。私はコーヒーを飲み干し、立ち上がった。高校三年生か……綾奈とほとんど変わらない年なんだな、とふと思う。綾奈は、どこで十八歳を迎えたのだろう。どんな高校生活を送ったのだろうか。

考えるだけ空しいと思いながら、想像を打ち消すことはできない。自分の知っている高校の制服を、頭の中で次々と綾奈にまとわせてみるのは、私にはどうしてもやめられない癖であった。

富津は基本的に漁業と農業の街で、小さな市街地以外は、ほぼ田園地帯と言っていい。低い山を背景に、枯れた水田が広がる様は、日本の原風景のようだった。

最初に、翔太の家を確認する。古びた一軒家で、田んぼの中にぽつんと建っていた。ドアをノックしてみようかと思ったが、何となく憚《はばか》られる。この時間だと誰もいないはずだが、もしも弟たちが出てきたら、何と言葉をかけていいか分からない。二人とも中学生で、話が理解できない年齢ではあるまいが、親がいないところで事情を聴くわけにはいかなかった。

車を降りて、家の周りを一周してみた。家の裏に小さな庭があり、そこにグリーンのネットが張ってあるのが見える。脇に回りこんで確かめてみると、バッティングケージ代わりだと分かった。ネットの真ん中には、白黒で描かれた三重の円がついている。そこに、金属バットが二本、立てかけられていた。ぼろぼろになったグリップは、テーピングテープで補修されている。木箱には、使いこまれて黒くなった硬球が一杯に詰まっていた。翔太が、何万球、何十万球もここに打ちこんで練習している様子が、簡単に頭に浮かぶ。その練習につき合ったのは、やはり父親なのだろうか。自分も野球が好きだが、その世界では大成せず、息子に夢を託した。息子はその期待に応えようと、チームでの練習に加え、父親が課した厳しいトレーニングにも耐えて腕を上げ——そんなストーリーが、簡単に頭の中で出来上がる。父子には、それぞれの物語があるのだ。

私と綾奈の間にも、物語があったはずだが。

結局、インタフォンは鳴らさずに家を離れた。そのまま、翔太が通っていた中学校に向かう。どう説明すべきか、車の中でずっと迷っていたが、正直に話した上で口止めするしかないだろう、と判断する。下手《へた》に嘘をついたり、「捜査の都合なので言えない」と告げれば、相手に不審感を与えることになる。これから会う相手は、三年前までは翔太をよく見ていた教師なのだから、信頼関係を築きたかった。

ちょうど授業の空き時間で、私は中学三年生の時の翔太の担任と面会することができた。一回りして、今年も三年の担任で、と相手が先に切り出した。話好きな男のようで、少しだけ気が楽になる。

菅原《すがわら》と名乗った教師は、四十歳ぐらいに見えた。きちんとジャケットを着こみ、ウールのネクタイを締めているが、足元はサンダルである。学校の先生というのは、だいたいこんな格好をしているものだ。

応接室で二人きりになると、急に寒さを意識する。暖房も入っていないのだ。テーブルを挟んで座ると、やけに距離が空いている。私は、彼の斜め前のソファに座り直した。それを見て、菅原がすっと身を引き、ソファに背中を預ける。

「絶対に内密でお願いしたいんですが……三年前にこちらを卒業した花井翔太君が、行方不明になっています」

「はい？」菅原が顎を突き出す。

「行方不明です。家族が捜索願を出しました」

「いや、でも……翔太は学校の寮に入っているんですよ」

会話が嚙み合っていない。私は首を振り、事情を説明した。絶対に口外しないで欲しい、という要請も含めて。菅原は、なかなか事情を理解できないようだった。

「あの、家出、ということなんでしょうか」質問は遠慮がちだった。

「住んでいる所を出た、という意味では家出です。未成年ですしね」

「でも、もうすぐプロ入りなんですよ」

「だからこそ、心配なんです。最近、彼に会いましたか？」

「先週……正月休みの時に」

　私はうなずき、わずかに身を乗り出した。翔太に接触している人間がいるのは当然だが、時期的にかなり近いのが気になる。

「新年の挨拶ですか？」

「そんな感じです。野球部ＯＢの連中と一緒に、うちに遊びに来てくれました」

「先生、野球部の監督なんですか？」だとすると、ますます都合がいい。

「ええ」ようやく、自信ありげにうなずく。

「じゃあ、プロ入りは、先生としても嬉しい限りですよね」

「それはそうです」やっと笑みが漏《も》れた。「私が教えた中で、初めてのプロ野球選手ですから」

「それは素晴らしいことですよね……この前会われた時は、どんな様子でした？」

「落ち着いてましたよ。ドラフトで指名された時には、もの凄《すご》く興奮して電話してきましたけど、さすがに時間が経って冷静になったんじゃないかな。もうすぐ、入寮ですしね。新しい生活はどうなるか、なんて話をしてました」

「特に変わった様子ではなかったですか？　妙にテンションが高かったり、落ちこんでいたりとか……」

「ないですね」菅原が顎をさすった。「元々、何があってもあまり精神状態が変わらない子なんです。いつも落ち着いていて。そうじゃなければ、甲子園であんな風に活躍できませんよ」

「はあ」つい、間抜けな相槌を打ってしまう。確かに、五万人もの大観衆を前にして、やたらとテンションが高くなってしまっては、本来の力は発揮できないだろう。どんな状況でも変わらない——見ていてつまらないかもしれないが、結果を残すのはそういう人間だ。

「中学生だっていうのに、何だか妙に大人びてましてね」菅原の口調が、ようやくリラックスしてきた。「やっぱり、きちんと目標を立てて頑張っている人間は強いですよ」

「その頃から、プロ入りが目標だったんですか？」

「ええ」菅原が両手を組み合わせた。「うちのチームでは、一人だけレベルが違ってましたからね。エースで四番……中学生のチームに、一人だけ高校生が混じっているような感じでした」

「率直にお伺《うかが》いしますが、失踪するような理由は思い当たりませんか？」

「いや、全然」即答。

「よく考えて下さい」あまりにも早い返事に少しだけ戸惑いながら、私は言った。「三年間、ずっと一緒にいて、担任でもあったんですよね？　変化があれば、一番気づきやすいのが先生だと思います」

「それは分かりますが」菅原がむっとして言い返した。「高校の三年間、寮生活を送っていれば、子どもは変わるんですよ。その期間は、ほとんど見ていないわけですから」

「じゃあ、彼の反応は読めない？」

「そういうわけでもないんですが……」菅原が一瞬口をつぐむ。「とにかく、ひたすら気持ちが平坦な子でしてね」

平坦？　人の性格を形容するには珍しい言葉だ。そしてそれが本当なら、失踪する理由が見あたらなくなる。どんなにきついことがあっても平静を保てるような人間は、その場から逃げ出したいとは思わないのだ。

事件の臭いがする。

「正月に会われた時、元野球部の子たちが何人か一緒だったんですよね」

「ええ」

「名前と連絡先を教えて下さい。話を聴いてみたいので」

「いや、しかし……高校生ですよ？」

「行方不明になっている花井君も、まだ高校生です」

菅原が唇を引き結ぶ。喉仏《のどぼとけ》が小さく上下した。

「彼は、プロでも期待される有望な選手なんでしょう？　一刻も早く見つけ出さなくてはなりません。スキャンダルも……事件も、絶対に避《さ》けなければいけないんです」

「事件なんですか？」

「そうならないうちに、必ず見つけます」一呼吸置いて、私は念押しした。「とにかく、誰にも話さないで下さい」

一人だけレベルが違っていた、という菅原の証言は正しい、と私は確信した。翔太の、中学時代の野球部の同級生は十五人。そのうち、県外に野球留学したのは翔太だけだ。他の選手の進学先を見ても、あまり高校野球に詳しくない私でも知っているような強豪校《きょうごう》はない。チームは、翔太が中学二年生の時から二年連続で全国大会に出場しているのだが、それも翔太の力に負うところが大きかったのだろう。

菅原は取り敢えず、正月に彼の家を訪ねて来たという三人を教えてくれた。翔太と一緒に行動していたのだから、とりわけ仲がいい仲間、ということだろう。私はそのうち、布施《ふせ》泰治《たいじ》という少年に目をとめた。中学時代はピッチャーをやっていた翔太とバッテリーを組んでいたキャッチャー。おそらく他の選手よりも、ずっと濃密な関係を築いていたのではないか。

泰治は、富津の隣、木更津にある高校に進学していた。まだ学校にいる時間帯だが、この際無理にでも話を聴いてみよう。車を飛ばして学校に到着すると、ちょうど昼休みだった。少しだけ躊躇われたが、職員室でかなり強引に話をして、泰治を呼び出してもらうことにする。学校側も心配して、立ち会いを要求したので、それは呑むことにした。拒否するようなことでもない。泰治はあくまで、単なる関係者なのだ。

　先ほどの中学校と同じような応接室だった。公立の学校では建物の規格も決まっているのだろうかと考えながら、私は窓辺に立ち、ぼんやりとグラウンドを眺めた。誰かが走ればすぐに埃《ほこり》が立ちそうな、薄い茶色の土。バックネットは古びて茶色くなっていたが、グラウンドのレフト側に張《は》り巡《めぐ》らされたフェンスは新しい。グラウンドは長方形でレフト――フェンスがある方だ――が短いのに対し、ライトは極端に長い。そしてライト側のグラウンドには、サッカーのゴールが向かい合って置いてあった。泰治も高校で野球を続けていたというから、このグラウンドを毎日のように走り回っていたのだろう。もしもライトを守っていたら、フライを追ってサッカー部の練習の中に何度も突っこんでいったに違いない。もちろん、このグラウンドのライト最深部まで打球を飛ばせるバッターは、それほど多くないだろうが。

　事情聴取に同席を申し出た担任は、不安なのか、しきりに私に話しかけてきた。やはり同席させるべきではなかった、と悔《く》いる。翔太が行方不明になった事実は、できるだけ広めたくないのだ。私は経験上、学校の先生というのは話し好きな人種だと知っている。一人に話せば、その日のうちには学校中に広がってしまうはずだ。なので私は、必要最低限のことだけを話し、後は口をつぐんでおいた。主に険しい表情を浮かべるという手段で、会話に対する相手の意欲を削《そ》ぐ。

十分ほど待たされた。応接室に入って来た泰治は、いかにも最近まで運動をしていたらしいがっしりした体格で——キャッチャーというよりはサードという感じだろうか——胸板が分厚いせいか、学生服のボタンを二つ開けている。現役時代は坊主頭にしていたのだろう、中途半端に伸びた髪は、たわしのようだった。私に向かって神妙に頭を下げると、助けを求めるように担任に目を向ける。担任がうなずき、座るよう促した。私は彼の正面に陣取り、ワイシャツの胸ポケットに入れた煙草に指先で触れた。以前は、こういう応接室といえば、やけに大きなガラス製の灰皿がつき物だったのだが……もう、そんな時代はずいぶん昔に去っている。

「すみません、飯食ってたんで——」

「花井翔太君が行方不明になったんだ」

いきなり本題に入ると、泰治の顔が歪《ゆが》んだ。元々迫力のある、少し獣じみた顔なのだが、それがさらに強調される。口を閉ざしたまま、拳で顎を何度も擦った。が、ほどなく私の言葉の意味に気づいたようで、勢いよく体を前に乗り出す。ズボンの太ももがはち切れそうになった。

「どういうことですか?」

「高校の寮からいなくなったらしい」

「え?　いや、だけど……もうすぐパイレーツの寮に入るんじゃないですか」

「だから心配なんだよ。こんな大事な時期に姿を消すとは思えない」

「まさか、誘拐《ゆうかい》されたとか？」

「それはどうかな」愛美が送ってくれたデータによると、翔太は百八十二センチ、七十九キロの堂々たる体格だ。犯人が複数か、拳銃でも持っていない限り、拉致《らち》するのは至難の業だろう。「今のところ、自分の意思で姿を消したとしか考えられないんだ」

「あり得ない」泰治が首を振った。「こんな大事な時期に……」

「それで、君に確認したいんだ。正月に、彼と会ってるよね」

「正月というか、冬休みの間は、何度も会ってますよ。大晦日《おおみそか》以外はほぼ毎日」

「そんなに？」よほど仲が良かったのだろうか、と私は訝った。昔のチームメートは、確かに特別な存在だろうが……。

「あいつの自主トレにつき合ってたんですよ」

「わざわざ？　休みなのに？」

「ああ、だってあいつは……特別な人間だから」

うなずいたが、単なる合いの手だと自分でも意識していた。私は担任の顔に視線をやって、彼がこの話し合いに特に興味を持っていないことを確かめた。教え子本人が罪を犯したのでもない限り、どうでもいいと思っているのかもしれない。

「俺の知り合いの中で、プロ入りするのはあいつだけですから」

「なるほど」

「もうすぐプロの世界に飛びこむんだから、体も作っておかなくちゃいけない。俺たちが自主トレにつき合うのは当然ですよ、仲間なんだから」

「代表みたいなものかな」

「頑張って欲しいじゃないですか」泰治が顎を掻《か》いた。薄《うっす》らと髭《ひげ》が生えている。

「正月も、相当厳しい練習をしていた？」

「いや、そんなことはないです。軽い調整で……だいたい、あいつの厳しい練習に合わせたら、俺ら、死んじゃいますよ」泰治の顔が皮肉に歪む。

「君も、高校で野球は続けてたんだろう？」

「でも、あいつみたいなわけにはいかないから」泰治が首を振った。

私は担任に顔を向けた。泰治も、何となく自分たちのチームのことは話しにくいのだろう、と思ったから。

「頑張ったんですよ。去年の夏はベスト4ですから」担任がさらりと答える。

「すごいじゃないですか。千葉は激戦区ですからね」

言って泰治の顔を見る。複雑な表情が浮かんでいた。誇るような、照れるような、自分が全力を出し切れなかったのを悔やむような。

「ということは、君もなかなかの選手だったんだ」

泰治の顔が少しだけ歪んだ。「なかなか」を褒《ほ》め言葉ではなく、侮辱《ぶじょく》の台詞《せりふ》と受け取ったのかもしれない。

「翔太ほどじゃないですけど」

「ポジションは？」

「サード」

勘が当たった。私は密《ひそ》かに、自分にワンポイントを与えた。

「三番、サードです」担任が補足した。「チームの主軸ですよ」

「やめて下さいよ、先生」泰治が露骨に嫌そうな表情になる。「別に、大したことじゃないんで」言って、私に顔を向けた。「翔太とはレベルが違いますから」

「彼は、中学の時からすごかったみたいだね」

「あいつのおかげで、俺たちは全国大会に行けたんですよ。あいつが投げて打って……俺たちは、それに乗っかっただけだから。東京栄耀が甲子園に行ったのだって、あいつの力ですよ。チームを引っ張れる力の持ち主なんだ」

「キャプテン的な？」

「あー、そういう感じじゃないです」泰治が顔の前で大袈裟《おおげさ》に手を振った。「話下手だし、他の選手に積極的に気合いを入れるタイプじゃないし。プレーで引っ張って行く感じです」

私は何となく、翔太の大人びた姿をイメージした。寡黙《かもく》で真面目。「俺の背中を見ろ」と無言でチームメートを勇気づけるタイプ。リーダーではないがエース、ということなのだろう。

「精神状態が常に変わらないタイプ、と聞いてるけど」

「まあ、そうかも」泰治がにやりと笑った。彼の笑顔を見るのは初めてだった。「クソ真面目で暗い、とも言いますけどね」

「正月休みに会った時はどうだった？　何か変わった様子は？」

「ぴりぴりしてましたよ」

「緊張していた、ということかな？」

「プレッシャーでしょう」

菅原は会った時「落ち着いていた」と言っていた。緊張していたという泰治の感想は、それと百八十度違うと言っていいだろう。私は一瞬首を傾《かし》げ、手帳を取り出した。何かを書くつもりではなかったが、こうすると相手がさらに真剣になる。

「入団のプレッシャー、ということかな」

「だと思います。普段も口数は少ないけど、この正月は特に……ほとんど話もしませんでしたよ。こっちは聞きたいこと、たくさんあったんですけどね」

「プロ入り後のこととか」

「だって、知らない世界でしょう？　一生知らないまま終わるわけだし」

　その言葉から、私は泰治の微妙な心理状態を感じ取った。泰治は、自分の実力が翔太に劣る、とはっきり自覚している。この高校は、この辺では十分強豪校と言えるのだろうが、甲子園には手が届かず、泰治もドラフトに引っかかったわけではない。かつてキャッチャーとして翔太を支え続けた男としては、複雑な気持ちだろう。だが、人生とはそういう物である。スタートラインを同じくして走り出した仲間が、いつの間にか自分を追い抜いて行く。この競争は、自分でギブアップするまで終わらないのだが、遠く離れたライバルの背中を追いながら走って行くのは、精神的にかなりきついだろう。

「そりゃあ、プロの世界には興味津々《しんしん》だろうね」

「パイレーツですからね……」

「名門だし」

　会話が上手《うま》く転がり出したことに満足しながら、私は話をつなげた。

「二十年前の優勝の時は凄かった。横浜全体が燃えてたね」

「ああ」

　泰治が、どことなく馬鹿にしたような笑顔を浮かべた。オッサン、何歳なんだ、とでも思っているのだろう。実際、パイレーツの全盛期はもう四十年も前で——リーグ三連覇を達成した頃だ——私は小学生だった。泰治の両親も、まだ生まれる前であってもおかしくはない。久々の優勝が二十年前のことで、だいぶブランクが空いている。泰治たちは、それすらも生で観ていないわけだ。

「そういうところへ入って行くのは、確かにプレッシャーだろうね」

「それにあいつは、間違いなく今年の開幕一軍……レギュラーですよ」

「高卒の野手ですぐにレギュラーというのは、相当難しいと思うけど」

「今のパイレーツなら、あいつが頼りです。だいたいパイレーツが去年、何人サードを使ったと思います？　延べ十人ですよ。主に三人だったけど、この中で規定打席に達した選手は一人もいなかった。つまり――」

「レギュラーが固定されていない？」

「ここ何年も」泰治がにやりと笑う。オッサン、結構野球を知ってるじゃないか、と感心している様子だった。

　馬鹿にしたものではない。新聞のスポーツ面は昔からよく読むのだ。各チームの動向も、それなりに押さえているつもりである。しかし、パイレーツがサードの人材不足で悩んでいるとは知らなかった。

「サードは、そんなに大変なのかな」

「いや、内野手の中では一番楽ですよ。俺が言うのも変だけど」泰治の顔に浮かぶ笑みがさらに広がる。「基本的には、反射神経だけでやれるポジションだから。ショートやセカンドみたいに難しいプレーや判断を要求されるわけでもないし。でも、その反射神経すらない選手はいますからね」

「じゃあ、花井君にはそれが備わっていた？」

「当然です。あいつ、高校ではほとんどノーエラーだったと思いますよ。軽くやってる感じだったけど、全然問題なかった。ピッチャーをやってた頃から、守備は上手かったし。何より、パイレーツにはあいつのバットが必要でしょう」

バットが必要。その専門的な言い方に、私は思わずにやりと笑ってしまった。野球の話題は、世代を超えて普遍的な物なのだと実感する——だが今は、野球談義に花を咲かせている場合ではない。

「即レギュラーというのは、プレッシャーになるだろうな」

「当然ですよ」泰治が呆《あき》れたように言った。「あいつも甲子園に出て、でかいところでプレーするのには慣れてるはずだけど、今度はそれが毎日になるんですから……ああ、今のパイレーツは、そんなに客を集められないかもしれないけど」

名門球団とはいっても、凋落《ちょうらく》は著《いちじる》しい。最近も、話題になったのは、オーナー企業が変わったことぐらいだった。

「でも、緊張するのは間違いないね」

「スカウトの人とかに、だいぶ言われたみたいです。期待している……っていうのが、お世辞でも何でもない感じですよね。本当に、あいつの肩にチームの将来がかかっているみたいな」

「実際、そうなのかな」

「慣れれば、やれますよ。あいつはそれだけのバッターですから」

泰治の顔に、何とも複雑な表情が浮かんだ。かつてのチームメートが大きく成長したこ

とに対する誇り――もしかしたら「自分が育てた」という意識もあるかもしれない――と、

自分はもう追いつけない、親友が遠い世界に行ってしまうだろうという悔しさ。

「それは、相当なプレッシャーだろうね」

「あいつは真面目だし。真剣に、プロでやれるかどうか考えていたんでしょうね。でも、

自分からは絶対に不安は漏らさないけど。そういう奴なんですよ」

「固いタイプなんだ」

「固いというか、真面目です」

「それで、かなり落ちこんでいたとか、そういうことは？　例えば、逃げ出したくなるぐ

らいに」

「それはないです」返事は早かった。「プレッシャーは誰でも、それこそあいつでも感じ

るでしょうけど、それに負けるような人間じゃないから」

「他に何かトラブルは？」

「トラブルって？」泰治が眉をひそめる。「何の話ですか」

「ドラフト一位。大金が入ってくるんだ」調べたのは醍醐だろうが、愛美が送ってきたメモには「契約金八千万円、年俸一千万円」の記載があった。

「何ですか、それ」泰治の顔が蒼褪める。「誰かが金を狙《ねら》ってるとか？　まさか」

「大金は、ほとんどの犯罪の動機になるんだ。誰かにつきまとわれてるとか、そういう話を聞いたことは？」

「ないです」泰治が断言した。「っていうか、俺は知らないです」

「そうか……分かった。何か思い出すか、彼から連絡があったら、すぐに教えてくれないか」

　私は携帯電話の番号を裏書きして、名刺を渡した。泰治が、珍しい物を見るように、名刺を恐る恐る取り上げる。遠くでチャイムが鳴り出した。

「午後の授業が始まりますので、この辺で……」担任が遠慮がちに切り出す。

「すみません、学校にまで押しかけて。それと、この件は口外しないようにお願いします。噂《うわさ》が広がるとまずいので」

　主に担任に向かって忠告する。泰治は何も言わなかった。だが、不吉な知らせを持って現れた私に、不審感以上の感情を抱いているのは間違いなかった。

3

午後の時間を使って、他の二人の同級生への事情聴取を済ませる。二人とも真面目に応対してくれたが、いい情報は得られなかった。二人は自主トレにもつき合ったのだが、あくまで表面的な物だったようである。二人とも高校でも野球を続けていたが、去年の夏の県大会で早々と敗退し、チームを離れて半年以上にもなる。どちらも、今後野球を続けて行く気はないようで、翔太の練習——調整程度——にも、付いて行くのがやっとだった、と証言した。

「あいつは俺らとは違うから」

「やっぱりプロだし」

二人の口調は、翔太を羨《うらや》むようなものではなく、むしろ心の底から感心していた。高校の三年間で、翔太がどれほど自分を追いこんで鍛えたのか、直感で理解している様子だった。そして、そういう選手とかつてチームメートだったことを誇りに思っている。

一つ、気になることがあった。二人とも泰治とは違い、翔太はいつもと変わらない様子だった、と証言したのだ。常に平静。熱くならない。プロ入りを直前に控えても、昂《たかぶ》る様子も緊張する様子もない。

翔太の実家へ向かって車を走らせながら、この三人への事情聴取は、実り多き物ではなかったな、と反省する。私が手に入れたのは「印象」であり、「事実」ではない。三人とも別の人格なのだから、同じ物を見て違う印象を抱くのも当然である。ただ私としては、翔太との距離感から、泰治の証言の方を信じたくなっていた。それに関しては、二人も認めていた。

「泰治は翔太の連れなんで」

「高校へ行っても、ずっと連絡は取り合っていたし」

自分たちとは、つき合いの深さが違う、というわけだ。だが肝心の泰治も、「何となくそう感じた」というだけで、翔太が緊張していた理由をはっきり確かめたわけではない。プロ入りを前に、神経を昂らせていたのだろう、と想像していただけである。

午後遅く、陽が山の稜線に消えかける頃、私は翔太の実家に到着した。空気は一段と冷たくなり、吐く息が白い。先ほど訪れた時にはなかったプリウスがあるのを見て、私はほっと安堵《あんど》の息をついた。両親が帰って来たのだろう。

だが、予想に反して家にいたのは、母親の仁美《ひとみ》だけだった。父親の信也《しんや》は、一度家に戻ってから信用金庫に顔を出しに行ったという。警察に相談に行く日に、休みを取らなかったのだろうか、と私は訝った。仁美の説明は、「仕事があるようなので」だけ。父親は、職場の様子を家族に詳しく伝えるタイプではなかったようだ。

仁美は疲れた様子だったが、極端に動揺はしていなかった。開き直ったのか、麻痺《まひ》したのか……私をリビングルームに通すと、丁寧に淹《い》れたお茶を出してくれた。朝昼兼用の食事を取ってから何も食べていなかったせいか、緑茶の甘みとかすかな苦みが、胃を優しく慰める。

「あの、警察にはもうお話ししたんですが……」戸惑いながら仁美が切り出す。

「分かっています」私は湯呑《ゆの》みをそっと茶托《ちゃたく》に置いた。「実は、別件で、朝からこちらにいまして。途中でこの情報を聞いたので、関係者に聞き込みをしていたんです」

「そうですか」

仁美はソファに腰を下ろそうとせず、お盆を抱えたまま立っている。動揺していないと見た判断は間違っていたかもしれない、と私は思った。

「お座りになりませんか」できるだけの愛想を作って切り出す。

「ええ、でも……」

「では、私も立ちましょうか。目の高さが違うと、話しにくいんです」

「すみません」頭を下げ、仁美がソファの端に遠慮がちに腰を下ろした。自宅ではなく、他人の家に闖入《ちんにゅう》してしまったような様子である。お盆は依然として、胸に抱えたまま。

「翔太君の、中学時代の友だちに話を聴いてきました。正月に会ったそうですね」

「泰治君たちですか？」

「ええ」

「小学校からずっと一緒に野球をやってきた子たちなんです」

「そうですね……心配していましたよ」

「話したんですよね？」確かめる仁美の顔は、蒼褪めている。

「ええ。迷ったんですが、事情を説明しないで話を聴くと、彼らを戸惑わせてしまいますから。口外しないように、口止めはしておきました」それがどこまで通用するかは分からないが。

「本当に、困るんです」仁美が目を伏せる。顔を上げた時には、目の色が暗くなっていた。

「スキャンダル、ですよね」

「そうと決まったわけじゃない。何か、誰もが納得できる事情があるかもしれないし、事件かもしれません」

「事件」仁美の表情がさらに暗くなった。「事件って……」

「それは、可能性の一つです」私は慌てて言い直した。「自分の意思で行方をくらましたのではない可能性もある、というだけです。今のところ、事件に巻きこまれたという情報は、まったくありませんから」

仁美が大きく肩を上下させて溜息をついた。ようやくお盆をテーブルに置く。

「あの子、子どもの頃から、プロ野球選手になるのが夢だったんです」

「そう聴いています」

「それもパイレーツの大ファンで。あの子が小学生の頃、アクアラインが開通して、横浜へ簡単に行けるようになったでしょう？　それで、休みに試合がある日は、必ず父親が車で連れて行ったんです」

「ええ」いったいいくら金がかかったのだろう、と私は想像した。当時の通行料金を考えれば、観戦するだけでも一万円札が何枚か消えていったはずである。「だったら、子どもの頃からの夢を叶《かな》えたんですね」

「そうなんです」仁美が身を乗り出した。「だから、あの子が自分で姿を消すなんて、考えられません」

「高校へ進学してから、実家へはよく帰ってきていたんですか？」

「年に二回だけでした」仁美が寂しそうな笑みを浮かべる。「夏の大会が終わった後と、正月……まとまった休みは、そういう時ぐらいしか取れませんでしたから。この前の正月休みは、本当に久しぶりに二週間も家にいたんですよ」

「その時、何か変わった様子に気づきませんでしたか？」

この質問には、我ながら飽き飽きしていた。ひどく抽象的で、相手の記憶のみに頼るような質問。もう少し、具体的な質問をぶつけたいのだが、まだ何も分かっていないこの段階ではどうしようもない。それでも仁美は必死で考えてくれた。

「特にないんです。ずっと考えていたんですけど……元々無口な子ですから、何を考えているのか、私たちにも分からないことが多くて」

「電話やメールは？」

「それも、必要な時だけでした。向こうから連絡してくることは、ほとんどないんですよ。こっちがメールを送っても、ほんの短い返事がくるだけで。愛想がないっていうか……」

「最近はどうですか？　正月休みが終わって学校の寮に戻ってからは、連絡を取りましたか」

「いえ」

私は頭の中で、時間軸を整理した。正月休みが終わり、学校が再開したのが七日。翔太は前日、日曜日の午後に実家を出て寮に戻っている。最後に姿が確認されたのは、六日の夜だ。寮で夕食を取り、自室に戻ったのだが、始業式の朝になったらいなくなっていた。チームメートが気づき、監督に連絡。監督から学校に、さらに実家に連絡が行ったのが、昨日の朝である。そして今日が八日の火曜日。一日かけて捜し回り、何の手がかりも得られないまま、今朝になって失踪課に駆けこんできたことになる。

「翔太君の交友関係なんですけど、野球部以外の友だちなんかはどうなんですか？」

「ほとんどいないと思います。本当に、野球漬けの毎日でしたから。毎日練習で疲れていたから、どこかへ遊びに行くようなこともなかったはずです。監督さんもそう仰《おつしや》ってました」

「平野《ひらの》監督」私は手帳に視線を落とした。

「ええ。本当にお世話になって……プロ入りが決まったのも、監督のおかげです」

「監督はどんな様子でした？　いや……あなたに聴くのは筋違いだと思いますけど、私は会っていないので」

「立派な人です。部員と一緒に寮に住んで、生活面の指導までしているんですよ。だから、皆さんは、とても礼儀正しいんです」

うなずいたが、それは「指導」ではなく「監視」では、と思った。いくら野球漬けの毎日と言っても、高校生は遊びたい盛りである。常に監視の目を光らせていないと何をするか分からない、と心配になるのも自然だ。

「監督も心配でしょうね」

「ええ。あの高校からは、久しぶりにプロ入りする選手なので」

「球団の方には……」

「知られたら、大変なことになります……なると思います」

仁美が唇を噛んだが、私には、少し神経質過ぎるように思えた。姿を消す人には、それぞれの事情がある。止むに止まれず、という場合も少なくない。だが、スキャンダルを嫌うプロスポーツチームがこの状況を知れば、眉をひそめる程度では済まないだろう、と思い直した。ドラフト一位の選手が、入団前に失踪――スポーツ紙だけではなく、一般紙の社会面を飾ってしまう記事だ。

「では、あくまでチームには内密で捜索を続けたい、ということなんですね」

「お願いします」仁美が深々と頭を下げた。「どうしても、知られたくないんです」

難しい……家族の意向は大事にしなければならないが、私は両手を縛られたようなもどかしさを覚えていた。

「知られると、具体的にまずいことがあるでしょうか」

「だって、入団前なんですよ」仁美が必死に訴える。「そんな、いきなり姿を消したりしたら……事件に巻きこまれても同じことです。だらしない人間だと思われたら、入団が取り消しになるかもしれません」

事件だったら、そういうことはないのではないか。不可避な事情があったら、同情こそされ、本人が責任を問われることはあるまい。もちろん、本人の意思で犯罪に手を出したりしたら別だが……高校生、それもかなりしっかり管理された野球部員の悪さといえば、喫煙か万引き、後輩への暴力沙汰ぐらいのものだろう。だが今まで話を聴いた限りでは、翔太はそういうことには縁はなさそうだった。

「本当は、球団の方で何か事情を知っているんじゃないかと思うんですが」

「やめて下さい。お願いです」仁美が悲鳴に近いような声を上げた。「どうか、穏便に……」

彼女の言うことも理解できる。ようやく夢を叶えることができたのだから、下らないことで挫折《ざせつ》させたくないのだろう。もちろん、翔太が今「下らない」状況に置かれているかどうかは分からないのだが。

「ちなみに、今まで何日も連絡が取れなくなったようなことはありますか?」

「それは、普段頻繁《ひんぱん》に電話はしませんけど……ないです。ないはずです。基本的には、野球のことばかり考えている子なんです」

ポイントはやはり学校にあるだろう、と私は納得した。日常的に接していたのは監督やチームメートなのだ。何か異変があったら、見逃さないはずである。千葉での聞き込みはひとまず終えて、東京へ戻ろう。醍醐と合流して、向こうでの捜査再開だ……ただし、今から戻ると夜になってしまう。それから、学校で事情聴取ができるかどうかは分からない。

「何か思い出したら、すぐに連絡して下さい。いつでも構いません。時間は、気にしないで結構ですから」

私が渡した名刺を、仁美が押し頂くように受け取った。まるでそれが、解決への細い糸であるかのように。

腰を上げた瞬間、玄関のドアが開く音がした。

「おい――」怒ったような声が響き渡る。

「主人です」仁美が、目の端から零《こぼ》れ落ちそうになっている涙を指先で拭《ぬぐ》い、素早く立ち上がった。

「挨拶させてもらっていいですか？　できれば話も聴きたいんですが」

「ええ……ちょっとお待ち下さい」

仁美が部屋から消えた後、私は立ち上がって庭を眺めた。こちらからだと、手作りのバッティングケージがよく見える。三重の円になっているターゲットは、あちこちが黒ずんでいた。使っていたのは小学校から中学校……あのターゲットは、二代目か三代目ではないだろうか。

後ろでどたどたと激しい足音がする。振り向くと、父親の信也が硬い表情で立っていた。言葉もなし。怒っているな、とすぐに分かったが、彼の気持ちは理解できる。多くの人が、警察に相談すればすぐに何とかなると思っているのだ。もちろん実際には、物事はそう簡単には動かない。それでも失踪課は、他のセクションに比べれば腰が軽いのだが……信也は、自分が不躾《ぶしつけ》な表情を浮かべていると気づいたようで、慌てて頭を下げる。私も軽く会釈《えしゃく》した。

「今、奥さんから話を伺っていました」

「ええ。すみません、お手数をおかけして」最初の怒った様子からは想像もできない、腰の低い態度だった。

「いえ、これが仕事ですから。それより、ちょっと話を聴かせていただいてもいいですか？　向こうでもうちのスタッフに話されたでしょうし、お疲れのところ申し訳ないんですが」

「とんでもない」信也が大袈裟に顔の前で手を振った。「何でも聴いて下さい。どうぞ、お座り下さい」

促されるまま、私は再度ソファに腰を下ろした。無性に煙草が吸いたくなったが、この家は基本的に禁煙のようだ——喫煙者なら臭いで分かる。何とかニコチンの誘惑を断ち切り、私は仁美にぶつけたのと同じ質問を並べた。父親なら、母親とはまた接し方が違うのではないかと思ったが、出て来た答えは、基本的に仁美と同じようなものだった。やはり、この三年間、ほぼ離れて暮らしていたのが大きい。全寮制で、野球漬けの毎日を送ってきたのだから、中学生の時とは生活習慣も性格も変わってしまうだろう。それでなくても高校生の頃は、自我が確立する時期で、親とはあまり話したがらないはずだ。

私はあっという間に手詰まりを感じ、腕を組んだ。首を巡らし、庭を見やる。ガラス越しに、やはりバッティングケージが見えていた。

「あのケージは……」

「ああ」信也の目尻が下がり、別人のような顔になった。「あれ、三代目です」

「三代目？」

「前の二つは壊しちゃいましてね」表情が誇らしげになる。「二個目は、打球がネットを突き破って」

「不良品じゃないんですか」

「いやいや」どこか余裕を感じさせる顔つきで、信也が首を振る。「メーカーにも聞きましたけど、そういう不良品はあり得ないそうです。それだけ打球が強烈だったんでしょうね」

「硬球ですよね」

「いえ、軟球。中学二年生の時でした」

化け物伝説か……プロ入りするような選手は、やはりどこかで、こういう破格のエピソードを残しているものだろう。

「軟球で、ねえ」私は首を捻った。

「信じてませんね？」信也が悪戯《いたずら》っぽい表情を作った。「私の目の前で起きた出来事でしたから、間違いありませんよ」

「練習、ずっとつき合ってたんですか？」

「ええ、小学校の四年生の時から……小学生の時は毎日一時間、中学校に上がってからは二時間、ずっとトスバッティングです」

「それは大変ですね」私は正直に言った。いくら息子のためとはいえ、仕事で疲れた体で毎日練習につき合うのは、口で言うよりずっと大変だったはずだ。トスバッティングは、つき合う方には恐怖もあるのだ。斜め前から軽く投げたボールを打ち返す。距離が近いだけに、トスを上げている方は、打球の勢いを肌で感じることになる。それを一時間、二時間続けるのは、トスを上げるだけであっても大変なことだ。

「いや、息子のことですから。息子に才能があるのが分かれば、私の時間を割《さ》くぐらいは何でもありませんよ……私も野球は大好きなんです。高校で野球部に入って、ついていけなくてすぐに挫折しましたけどね。子どもに自分の夢を託しちゃいけないんだろうけど、どうしても自分の若い頃と比べて……おかしくはないですよね」探るように訊ねた。

「もちろんです」自分はこういう感情を抱いたことはなかったな、と寂しく思う。妻は、綾奈には運動ではなく習い事をさせたがっていた。英語か、ピアノ。私はどちらかというと、何かスポーツをやらせたかったのだが、夫婦の意見は最後まで――綾奈がいなくなるまで合わなかった。もしも綾奈のことがなくても、いずれ私たちの関係は破綻《はたん》していたのではないか、とも思う。

弁護士と結婚すると、ろくなことがない。刑事である私はこちら側、彼女は向こう側の人間である。さらに性格が合わなければ……これればかりは、一緒に住んでみないと分からないことだった。

　気を取り直して話を進める。

「東京栄耀高校に決めたのは……」

「本人です。いろいろ調べて、自分で決めてしまいました。私は私で、いろいろ考えていたんですけどね。できれば千葉県内の高校がいいと思ってたんです。千葉にも、強いチームはいくらでもありますからね。家からも近いし」

「東京は遠いですよねえ」

「心理的にも、ですね」信也が小さく溜息をついた。「東京湾を跨《また》いで、と考えると、ずっと遠くですよ」

　直線距離にすれば、ここと荻窪は五十キロぐらいしか離れていない。しかしアクアラインがなかったら、フェリーを使うか、ＪＲを乗り継いでいかなければならない。車なら、渋滞する首都高環状線が待ち受ける。往復するだけで一日かかるような感覚だろう。

「ドラフトで指名された時、どんな様子でしたか？」

「それは大喜びしてましたけど、本人、もう分かってたんじゃないかな」

　裏で接触していた？　あの世界がどんな風になっているかは分からないが、いろいろ噂は聞いている。だが私は、その疑問を口には出せなかった。

「分かってたというのは……」

「指名されることは、確信していたはずです。甲子園に出て、全国の強豪校と当たって、それで自分の実力はある程度分かるでしょう。ドラフト一位に値するかどうかは分かりませんけどね。そういうことに関しては、感情を表に出さない子だったから」

「正月に帰省した時なんですが、いつもより緊張していたような様子はありませんでしたか？」

夫婦が顔を見合わせ、同時に「いいえ」と否定した。

「入寮からキャンプインまで、間近でしょう。どんなに神経の図太い選手でも、緊張しそうなものですが」

「そういうのは、気にしないタイプだったので。父親の私が言うのも何ですが、常に平常心です」

「皆、そう言いますね」泰治を除いては。かすかに違和感があるが、親でも気づかないことを、親友なら見抜けるというのはあり得る。

「あの……見つかるでしょうか」信也が心配そうに訊ねる。

「まだ捜索を始めたばかりです」

「しかし……」

「いなくなって、まだ二日ですよ。大丈夫でしょう」そんなことはない。時間が経てば経つほど、発見の可能性は低くなるのだ——特に、本人が意図的に姿を消している場合には。

ただし、半年なり一年なりが経って、突然手がかりが出てくることも、稀《まれ》にはある。本人が油断して、何か手がかりを残してしまうのだ。それまで使っていなかった銀行のカードを迂闊《うかつ》に使ってしまったり、とか。急病で病院に駆けこみ、そこで保険証を使ったのではれた、ということもある。しかしそれは、大人の場合だ。そもそも高校生が、長い間身を隠しているほどの金を持っているはずがない。「失礼ですが、翔太君は、いつもどれぐらい金を持ってますかね？　財布の中にはいくらぐらい入ってますか？」

「それは……」仁美が頰に手を当てた。「一万円とか、それぐらいだと思います。自分で小遣いにできるのは、そんなものです」

「同世代に比べると、多いんじゃないですか」

「よく食べますから」仁美がわずかに表情を崩した。「でも、体のためですからね。そのために、少し多めにお金は渡していました。あと最近は、念のためにカードを持たせていました」

「高校生なら、デビットカードですね？」

「ええ。ほとんど使っていないんですけど」

私は一呼吸置いて、一番懸念している問題を口にした。

「契約金は多額ですよね」

「それは全部、私たちが管理しています」信也が素早く言った。「高校生がどうこうできる額じゃないですから。全額、ちゃんとうちの信用金庫に預けています。いずれ、あいつが自分の家庭を持つことになったら、渡すつもりですよ」

「だったら、仮に家出だったとしても、長くは持ちませんね。金がないと、何もできない」目端が利《き》く高校生なら、カードや携帯も使わないようにするだろう。

二人が、真剣な目つきで私を見た。私はできるだけ柔らかい笑みを浮かべた。どうしても強張《こわば》ってしまうが……こういう場面での対応が得意なのは、刑事総務課の大友鉄《おおともてつ》だ。あの男はちょっと人目を引くハンサムな男だが、同時に、全身を包む独特の柔らかい雰囲気《ふんいき》がある。相対した人の硬い心を自然に解《ほぐ》し、喋らせてしまうような。今、目の前にいる二人は、あくまで真面目な表情だった。私の笑顔は、まったく効いていない。

「未成年の場合は、金がなくなったらすぐに戻って来るケースが多いんです。働こうとしても、簡単に雇ってくれるところはありませんからね。だいたい、友だちのところに二、三日転がりこんで、それに飽きたら帰ってきますよ」

「でも、あの子には、チームメート以外でそれほど親しい友だちはいませんよ」

信也が重苦しい口調で告げた。野球漬けの毎日……翔太の世界は、広いようで案外狭いのかもしれない。

4

夕方のラッシュに巻きこまれ、渋谷中央署に戻った時には午後七時になってしまった。失踪課は無人。室長の真弓まで、現場に出ているのか……荷物を下ろし、コートと背広を脱いで一息つく。夜になって暖房が弱まり、ワイシャツ一枚では少し肌寒かったが、緊張感を保つためにはこれぐらいがちょうどいい。

誰かが淹れたコーヒーが残っていた。自分のカップに注ぎ、立ったままコーヒーを飲みながら周囲を見回す。交通課の隣にある失踪課の周辺は、常に人が多くざわついているのだが、この時間になるとさすがに静かだった。巡査が一人、行方不明になっているのだから、もっとざわついた雰囲気になっていると思っていたのだが、いつもの夜と同じである。

「あら、お帰りなさい」

「公子《きみこ》さん」

庶務担当の小杉《こすぎ》公子が、両手にコンビニエンスストアの袋を提《さ》げて戻って来たところだった。

「買い出しですか？」一個を引き受け、自分のデスクに置く。

「そう。これから皆帰って来るから」

「ということは、今夜は長引きますね」

「そうねえ……室長が今、警務課で会議してます。署長も一緒」

「どうするつもりなんですかね」私は思わず顔を歪めた。署の幹部も巻きこまれて大騒ぎしているわけか。「公表するのかな」

「それも含めて相談しているみたいよ」公子が声を潜める。「何しろ、持ってる物が持ってるものだから……」

行方不明になった巡査が、銃を撃ちまくって無差別殺人をするとは思えなかったが、危険な凶器が街に出ているのは間違いない。

「行方不明になってるの、どんな男なんですか」

「ちょっと待って」

公子が自分のデスクにコンビニエンスストアの袋を置いて、一枚の書類を取り上げた。私に手渡すと、側に立ったまま説明を始める。

「高木《たかぎ》幸一郎《こういちろう》、二十一歳」

「ここは卒配ですか？」

「そうね。高校を出て、警察学校から渋谷中央署が初めての配属」

所ずつの交番がある。

「恵比寿《えびす》の駅前」管内では、渋谷駅周辺に次ぐ繁華街だ。代官山《だいかんやま》周辺、広尾《ひろお》周辺も繁華街と言えるが、あの辺りは住宅街としての顔が強いので、防犯的な仕事は、渋谷や恵比寿の駅に近い交番の方がはるかに大変である。実際、渋谷駅周辺にも恵比寿駅周辺にも、三か所ずつの交番がある。

　私は書類に添付された高木の顔を見た。若い。そして甘い。制服姿なので多少は経験を重ねたように見えるが、顔つきそのものは高校生のままである。警察学校で揉《も》まれた後は、誰でも多少は精悍《せいかん》な顔つきになるのだが、高木の場合はまだ、幼さの方が上回っていた。

「若いですねえ」私は溜息をつくように言った。

「それはそうよ」呆れたように公子が答える。「まだ成人になったばかりじゃない」

　そうか……今日の私は、二十歳前後の人間ばかりを相手にしている。一人は遺体。二人は失踪。それぞれ立場が違う――一人は身元も分からないのだ――が、どうにも複雑な気分だった。まさに、自分の子どもであっても不自然でない年齢の若者たち。

「賞罰は特にないんですね」

「そう……目立たない子だったみたいね。でも、二十歳そこそこで表彰されるなんて、だいたい運がいいだけでしょう」

「まあ、それはそうですけど」

私はコーヒーを一口啜《すす》った。急に空腹を覚える。公子は目ざとく私のコンディションを見抜いたようだった。

「それ、食べて下さい。いろいろ買ってきたから」

「皆が戻って来るまで待ちますよ。これだけ用意してあるってことは、全員集合の予定なんでしょう？」

「たぶん、八時過ぎに」公子が腕をひっくり返して時刻を確認した。「その後、警務課と地域課主導で、全体の対策会議を開く予定みたいだから」

「じゃあ、今やってる打ち合わせは何なんですか？」

「署の幹部会。室長はオブザーバー」

失敗しがちなパターンだ、と私は舌打ちした。会議が重なると、会議をすること自体が仕事だと思いこんで、満足しがちである。

「醍醐は？」

「私は連絡を受けてないけど。ずっと学校の方に行ってるんじゃないかしら」

「長いですね」午前中からずっと聞き込みをしているのか……それもおかしくない、と思った。行方不明になっているのは高校球児である。他の事件に比べて、醍醐の思い入れははるかに強いはずだ。後で連絡を取ってみよう。こちらの一件も緊急性は高い。

「公子さん、まだいますか？」

「皆が帰って来るまではね」

「無理しなくてもいいですよ。俺が残ってますから」

「それでも一応、ね」公子が肩をすくめる。

私はひとまず、駐車場に向かった。煙草を吸える場所。久しぶりに一服し、体の隅々にまで煙が回る快感を味わいながら、醍醐に電話をかけた。

「今、そっちへ向かってます」

「収穫は？」

「特にないですね」醍醐の声は暗く、疲れが滲《にじ》んでいた。「高城さんは？」

「具体的な話は何もない。富津は、現在の地元というわけじゃなくて、単なる出身地だからな」

聞き込みの成果——成果というほどではないが——を説明する。話しながら、泰治の顔を思い浮かべた。マイナス要因——失踪の動機になりそうなことを話してくれたのは彼だけである。だが、あくまで印象に過ぎない。あまりそこに引っ張られないように、と自戒する。

「戻って来たら、取り敢えずこれからの捜査方針を決めよう」

「難しい、かもしれません。立ち寄り先がないんですよね……学校と寮、グラウンドぐらいで。普段は、遊びに行くこともほとんどないみたいです」

「野球部からは引退してるじゃないか」

「何言ってるんですか。彼にとっては、今の時期のトレーニングこそ大事です」

「ああ」

試合に出ることがなくなっても、自主トレで手を抜くわけにはいかない、ということか。ずいぶん昔だが、醍醐も同じような高校生活最後の半年を送っていたはずである。

電話を切り、煙草を二本灰にして失踪課に戻ると、真弓が自室――ガラス張りで私たちは「金魚鉢」と呼ぶ――に入ろうとするところだった。気配に気づいたのか振り向き、部屋へ入るよう、私に促す。

「富津の遺体の件は聞きました」腰を下ろすなり、切り出した。だが、それ以上は一言も言わない。「よかった」も「残念」も、この場に相応《ふさわ》しい言葉ではないと分かっているのだ。

「個人的な事情で、すみません」私も軽く頭を下げた。本当は、もっと深々と一礼しなければならないところである。私のわがままで、彼女にもだいぶ負担を強《し》いているのだから。

「それはいいから」真弓がひらひらと手を振った。一時は精神的にだいぶひどい状態にあったが、最近はすっかり元に戻っている。傲慢《ごうまん》で、上昇志向を隠そうともしない。鬱陶《うっとう》しいが、これが失踪課の日常だ。「で、野球少年の方は？」

私は簡単に事情を説明した。話を聞いているうちに、真弓の表情が次第に曇ってくる。

こめかみに人差し指を当ててぐりぐり動かし、唇をぎゅっと引き締めた。やっと口を開いたと思ったら、「きついわね」と彼女らしくない弱気な言葉を吐き出す。

「まだ始まったばかりですよ」

「誰かと一緒に逃げてる、ということはないの？」

「金のことを心配してるんですか？」

「高校生が、長く隠れていられるほど金を持っているとは思えないわね」

自分と同じことを考えていたのだと思い、思わずにやりとした。それを見て、真弓が気味悪そうに眉をひそめる。私は一つ咳払《せきばら》いして、話を警官の失踪の方に持って行った。

「今のところ、手がかりなし」真弓の眉間《みけん》の皺《しわ》が深くなる。

「勤務中に行方不明になった、ということですよね」

「そう。つまり、制服を着ていた」

「家の方は？」家といっても、渋谷中央署の庁舎の上階だ。若い外勤警官は、所轄《しょかつ》の建物内にある寮に入ることが多い。

「部屋の様子は変わっていないわ。何か持ち出された物もないみたい」

「制服でうろついていても……」

「それほど不自然ではないわね」

日本全体で、警察官の人数は約二十万人。警視庁だけでも四万人いる。制服姿でパトロールしている警官も、時間帯にかかわらず、あちこちで見かける。もちろん、そんな格好で風俗店に出入りでもしていたらすぐに問題になるだろうが、今のところ、妙な場所で若い制服警官を目撃した、という情報は入っていなかった。

「実家は？」

「都内なんだけど、そちらにも連絡はいっていないわね」

二十一歳――特に最近の二十一歳は、まだまだ子どもだ。何かあれば実家を頼って、ということもあり得る。何か――それが問題なのだが。

「仕事の問題は？」

「特になし」真弓が即座に言った。「恵比寿駅前交番のハコ長からも、かなり詳しく事情は聴いたけど、基本的に問題はない、と判断しました」

「それはハコ長の認識でしょう。最近の若い連中は、我々が考えもしないような些細《ささい》なことで、ショックを受けますよ」

私は、警察内部のパワハラを心配していた。昔なら、交番の執務室の裏で殴《なぐ》られても、「鉄拳教育」で笑って済まされたものだが、今はちょっときつい言葉が飛びかっただけでも、問題になる。もちろん、捜査の最前線、混乱する現場では、それも仕方がない。人は、早く情報を伝えようとすると、何故か怒っているような口調になるものだから。問題になるのは、日常勤務の中での暴言や暴力である。

「あのハコ長——松木《まつき》さんは、無闇に怒鳴るようなタイプじゃないわよ。話したらすぐ分かったわ」

恵比寿駅前交番の責任者とは、私は面識がなかった。だが、真弓が直接話して「違う」と判断したなら、それは信じていいと思う。非常に独善的な女性だが、刑事としての勘に間違いはない。

「だったら、仕事上の問題じゃないですね」

「たぶん、ね」途端に歯切れが悪くなった。まだ完全には潰し切れていない、ということか。「街を歩いている時に何かが起きても、ハコ長が全部把握しているわけじゃないし」

私はうなずいて、彼女の意見に同意した。「報告」は若い警察官が真っ先に叩きこまれることだが、見たこと聞いたこと全てを報告されたら、上の人間もパンクしてしまう。何かを見た、聞いた——それが報告に値するかどうかは、個人の判断に任されているのだ。それ故、往々にして、重大な事案の報告が遅れて対応が手遅れになってしまうのだが……若い警官は経験が少ないから、余計なことまで話してしまうタイプと、遠慮して必要なことさえ言わないタイプに二分されがちである。

「もう少し、周辺を調べてみる必要はありますね。私生活の問題も」

「そうね」真弓が素直にうなずく。「ただ、トラブルを起こしそうなタイプには思えないのよ。趣味らしい趣味もなくて、休みの日はだいたい、部屋でＤＶＤ鑑賞。海外のアーティストのライブが好みだったみたいだけど」

「アクティブな人間じゃないんですね。コンサートに出かけたりとかは？」

「そういうことはなかったみたい。だいたい、コンサートはお金もかかるし……たまに実家に帰ったりするぐらいで、基本はインドア派ということね」

「同僚の方は？」

「今のところ、有力な証言はなし。あなたにも力を借りたいところだけど、事件が二つだから」

「分かってます」私は膝《ひざ》を叩いて立ち上がった。「こちらも難しそうですが、何とかします。野球少年が無事に戻って来たら、そちらの捜査に合流しますよ」

「どちらが先かしらね」

溜息をつき、真弓が受話器を取り上げた。潮時だと思い、私は金魚鉢から出た。振り返ると、彼女が真剣な表情で誰かと話し始めるのが見える。庁内外交——忘れられないために、上司にご機嫌伺いをする——にいつも勤《いそ》しんでいる真弓だが、今回は違うだろう。業務として連絡しなければならない人間が、いくらでもいるはずだ。

制服姿の法月が、公子と話していた。小柄な体は、この問題に対処するうちにさらに縮んでしまったようで、疲労感を濃く漂わせている。

「オヤジさん」

「ああ」法月が薄い笑みを浮かべ、力なく右手を上げた。「参ったねえ」

「今、室長から話を聴きました。警務課も大変ですね」

「なあ。身内のことで……お恥ずかしい限りだ」法月が両手で顔を擦った。「こんなことで、失踪課の優秀な面々にご面倒をおかけするのは申し訳ないよ」

「これも仕事ですよ」私は手を振った。今の法月の言葉はジョークではなく、本心からだと理解する。法月は本質的に、礼儀には煩い男なのだ。内輪の不祥事に失踪課が乗り出すことについては、実際に申し訳なく思っているのだろう。

「室長に聞いたんですけど、失踪の動機が見当たらないそうですね」

「ああ。無色透明みたいな男なんだよ。まだ個性を発揮するに至っていない、と言うべきかもしれんが。誰かとトラブルを起こしたこともないしな……意味が分からん」

「この件、公表するんですか？」

「いや」法月の顔がさらに蒼くなる。「失踪案件を一々公表してたら、きりがない」

まさか……これは単なる失踪ではない。何の目的があってかは分からないが、高木は銃を持ったまま行方をくらましているのだ。しかし、上層部の判断も理解できる。何かが起きる前に一刻も早く見つけ出し、この件全体をなかったことにしてしまいたい、と思っているに違いない。あとはひたすら隠蔽《いんぺい》。褒められたことではないが、ことがことだ。管理態勢などの問題でマスコミに突っこまれて頭を下げるよりは、隠蔽に力を注いだ方がまし、ということなのだろう。

　だがそれも、高木が早く見つかれば、という前提での話だ。失踪が長引けば、この件は必ずマスコミに漏れる。

「お前さんは、別件で動いてるんだって？」

「ええ。今日はたまたま、案件が重なってるんです」

「こっちもお前さんがやってくれれば助かるんだが……そうもいかないか」法月が溜息をついた。

「もう一件の方も、緊急性が高いんですよ」

「そりゃ、事件はいつでも緊急性が高いわな」

　もう一つ溜息。かなりへばっているようだ、と私は心配になった。法月は心臓に持病を抱えている。きっちりとしたローテーション勤務になる警務課なら、それほど心臓に負担はかからないはずだが、今は違う。肉体的、精神的に疲れはピークに達しているだろう。

「法月さん、糖分補給」

　公子が、コンビニエンスストアの袋から飴《あめ》を取り出し、パッケージを破いて法月に飴を渡した。黒糖何とか飴。歯が溶けそうな甘さを想像すると、何故かかすかに胃が痛む。だが法月は顔を綻《ほころ》ばせ、さっそく一粒を口に放りこんだ。

「悪いね」公子に向かって微笑《ほほえ》みかける。右頬が大きく膨《ふく》らみ、言葉が濁っていた。

「疲れてる時は、甘い物が一番ですよ。肉体的にもそうだけど、精神安定剤になるんですって」

「確かにね。いい感じだわ」うなずき、法月が踵を返して去って行った。がっくりと落ちた肩を見ると、飴の疲労回復効果に即効性があるようではなかったが。

法月と入れ替わるように、失踪課のメンバーがぞろぞろと帰って来た。といっても、三人。愛美を先頭に、田口《たぐち》、森田《もりた》。愛美は例によって、怒ったような表情を浮かべている。いつもは艶々《つやつや》している髪も、今夜は輝きを失っていた。私を見ると軽く一礼し、隣の席に腰を下ろす。

「何もなし、か」顔を見ただけで、一日が無駄になったことが分かる。

「高城さんは？」

「右に同じ、だ」

「まさか、身内の人間を捜すことになるとは思いませんでしたよ」

「こういうこともある」

愛美が口を開き、何か言いかけた。だが彼女の頭の中にあったのは、こんな場所で言っても仕方ない台詞だったのだろう、すぐに口を閉ざしてしまう。

「飯の用意があるから、食べてくれ。今夜はまだ長そうだから」

声をかけたが、反応が鈍《にぶ》い。田口だけは、早々と袋に手を突っこんで、握り飯を頬張り始めた。交通部から異動してきたこの男は、未だに失踪課に馴染んでいない。ぼうっとした外見通りに、一々反応が鈍い。刑事の仕事に慣れていないせいもあるが、常にワンテンポ遅れるのだ。今回も役に立っているのかどうか……戦力としては考えられない。自分よりも年上のこの部下を、私は正直持て余していた。森田は食べ物にも手を出さず、デスクに突っ伏してしまう。そんなに疲れたのだろうか。こちらも覇気のない男で、尻を蹴飛《けと》ばしてやらないと動かないタイプである。法月が異動して以来、この分室の戦力も大きく削がれたのだ、と意識せざるを得なかった。

醍醐が戻って来た。こちらはまだ元気一杯。すぐに食料を発見して、立て続けにサンドウィッチを二つ、平らげてしまう。

「元気ですね、醍醐さん」うんざりしたように愛美が零す。

「あいつにとっては、思い入れのある事件だからな。やる気も出るよ」

「そうなんでしょうけど」思い切り伸びをし、欠伸を嚙み殺す。

「そっちは、かなり面倒か？」

「そうですね。今のところ、まったく足取りが摑めないんです」

「どこかに籠《こも》っているか……」

「それも考えにくいんですよ。制服を着たままホテル、なんてあり得ないでしょう」

「だとするとどこかで着替えたか。寮の部屋でも実家でもないとすると、友だちかな」

「そこまで捜索範囲を広げてるから、面倒なんです」うんざりしたように、愛美が欠伸を嚙み殺す。「高校の友だちにまで話を聴いていますからね。これがなかなか、摑まらなくて」

「大学生が多いのか？」

「ほとんどは。大学生って、結構忙しいんですよね」

冴《さ》えない言葉のやり取りは、真弓の一言で打ち切りになった。ドアから首を突き出し、「打ち合わせ」と短く告げる。私たちはすぐに、大部屋から面談室に移動した。失踪課の部屋で、打ち合わせに使えるのは面談室だけなのだが、あそこは四人しか座れない。何となく、自分は立っていなければならないだろう、と思った。他のメンバーは、疲労の色が濃過ぎる。

結局、私と醍醐が壁に張りついて立った。真弓が、状況をまとめて説明する。

「――ということで、明日も引き続き捜索を続行。うちは、高木巡査の高校時代の知り合いに当たります。明日からは、一方面分室、七方面分室も捜査に協力してくれるわ」

「ちょっと待って下さい」私は背中を壁から引きはがした。失踪課の三つの分室全員がかかわる捜査など、これまでもほとんどない。「いったい、この件に何人投入してるんですか？　あまり派手に動くと、人目につきますよ」

「今はとにかく、早く見つけることが大事だから」自分に言い聞かせるように真弓が言った。

「しかし、手がかりはまったくないんですよね」

「分かってます。だから、これだけの人数を投入してるの」真弓が私を睨《にら》みつけた。話は早くも堂々巡りになっている。「高城警部は、引き続き高校生の方をお願いします」

「その件なんですが、当面は俺一人でいいですよ」

隣に立った醍醐が、音がしそうな勢いでこちらを向いたのに気づく。それを無視して、醍醐以外のその場の全員に向かって話しかけた。

「事件に軽重はつけられないけど、高木巡査の一件の方が緊急性が高いのは間違いない。何しろ銃を持っているんだから……醍醐も、そっちに力を貸してやってくれ」

「平気なの？」真弓が眉をひそめる。

「何とか」私は肩をすくめて、曖昧《あいまい》な返事をした。「そちらが片づけば、こっちの捜査に切り替えてくれればいいんです。それより、明日以降、拳銃携行でいかなくていいんですか？」

沈黙が降りる。真弓がその場の固い雰囲気を破ろうとしたのか、「冗談はそれぐらいで」と言ったが、私は静かに反論した。

「高木巡査が、どうして拳銃を持ち出したかは分かってないんでしょう？　本人の身柄を確保しなければならなくなった時、こっちが丸腰だとまずいんじゃないですか」

銃に関しては、特に森田が役に立つ。他のことではまったく当てにならない男なのだが、射撃の腕だけは確かなのだ。人事の方から、「オリンピックを目指して本格的に始めないか」と誘われたこともある。どうしてその時「イエス」と言わなかったのか、私には謎《なぞ》だ。受け入れていれば、今頃森田はオリンピックの日本代表になっていたかもしれないし、失踪課は不良債権を抱えこまずに済んだ。

「その件は、検討します」真弓が真面目な口調で言って立ち上がった。「高城警部、他に何か言っておくことは？」

「残念ながら、ないですね」私は腕組みしたまま首を横に振った。捜査はほとんど進展しておらず、報告事項が何もないのは悔しいの一言だった。

その場で解散になったが、私は醍醐を裏の駐車場に誘った。彼は煙草を吸わないが――吸うのは三方面分室で私だけである――どうしても話をしておきたかった。明日以降の捜査のベースを作っておかなければ。

煙草に火を点け、口を開こうとしたのだが、醍醐はそっぽを向いていた。珍しく不機嫌になっている。

「お前を高木巡査の件に割り当てたことに、他意はないよ」

「俺も別に……冷静ですよ」

「本当かね」

「オス」醍醐が私の顔を正視した。体が大きいので、やけに迫力がある。「確かに俺は、野球には特別の思い入れがあります。でも、それと捜査は別ですから。ちゃんとやりますよ」

「分かってる。取り敢えず、高木巡査の方が緊急性が高いんだ。きっちりやってくれよ。明神はともかく、森田と田口さんは……当てにならないから」

「ああ」醍醐が唇を歪めた。こういう時、法月の不在は痛い。彼のベテランらしい巧《たく》みなやり方に、どれだけ助けられたか……もっとも今回は、彼も警務課の人間として捜査に参加しているのだから、実質的に一緒に仕事をするようなものだ。

「だから、取り敢えず頑張って、早く高木巡査を見つけ出してくれ」

「分かりました……しかし、オヤジさんも大変ですよね」

「なあ」私は手元の携帯灰皿に煙草を押しこんだ。「所轄の警務課なんて、普通は楽できるのにな。この件だって、本当は地域課がきちんと責任を持ってやるべきなんだ」

「とは言っても、警務課も無視するわけにはいかないでしょう。署員の不祥事なんだから」

「まあな」法月には無理して欲しくない、と心の底から願った。また倒れるようなことになったら、誰が責任を取るのか。徹夜など、もってのほかである。警務課長は、きちんとフォローしているのだろうか。後で非公式に申し入れをしておくべきか……いや、それは出しゃばり過ぎだろう。顔見知りならともかく、あまりよく知らない人間に、仕事のやり方に関する指図やお願いはできない。

「監督には会ったか？」

「最初に。ここへも、監督と両親が一緒に来たんですよ」

「どんな人だった？」

「普通ですよ。普通の、高校野球の監督」

「その『普通』が、俺には分からないんだけどな」私は苦笑した。強豪チームの監督といえば、自分たちとは住む世界が違う、という感じが強い。

「出身は長野《ながの》県で、高校時代に甲子園に春夏合わせて二回出てます。大学は明治《めいじ》で、三年春からレギュラーでした。卒業後に社会人でプレーして、その後、東京栄耀の監督に迎えられています」醍醐がすらすらと監督の経歴をそらんじた。

「まだ若いのか？」

「三十五歳」

「お前より年下か」

「ええ……でも、しっかりしてますよ。高校へ来る時も、いろいろあったようです」

「何か問題が？」

「違いますよ」今度は醍醐が苦笑しながら首を振った。「社会人のチームでも、指導者として期待されていたんです。現役を引退して、すぐコーチになる予定だったんですけど、東京栄耀から誘われて、そっちへ行ったんですね。教員免許も持っているんで、体育の授業も受け持っているそうです」

「東京栄耀は、何で彼を誘ったのかな。指導者としてのキャリアはなかったんだろう？はっきり言って、海の物とも山の物ともつかないじゃないか」

「そういうのは、学校当局やＯＢ会の人たちに聴いてみないと分からないんですけど、東京栄耀レベルの学校だと、ＯＢのネットワークがしっかりしてますからね。あちこちに情報網を張り巡らせているんです。それで、平野さんが、栄耀を強くしてくれる監督だと判断したんでしょう。拝み倒して、監督に迎え入れたんです」

「実際に甲子園に出たんだから、それは成功だったんだな」

「ちなみに、スカウティングもしっかりしてます。花井翔太を発掘したのも平野監督ですから。中学校の時に、全国大会で見て、これは使えると確信したそうです」

「だったら、今回の失踪はショックだろうな」私は新しい煙草に火を点けた。

「ショックというか、戸惑ってました」醍醐が首を振る。「平野監督に言わせれば、花井翔太は勝手《かって》に姿を消すような子じゃなかったそうですから」

「何があっても動揺しないタイプ」

「ええ」醍醐が深くうなずく。「監督は、そういう気持ちの強さを買っていたんです。だから、何も言わずにいきなりいなくなるなんて、考えられない、と」

「俺が話を聴いた人も、だいたい同じようなことを言っていた」腕を突き出し、時計を確認する。八時半。これから何かするのに、遅過ぎる時間ではない。「野球部の寮も荻窪なんだよな」

「ええ」醍醐が、警戒するように目を細めた。「学校のすぐ側です」

「だったら、ここから三十分で行けるな」

「これから監督に会いに行くつもりですか？」

「そうだけど、何か問題でも？」

「相当みっちり話は聴きましたよ」むっとした口調で醍醐が答える。

「分かってるよ」私は彼の肩を叩いた。「お前が、必要なことを聞き漏らすはずがない。だけど、話す相手の顔が変われば、何か思い出したりするものだから。お前だって、そういう経験、あるだろう？」

「ええ、まあ……」

「そういうことだよ。どうせまた話を聴くんだから、ご挨拶だけでもしておこう。どうせ俺は、帰る途中だし」

「ああ、まあ、そうですね」

荻窪から私が住む武蔵境までは、ＪＲ中央線でわずか四駅。車で走っても、それほど時間はかからない。納得した様子の醍醐の肩をもう一度叩き、部屋に戻った。さすがに一月の夜は冷えこみ、体の芯《しん》まで冷たくなっている。

「一つ、聞いていいか？」荷物をまとめ始めた醍醐に訊ねる。

「何ですか？」

「やっぱり、今回の件は特別か？」

「ああ……それは……オス、そうですね」醍醐の顔に複雑な表情が宿った。

怪我で、わずか一年だけの現役生活だったとは言っても、醍醐も元プロ野球選手である。言ってみれば、翔太はあの世界の後輩だ。それを心配するのは当然として、彼の将来に嫉《しっ》妬《と》するような気持ちもあるのではないだろうか。一年で挫折した自分と、無限の可能性が目の前にある翔太。

「せっかく立派な才能があるんだから、変なことに巻きこまれないで、真っ直ぐ育って欲しいんですよ」

「本気で言ってるのか？」

「当たり前じゃないですか」醍醐が首を傾げる。「俺は……何だかんだ言って、野球ファンですから。いい選手は応援したいんです」

「昔のことを思い出したりしないか？」今夜の自分は、少し意地が悪いのでは、と意識しながら私は訊ねた。

「そりゃあ、多少は……でも、古い話ですよ。もう二十年以上前のことなんだから。今は、純粋に贔屓《ひいき》の選手を応援できるようになりました。ただの野球好きのオッサンということですね」醍醐がにやりと笑う。

「花井翔太は、純粋に応援したくなるタイプなのか？」

「走攻守」醍醐が太い指を三本上げ、にやりと笑う。「これが揃ってる選手は、俺の好みなんです。怪我さえなければ、絶対にいい選手になりますよ。パイレーツにとっても、貴重な即戦力です」

「そうか……早く高木巡査の件を解決して、こっちへ戻ってくれよ」

「オス」醍醐の顔に浮かんだ笑みが広がる。「お気をつけて」

「気をつけなくちゃいけないようなことがあるのか？」

乾いた邪気のない笑い声を残し、醍醐が去って行った。

まだ「お気をつけて」と言ってくれる人間がいるのか。少しだけほっとしながら、私は気を引き締めた。事件は事件。きちんと捜査しなければならない。

一方で、片時も綾奈のことを忘れてはいけないのだ、と思う。早く事件を片づけて、綾奈の捜索に戻らなければ。気持ちだけが先走りする。

5

荻窪。私にとっては、懐かしさを感じると同時に、痛みを呼び起こされる街である。結婚してから私はこの街にずっと住み、そして綾奈を失った。

失った、などと考えてはいけない――そう自分を戒《いまし》める。綾奈はきっとどこかで生きている。そう考えないと、娘に対して失礼ではないか。

駅前に車を停め、小さなアーチをくぐって商店街に入った。かつて毎日、通勤に使っていたルートである。

荻窪駅の周辺は、基本的にほとんど区画整理されておらず、道路も狭くてごちゃごちゃしている。小さな店が折り重なるように軒《のき》を連ねている様子は、下町的な活気を感じさせた。ざわついた雰囲気は嫌いではないのだが、この街を出てしばらくは、意識して近づかないようにしてきた。どうしても綾奈を思い出してしまうから。だが最近は、足を運ぶ機会も増えてきた。綾奈の手がかりを捜して、色々な人に会うようにしているからだ。今のところ、全ての努力は無駄に終わっていたが。

商店街の中は、変わった店もあり、昔からそのまま残っている店もあり……独特の混沌《こんとん》とした空気は、今も健在だった。歩いているうちに、どうしても綾奈との思い出が蘇《よみがえ》ってきてしまう。小学校の上履きを買った靴店、初めて連れて行った喫茶店、いつもノートを買っていた文房具屋。一歩を踏み出すごとに、胃の底から苦い物がこみ上げてくる。

首を振って思い出を頭から押し出し、再び歩き出す。この辺の学校の場所はだいたい分かっていたが、栄耀の寮までは知らない。しかし醍醐に教えてもらった住所を目指して歩いているうちに、何となく調子が戻ってきた。数え切れないほど歩き回った街であり、細かい裏道のことまで、今も頭に入っている。

寮はアパートで、学校のすぐ裏にあった。元々賃貸だった物件を、学校側が丸ごと借り上げたようだ。だとしたら、東京栄耀高校は、野球部に相当金をかけている。もちろん、父兄からある程度の家賃も集めているのだろうが。

時計を見ると、既に午後九時過ぎ。監督に会う前に、高校の方を見ておくことにした。こんな時間だと、さすがに誰もいないだろうが……と思った瞬間、鋭い打球音が耳に飛びこんでくる。こんな遅くまで練習？　グラウンドの周囲に張り巡らされた網フェンスをぐるりと回って行くと、ネットに向かってトスバッティングをしている二組の部員に気づいた。まったく同じタイミングでトスを上げ、打ち抜く。バットを振るタイミングもきっちり合っており、トスバッティングというよりも、シンクロナイズドスイミングを見ているような気分になった。上手いものだ……よく見ると、グラウンドのあちこちに部員が散って、思い思いに練習をしている。短い距離でダッシュを繰り返す者、バーベルを使ってウエイトトレーニングをしている者。このグラウンドの中は、少しだけ気温が高いように思えた。

どうやら自主練習らしい。監督は先に引き上げているのだろうか……しかし、まだ学校には入れるはずだと思い、正門に回る。左右両方に引いて開ける横長の門扉《もんぴ》が、細く開いていたので、そこから校内に入る。打球音は依然として鋭く、空気を割くように耳に突き刺さってくる。私はコートのポケットに両手を突っこんで暖を取りながら、背中を丸めてグラウンドの方に急いだ。

「オス！」

いきなり声をかけられ、びくりと背中が伸びる。さらに「オス！」の連呼。何事かと思ってグラウンドの方を見ると、部員たちが帽子を取り、こちらに向かってお辞儀しているのだった。関係者でもないのにどういうことだと戸惑ったが、無視して通り過ぎるわけにもいかない。私も立ち止まって、ぎこちなく頭を下げた。

近くでダンベルを片づけていた白いユニフォーム姿の部員——一年生だろうか——を摑まえて、監督の居場所を聞く。

「監督室です」

「それはどこなのかな？」

「部室の隣です。ご案内します」

「いや……」私は戸惑いを覚えていた。野球の技術と同時に礼儀も叩きこんでいるのだろうが、少しやり過ぎの感がある。「教えてくれれば、自分で行けるよ」

「すぐそこですので。失礼します」

　私の前を横切るだけで丁寧に頭を下げ、歩き出す。ここまでされたら、無理に断ることもあるまい。私は彼の後についていくことにした。とはいっても、わずか五十メートルほどだった。ライト側に立つプレハブ小屋。

「ここが部室かい？」

「そうです。監督室はこちらです」隣に、部室の半分ほどのサイズの小屋が建っている。甲子園出場校にしてはずいぶん質素な感じがしたが、こういうところに金をかけても、チームが強くなるものではないのだろう。

　ドアをノックしようとしたので、慌てて止めた。お客さん扱いされる立場ではない。

「ありがとう。あとは自分でやれるから」

「そうですか？」

「大丈夫。大人だからね」オッサンだから、という言葉は辛うじて呑みこんだ。そこまで自分を卑下《ひげ》しなくてもいいし、冗談が通じそうな気配でもない。

「失礼します！」

上半身が九十度折れ曲がるお辞儀。勢いよく頭を上げ、踵《かかと》を軸にくるりと体を回転させると、ダッシュでグラウンドの方へ走り去って行った。しかし……こちらが誰なのか確認もせずに、大丈夫なのだろうか。変な人間が入って来たら、どうするつもりなのだろう。

プレハブ小屋の窓からは、ぼんやりと灯《あか》りが漏れている。監督がいるのは間違いないようだ。一呼吸おいて、ノックする。べこべこと情けないドアの音は、プレハブ小屋に特有のものだった。

「はい」

乱暴なしわがれ声。始終大きい声を出しているから、喉が荒れているのだろうと私は同情した。そっとドアを開けると、いきなり煙草臭い熱気が噴き出してくる。喫煙者だったのか……どんどん少なくなっている同志の存在を心強く思いながら、私は顔を突っこんだ。

「警視庁の高城です」

「警視庁……ああ」

部屋の奥にあるデスクの向こうで、平野が立ち上がった。それほど背は高くない。私と同じぐらいだろうか。だが、体の厚みが違った。選手たちに教える傍《かたわ》ら、自分でもトレーニングを重ねているに違いない。部屋の中央付近に石油ストーブがあり、中は過剰に熱せられていた。そのせいか、平野はTシャツ一枚である。短く刈り上げた髪、がっしりとした四角い顎に細い目が、非常にタフな印象を与える。

「まだ何か？」

その一言に、私はかすかな違和感を覚えた。大事な選手が行方不明になっているのに、どこか他人事《ひとごと》のような、迷惑しているような態度である。

「いろいろお伺いしたいことがありまして」

「ああ、どうぞ」

座りながら、デスクの前にある折り畳《たた》み椅子《いす》を私に勧めた。わざとゆっくりと腰を下ろしながら、狭い部屋の中を観察する。デスクの正面にはテレビ。その横に、ＤＶＤが乱雑に積み重ねてある。試合の様子を収めたものだろう、と想像した。デスクの右横の壁には棚がしつらえられており、スクラップブックやファイルフォルダが一杯に詰まっていた。逆サイドの壁には細いロッカーが二つ。ここに平野の私物が入っているのだろう。その横の壁は、何枚もの賞状で飾られている。トロフィーなどもあるはずだが、それは部室の方に置いてあるのかもしれない。

「まだ練習をやってるんですね」

「自主トレは、十時までは許可しています。自宅から通っている生徒は、九時までですけどね」

「全体練習が終わってからでしょう？　大変だ」今はオフシーズンのはずなのに。

「上手くなるには、それなりに努力が必要なんですよ」

話を進めるために私はうなずいたが、どこか釈然としない物を感じていた。野球漬けと簡単に言うが、これでは一日のうち、自由になる時間はほとんどないのではないか。

「監督もずっとつき合っていて、大変ですね」

「いや、これが仕事ですから」

平野がノートパソコンを閉じ、私の目を真っ直ぐ見詰めた。臆《おく》する様子もなく、堂々と質問をぶつけてくる。

「まだ見つからないですか」

「ええ」この質問を、今まで何度受けただろう。家族が行方不明になった人たちは、警察に届けさえすれば、すぐにでも見つかると思っている。決してそんなことはないのだが、私は相手を傷つけないよう、慎重に言葉を選んで対応してきた。

「仕方ないですね……ご迷惑をおかけします」平野が深く溜息をついた。デスクの傍らに置いた煙草を引き寄せ、ほぼ無意識のような感じで唇に加える。ライターの火を近づけながら、はっと気づいたように私を見た。「失礼。いいですか？」

「もちろんです」私も煙草をくわえ、彼より先に火を点けた。デスクの上の灰皿は一杯だったので、携帯灰皿を取り出す。こちらも既に満杯で、膨らんでいた。「変なことを聴いてもいいですかね」

「いいですけど……」嫌そうに顔をしかめる。

「今まで、こんなことはありましたか？」

「部員がいなくなった？　まさか」

「練習が辛《つら》くて逃げ出したとか」

「最近は、そういうことはないんですよ」平野が唇の端から煙を吐き出す。「昔だったら、精神的に追いこむぐらいの練習をやらせるのは普通でしたけど……私なんか、そういう練習で育った口ですしね。でも今の子どもたちは、ただきついやり方をしてもついてきません。まず、納得したいんですよ。どうしてこの練習をするのか、これをやるとどういう効果があるのか。そこを理解して納得すれば、こっちが『やめろ』っていうまで練習します」

「つまり、無理にやらせるようなことはない、と」

「絶対にないです」平野が勢いよく首を振った。「特に翔太の場合は、ここで無理に練習をする必要もないですしね。今はコンディションを調整するぐらいですよ」

「もうすぐプロですからね」

「ええ。だいたいあいつに関しては、そもそも何も心配する必要はないですから。自分で考えて、率先して練習するタイプなんです。コンディション調整も考えて……自分からはあまり話をしないですけど、弱音を吐くような人間でもないですしね」

「だったら今回は、どうしていなくなったんでしょう」

「分かりません」一転して、力なく首を振る。「思い当たる節《ふし》がまったくないから、困っているんです」

「多少、緊張していたという話もありますが」泰治の言葉を思い出して言った。「さすがに、プロ入りを前にすると、平常心ではいられないんでしょうね」

「そうだとしても、問題になるほどじゃないでしょう。緊張よりも楽しみの方が大きかったと思いますよ。あいつは、プレッシャーで潰れるタイプじゃないから」

その辺りの評価は一致している。しかし、わずか十八歳でそのような境地に至るのは、どういうことなのだろうか。私は素直に疑問を口にしてみた。

「練習ですね。練習しかありません」平野が呪文のように言った。「あいつは、人の二倍は練習してましたから。結局、それが自信につながるんですよ。練習でできないことは、試合でもできませんしね。その積み重ねが、平常心につながるんです」

どこかのビジネス書を読み上げているような口調に、私は少々辟易《へきえき》し始めていた。しかし、実際にチームを甲子園に導いているのだから、監督としての彼の哲学、手腕は確かなのだろう。

「私生活はどうなんですか？」私は煙草を携帯灰皿に突っこんだ。これ以上は入らない……もう少しニコチンが必要だったが、我慢する。

「それは、ないに等しいですねえ。学校とグラウンドと寮ぐらいしか、行くところがありませんし」

「荻窪近辺なら、高校生が遊ぶところもたくさんあるでしょう」自分がかつてこの街に住んでいたことは話さなかった。個人的な事情を曝《さら》け出したくない、という気持ちは強い。

「いや」平野が思い切り首を振る。くわえたままの煙草が危なっかしく揺れる。「基本、コンビニに行くのも禁止してましたから」

「それはきつくないですか？」

「ああいうところでトラブルに巻きこまれることもありますからね。買い出しまで駄目とは言いませんけど、それは当番制にしてました」

「ああ、皆でお金を出し合って……」

「そんな感じです。でも、翔太はそもそも、野球以外のことに興味はありませんでしたからね。空いた時間があれば、ＤＶＤを観てました」

「映画とか？」

「まさか」平野が鼻で笑った。「プロ野球や大リーグの試合、それに自分のバッティングフォームをチェックするためですよ」

「四六時中それじゃ、同室の部員はたまらないでしょうね」

「そうなんですよ」平野が苦笑した。「部屋割りは自分たちで決めさせてたんですけど、あいつの場合は同室者が何人も替わりました。結局最後は一人になって」

「なるほど……ちなみに、学校のクラスメートとはどんな感じのつき合いだったんですか？　いくら野球ばかりと言っても、学校には毎日行っていたわけでしょう」

「寝てたんじゃないですかね」平野が苦笑した。「あれだけ練習ばかりしていたら、疲れ果てますよ」

「それは、あまり褒められた話じゃないと思いますが」

「ま、そうですね」平野が拳を口に当て、咳払いした。「もちろん、普通に友だちづきあいはあるでしょうけど、それは校舎の中だけだと思いますよ。学校の外へ遊びに行ったりするような余裕はなかったはずです」

「目標がはっきりした選手だったんですね」

「ええ……だから、どうしていなくなったのか、まったく分からない」平野が力なく首を振った。「こんな大事な時に、本当に困りました」

「パイレーツの入寮の日までに戻って来なかったら、どうなるんですか」

「怖いこと、言わないで下さい」平野の顔が一瞬で蒼褪めた。「そんなこと、考えたくもない」

「パイレーツの方は、この件をまだ知らないんですよね」

「ええ」

「絶対に漏れないように、気をつけなければなりませんね。チームメートは知っているんですか？」

「私からは話していませんが、警察の方が話を聴いていきましたから、知っている子は知ってますよ……あの刑事さん、プロ野球選手だったんですよね？　すぐ分かりましたよ。珍しい名前だし」

それに気づくのも大変なことだ、と思う。毎年百人からの選手がプロ入りするのだし、醍醐がドラフトに引っかかったのは、もう二十年も前である。あるいは野球界というのは、私が想像しているよりも狭い世界なのかもしれない。

「入れこんでたでしょう」

「ああ、まあ……大変熱心で」平野がまた苦笑した。

「余計な話に花が咲いて、ご迷惑をおかけしたんじゃないですか？」

「そこはまあ、雑談ということで」

「申し訳ありませんでしたね……あいつは、ちょっと別件があって、明日から来られません。私がこのまま引き継ぎます」

「そうですか」平野が素早く深呼吸した。「お手数おかけします。何とか早く見つけてやらないと」

「明日、またチームメートに話を聴くことになります。醍醐と被《かぶ》りますけど、違う人間が聴けば、違う話が出てくることもありますから」

「ああ、ええと、そうですね」平野がパソコンを開いた。「実は、スケジュール的に結構きついんですよね。七時から朝練があってその後授業、放課後はすぐ練習が始まりますから」

「三年生は、全員寮にいるんですか？」

「ええ。そもそも寮に入っているのはレギュラークラスだけなんですけどね……途中で引っ越すのは大変ですから、三年生の希望者は、退部後も寮に残っていいルールにしてあります。大学や社会人で続けるために、ずっと練習している選手もいますからね。卒業ぎりぎりまで居座る連中も多いですよ」

「三年生は、全員揃っての練習はありませんよね」私は腕時計を見た。最近酒を控え目にしているので、早起きは苦痛ではなくなっている。「七時に、寮の方へ伺います。そこで、何人かには話が聴けると思いますが、どうでしょう」

「そうですね……私は朝練習の方に顔を出さないといけないんですが……」

「誰に会うべきか教えてもらえば、それでいいですよ。生徒さんたちは、ずいぶん礼儀正しいようですし」

「そこは、一番大事にしているところですから。礼儀を知らないと、チームスポーツはできないんです」

私は手帳を広げ、話を聴くべき三年生の名前と部屋番号を書き取った。一〇一号室と一〇二号室は、食堂として使われているという。朝六時から朝食が始まるから、そこへ行けば全員に会えると言われたが、さすがに食事の最中に事情聴取はできない。一対一が基本だ。

狭い部屋の中は、煙で白くなっている。立ち上がった私は、腰に鈍い痛みを感じた。座り心地の悪い折り畳み椅子に、結構長居してしまったのだと気づく。

「そうだ、もう一つ……花井君、彼女とかいましたかね」

「どうかな……」平野が顎を撫《な》でた。「正直、分かりません。そういうところまでは管理しきれないし」

「でも、話ぐらいは聞いてないですか？　監督も同じ寮に住んでるんでしょう？」

「普通に考えればあり得ないですよね。そんな暇、ないでしょう」

「そうですか……」プライベートな時間は本当になかったのか？　一日のうち、三十分でも一時間でも？　軍隊並みの生活は、運動部経験のない私には理解できないものだった。後で醍醐に実情を聞いてみよう。

プレハブ小屋を出ると、冷たい空気が喉と肺に心地好かった。背中を伸ばして、腰を叩く。グラウンドはようやく静かになっていた。長い一日が終わったか……こんな遅くまで練習していて、それ以外に遊ぶということは考えられない。それとも高校生ぐらいだと、どんなに体を動かしていても、その後でまだ余裕があるのだろうか。そもそも翔太は、平野が言ったように、野球以外のことに興味は持っていなかったかもしれないが。

そんな人生が面白いのか？

面白いのかもしれない。一つのことに打ちこみ、そこで腕を上げれば、どんどん先に進みたくなる。進める。

自分にはそういうことがなかったな、とふと寂しく思う。


中途半端に腹が減っていたが、この時間にしっかり食べると、明日の朝、胃もたれを起こすのは分かっている。最近、持病の頭痛に悩まされることは減ったが、逆に胃薬の消費量が増えた。中途半端な痛み。医者へ駆けこむほどではないが、快調とは言えない。

しかし、腹が減って眠れないほど惨《みじ》めなことはない。人が少なくなった道を歩きながら、私は何か軽く食べられる店がないかと捜した。この街には、遅くまで開いている店が幾らでもあるのだ。細い路地に迷いこんでみると、渋いバーが並ぶ一角に出る。ギネスのポスター……ビールは好きではないが、アルコールの誘惑には抗しがたい。まさか、車なんだぞと自分に言い聞かせ、誘惑を振り切った。カレー……重い。ラーメンという気分でもない。さすがにこの時間になると、アルコール抜きで食事だけできる店は少なくなる。最悪、ファストフードか。

路地の狭さと暗さが嫌になって、商店街の方へ戻った。北口へ出た方が店はあるのだが、駅の中を通り過ぎていく元気がない。さすがに疲れているのだ、と意識せざるを得なかった。今日は朝も早かったのだし……一軒の定食屋を見つけて、急に記憶が鮮明になった。この店には、何度も通ったではないか。仕事で遅くなり、家で食事をするのも面倒になった時。私の妻は子育てで手一杯で、私の夜食にまで手が回らないことも多かったから、せめて面倒はかけないようにという、私なりの気遣いのつもりだった。

この定食屋を気に入っていたのは、夜遅く——十時までやっているからだけではない。店主が創意工夫に富んだ若い男で、普通の和食だけでなく、イタリアンやフレンチっぽい料理も用意していたからだ。何度行っても、「日替わり定食」の内容が被ったことはない。よし、ここで軽く食べて、さっさと引き上げよう。

ビルの一階にあるこの店に入るのは、十年ぶり……もっと久しぶりだ。客は若い男の二人組だけで、低い音で流れる有線のBGMも神経に障《さわ》らない。そう、この店には定食屋につき物のテレビがなかったのだ、と思い出す。出入口に近い席に陣取り、パウチされたB4サイズのメニューに目を通す。相変わらずの料理の豊富さに、思わず顔が綻んだ。

お茶を運んできた男の顔を見て、私は目を瞬《しばたた》かせた。丸々と太った、Tシャツ姿の男。ちょうど腹が目の前に来るのだが、圧迫感さえ抱かせる丸さだった。驚いて顔を上げると、元の顔の二倍の幅になった店主の顔があった。十数年の歳月の流れを感じる。

「あれ」店主が間抜けな声を上げた。「お久しぶり、ですよね」

「ああ、覚えてた？」

「よく来てくれてましたよね。ご無沙汰でした」

「十年以上、来てないよ」

「ええ？」店主が驚いて目を見開く。「そんなに？」

「引っ越したんでね」

「ああ、そうだったんですか……何にします？」

「親子丼」この時間に丼物がいいのか悪いのか。つまみのような軽い料理も多いから、そういう物を並べて空腹をしのぐ手はあったが、そうすると酒が欲しくなってしまう。

「五分、お待ち下さい」

店主が丁寧に頭を下げる。それを見て、私はふと温かい気持ちになった。何となく、応援してやりたくなる男だったのだ、と思い出す。この店を開いた時にはまだ二十代だったはずで、一生懸命料理と接客をする姿は、非常に好ましかった。人は使っていなかったので、常にてんてこ舞いで料理が遅れることもあったのだが、怒る気になれなかった。若い料理人が頑張る姿は、見ていて気持ちのいいものだから。そういえば、失踪課全員が贔屓にしている渋谷のラーメン屋、末永亭《すえながてい》の店主も、同じようなタイプである。きびきびと動き回り、料理に創意工夫を凝らす。売れているラーメン屋は、定番の人気メニューに磨きをかける方向へいきがちだが、あの店は毎月、「今月のラーメン」として新しいメニューを提供している。失踪課に来るまで、あまりラーメンを食べなかった私も、「今月のラーメン」だけは必ず試すようになった。

親子丼ができあがった。壁の時計を見ると、ちょうど五分が経ったところだった。ずいぶん早いなと思ったが、仕事は丁寧である。卵は半熟より生に近く、黄身の色が濃い。散らした三つ葉の緑が、猛烈に食欲をそそった。一口頬張ると、卵の甘みが口一杯に広がり、続いて鶏肉の香ばしさと旨みが追いかけてくる。鶏肉を軽く炙《あぶ》ってあるのだ、とすぐに気づいた。この一手間で、安直な丼物である親子丼が、別の料理に変わっている。メニューで値段を確かめると、七百五十円。相変わらず人は使っていないようで、その分安くできるのかもしれないが、この値段には様々な努力の痕跡が窺える。

大き目の丼だったので無理かもしれないと思ったが、結局するすると食べてしまった。胃は苦しくなったが、それよりも満足感の方が大きい。煙草に火を点け、食後の余韻《よいん》を味わった。親子丼をこんなに美味《うま》く食べたのはいつ以来だろう――そういえば、綾奈は親子丼が好きだった。卵がしっかり固まったのではなく、こんな風に柔らかいやつ。

店主が器を下げに来たので、私は素直に褒めた。そう言わせるだけの味だった。

「相変わらず美味いね」

「どうも」顔の丸くなった店主の笑顔は、昔と同じだった。もう四十歳ぐらいになるはずだが、笑顔は若々しい。

「一人でやってるんだ」

「ええ、相変わらずで……」軽い調子で言ったが、声の奥に何か重い物が潜んでいる。

「一人じゃない時期もありましたけど」

「忙し過ぎてバイトでも雇ってた？」

「いや、嫁がいたんですけどね」店主が苦笑する。「出て行かれました。やっぱり、定食屋っていうのは、忙しいだけで儲《もう》けが薄いし。他の店にするようにって、しつこく言われてたんですけどね」

「他の店って？」

「イタリアン。この辺りは味に煩い人が多いから、商売になるって言うんですよ。ワインを出すと、儲けも多いですし」嫌そうに店主が説明する。「確かに元々、そっちの方なんですけどね」

「そうなんだ」意外な告白に、私は心底驚いた。

「出だしはね……十八歳から十年間、イタリア料理をやってました」

「たまげたね。それがどうして定食屋に？」

「料理は好きなんですけど、店の雰囲気がね……自分には合わなかったんですよ。定食屋の方がたくさん料理を作れるし、いろいろ工夫もできるから」

利益率は、彼が言うように、酒類を扱うイタリア料理店の方がずっと高いだろう。ただ料理のためにこういう店を開いたとしたら……世の中には、金だけでは動かない人間もいるわけだ。

「今日は、仕事ですか？」

「ああ、まあね」話好きな人間なのだと知って、私は驚いていた。以前この店に通っていた頃は、こんな風に話すことはほとんどなかったのだ。ふと思いついて、訊ねてみる。

「去年、栄耀高校が甲子園に出たでしょう？　この辺も大騒ぎだったんじゃないの？」

「そうそう」店主が肉づきのいい頬を緩ませた。「商店街挙げて、お祭り騒ぎでしたよ。俺も、店を一日休んで甲子園へ行きましたから」

「野球、好きなんだ」

「そういうわけじゃないけど、あそこの野球部の子たち、よく来てくれたんで。応援しないと」

「そうなんだ」それもおかしくはない、と思った。この店は学校から歩いて五分ほどだし、味は確かで何より安い。食べ盛りの部員たちの溜まり場になっても不思議ではない。「花井翔太も来てた？」

「ええ……彼は凄いですよねえ。甲子園でもホームランを見て、ファンになりましたよ。いよいよプロ入りですよね」

まずい。軽く情報を収集するだけのつもりが、いきなり話は核心部に入りつつある。だが、ここでいきなり話題を打ち切るのも不自然だ。

「栄耀からプロ入りっていうのも、凄いよね」

「ねえ。商店街でも後援会を作らなくちゃって、皆で話してますよ。野球離れとかいうけど、地元で凄い選手が出てくれれば、盛り上がりますからね」

「俺も、荻窪にあんな凄い選手がいるとは思わなかった……話したことは？」

「軽く、ね。無口で大人しい子でしたよ。それが試合になるとあんなに凄いんだから、ギャップが何ともね」自分のことのように嬉しそうだった。

「いつも野球部の連中と一緒だったんだ」

「ええ」ふと、店主の顔に影が差した。「何かおかしなことでも？」

この男は、私が刑事であることを知らない。会話の流れがやや不自然になったことで、怪しんでいるのかもしれない。しかし、ここで敢えて自分の正体を晒《さら》す気はなかった。

「いや、荻窪を離れて十年以上になるんだけど、久々に昔住んでいた街のいい話を聞いたから」

「ああ」納得したように店主がうなずく。「やっぱり、住んでいた街のことは気になるもんですよね」

「あちこちうろうろしてると、かえって昔のことが気になったりするんだ。今は武蔵境にいるんだけどね」

「何だ、近いじゃないですか」

「まあね……しかし、プロ野球ってのも大変だろうね。十八歳で急に環境が変わると、ついていくだけでも精一杯じゃないかな」

「ねえ。彼女とか、どうするんだろう」

「彼女、いたんだ」まさかこんなところで情報が入ってくるとは。私は緊張しながらも、何とか自然に話を継いだ。「やるねえ。そんな暇があったんだ」

「いや、本当に彼女かどうかは分かりませんけどね」店主が慌てて弁明した。「二回ぐらい、女の子と一緒にこの店に来ただけで。ちょっと派手な、ギャル風の子だったけど。ギャル風っていうのも古いかな？　とにかくそれで少し心配になって、覚えてたんですよ」

「何で心配を？」

「だって、変な遊びとか覚えたら大変でしょう。彼は荻窪のヒーローなんだから、つまんない女に引っかかっても、ねえ」

「そんなにつまらない女だった？」

何とか不自然にならないように、私はその「女」の容貌《ようぼう》を聞き出した。最大の手がかりは、同じ学校の生徒だったことである。制服を着ていたから、間違いないようだ。それにしても、定食屋でデートとは……少なくとも、「変な遊び」にはなっていない、と私は安心した。

だが、この女子生徒がキーになっている可能性はある。

男の運命が狂う時、そこに女がいるのはままあることなのだ。

6

朝七時前、私は眠い目を擦りながら野球部の寮の前にいた。まず、話を聴かなければならないのは、以前同室だった部員である。時間に余裕があれば、他の部員にも会い、その後で翔太の部屋を調べてみるつもりだった。

二日続きの早起きで、少し体のリズムが狂っていた。昨夜の親子丼がまだ胃に残っている感じで、今朝はまだ何も食べていない。武蔵境の駅で電車を待つ間に飲んだブラックの缶コーヒーが、胃の中で揺れている。

寮に入る前に、観察がてら、今日一本目の煙草を灰にした。その間にも、部員たちは慌しく出入りする。朝練習に遅れそうな部員たちが、ユニフォーム姿で飛び出して行く。ジャージ姿でのんびりと食堂の部屋に入って行くのは、必死に練習する必要がなくなった三年生たちだろう。焦りや殺気が感じられないのですぐに分かる。もちろん、甲子園に出場したぐらいだから、これからも野球を続けていく部員は多いだろうが、今はわずかなマイペースの時間を楽しんでいるように見える。

煙草を二本灰にした後、私は二〇二号室に足を運んだ。時刻は七時ちょうど。時間はあるから、焦ることはない。ドアをノックすると、すぐに開いた。綺麗《きれい》に髪を七三に分けた、ひょろりと背の高い男が顔を見せる。飯田浩太《いいだこうた》。

「警視庁失踪人捜査課の高城です」

「はい」背の高い人間特有の猫背。ひょいと頭を下げると、髪がふわりと揺れた。引退してから、ずいぶん髪が伸びたのだろう。

「朝早い時間に申し訳ないんだけど、花井君のことで話を聴かせて欲しいんだ」

「いいえ」遠慮がちにもう一度頭を下げ、ドアを大きく開ける。「どうぞ」

部屋の中は、予想していたよりきちんと片づいていた。ワンルームを二人で使っているので、ベッド二つでほぼ埋まっていたが、それでも狭い感じがしないのは、余計な物がないからだ。ベッドとベッドの間には、辛うじて二人が座れる程度のスペースもある。

立っていると、相手との身長差を感じざるを得ない。「座ろうか」と誘うと、素直に従った。しかし座っても、威圧感が減るわけではなかった。

「ポジションは？」

「は？　ファーストです」

「いい的だね。身長は」

「百九十……この前計ったら百九十一センチありました」

「すごいね」素直に驚く。私のように平均的な身長の人間から見て、百八十センチまではまだ普通だと思う。しかし百九十センチとなると、まさに巨人だ。

「卒業後は？」

「大学です」

「もう決まってるんだ」

「ええ、何とか」

スポーツ推薦《すいせん》か。やはり、甲子園出場選手の肩書きは大きいのだろう。

導入部、終了。私は即座に本題に入ったが、飯田は今一つ反応が鈍い男だった。大男だからというわけではないだろうが、どこかぼうっとしている感じがする。

「花井君と一番親しかったのは誰かな」

「親しいというか……あいつは基本的に、一人でいるのが好きだったから」

「寮生活なのに？」

「何か、声をかけにくい雰囲気の奴って、いるじゃないですか」自分の言葉を確かめるようにゆっくりと飯田が言った。「あの、嫌いだとか嫌な奴だとか、そういうことじゃないですよ。野球のことはよく話すし……でも、他のことでは特に話題もないですからね」

「趣味もないし」

「野球だけですね。あいつ、大リーグオタクなんですよ」飯田がふっと笑った。「部屋、本当に凄いですよ。高校選抜でアメリカに行った時、帰りに荷物が一つ増えてましたから」

「何でまた」

「向こうで、グッズを買い過ぎたんですよ。それで他の荷物が入らなくなって、慌ててでかいバッグを買い足したそうです」

「筋金入りだね」自分の手本として、大リーガーを研究するのは自然だろうが、グッズまで集めているのは、趣味としても相当入れこんでいる証拠だ。

「それで、最近の様子はどうだったのかな？」

お決まりの質問に、お決まりの答えが返ってきた——特に変わったことはない。

「野球部以外で友だちは？」

「基本的にいなかったと思いますよ。自分、同じクラスだったけど、特にそういうことは……休み時間は、いつも寝てましたしね。やっぱり、ずっと野球ばかりやってると、他に友だちは作れないですよ。遊んでる暇もない……特にあいつの場合は。遊んでる暇があるなら、野球のことを考えている方がいいっていうタイプなんで」

「いきなりいなくなるっていうのは、相当切羽詰まっていた証拠だと思うけどね」

「ちょっと考えられないですね」飯田が首を振った。「前の晩も夕飯の時に会ったけど、普通でした。飯を食った後も、普通に練習してたし。学校へ戻って、部室で筋トレしてたはずですよ」

してた「はず」。見たわけではないのか。だがそれは、確認できるだろう。確認しなければならない。

失踪人捜査の一つのやり方が、きっちりとタイムラインを作ることである。失踪する直前まで、本人が何をしていたかを割り出すことで、普段と違った状況、危険な兆候などを浮かび上がらせることができる。そのためには、多くの部員に話を聴かなくてはならないが、絶対的に人手が足りない。本当は、失踪課総出で一気にやるべきなのだが、別の事件を抱えている状況では、到底無理だろう。取り敢えず、自分でできる範囲で進めていくしかない。

「ところで花井君、彼女はいたのかな」

「いや」即座に否定した後で、一瞬間が空く。「そんな暇、ないでしょう」

わずかな間が気になる。私は言葉を替えて質問を続けた。

「暇はなくても、彼女はできるんだよな。そういうものだぜ」

「ええ、まあ」どこか気の抜けた答え。回答を拒絶しているというより、言っていいかどうか、迷っている様子だった。

「知っているなら、話してくれるとありがたいんだけどな。今のところ、何も手がかりがないんだ」

「いや……」拳で額を擦る。「知らないんで」

「彼女がいるかどうか、知らない？」

「知らないです」

逃げたな、と思った。「いない」と言えば嘘になる。「知らない」とすることで、自分の言葉に責任を持たせないようにしたのだ。

翔太にはつき合っていた女性がいる、と確信する。それも同じ学校の子だ。こういうことは、男ではなく女子生徒に聴いた方が早いのだが……愛美がいれば、と思った。女性の扱いなら、彼女の方がはるかに上手い。

ない物ねだりは無意味だな、と私は彼女の顔を脳裏から押し出した。胡坐《あぐら》のせいで足が痺《しび》れていたが、時間がない。すぐに次の事情聴取に向かう。

七時半。もう一人、三年生から話を聴けたが、結果は同じようなものだった。問題の「彼女」の正体は分からない。そのうち、女子のマネージャーに聴いた方がいい、と思い至った。彼女たちなら、もう少し事情を知っているのではないだろうか。

八時を過ぎると、寮全体に人気《ひとけ》がなくなる。ふと思いついて、翔太の部屋を訪ねる前に、食堂に顔を出してみた。一〇一号室のキッチンを調理場として使い、壁を取り払ってつなげた一〇二号室まで、テーブルを一杯に詰めこんでいた。部屋に入ると、ソースと醬油《しょうゆ》の香りが漂っているのに気づく。キッチンの奥では、二人の中年女性が食器の後片づけをしていた。食器洗い機がフル稼働しているのに間に合わず、流しも使っている。声をかけにくい雰囲気だったが、向こうで先に私に気づいた。名乗ると、年長の方の女性が応対してくれた。四十歳ぐらい。ふくよかな体形は、いかにも健康的だった。

テーブルを挟んで座ると、髪を押さえていたバンダナを取る。それを丁寧に畳んで、テーブルの片隅に置いた。

中西美紀《なかにしみき》と名乗った女性は、平野に「スカウト」されたのだという。実際は、平野が現役時代に住んでいた実業団の寮の食堂で働いていた女性だ。

「それまで、ここはひどかったみたいですよ。人の悪口は言いたくないけど、生徒たちの食生活は……」

口をつぐんだが、私は金鉱を掘り当てたかもしれない、と思った。聴いてもいないことまで話してくれる証人は、今の段階では貴重な存在である。

「三十人分の食事の用意は大変ですよね」

「毎日、戦争ですよ」笑うと明るい笑顔が魅力的だった。「でも、食べた物がそのまま力になると思うと、こっちも嬉しいですけどね」

「花井君は、どんな感じでした？」

「よく食べました。一番食べる方じゃなかったかな」楽しそうに喋って、ふと暗い顔になる。彼がここにいない、という事実を改めて認識したようだ。

「最近も、食欲は旺盛《おうせい》でしたか？」

「ええ」

「何か悩んでいるような感じはなかった？」

「ないと思います。元々、あまり感情を露《あらわ》にするようなタイプでもないし。淡々と食事するだけなんで」

「他の部員との関係はどうだったんですか？　結構、一人が好きなタイプだと聞いてますけど」

「でも、普通に話してましたよ。馬鹿騒ぎするようなことはなかったけど」

「もしかしたら、孤立しがちなタイプだったとか……」

「それはないです」美紀が慌てて首を振った。すぐに言い直す。「孤立じゃなくて孤独、って感じですか」

「どう違うんですか」

「別に仲が悪いとかじゃなくて、相手との間に自然に壁を作っちゃうタイプ、いるでしょう。それは性格とかには関係なくて、周りの人よりも明らかにレベルが上の場合に……」

「ああ、彼は図抜けた存在だったから」

「そうなんです。甲子園だって、翔太君一人で引っ張って行った感じだし。周りも遠慮しますよね」

「彼女がいたっていう話があるんですけど」

「彼女？　まさか」美紀が笑った。不自然な笑い方ではなかった。

「一緒にいるところを見た人もいるんですが」定食屋の主人が何か勘違いしていた可能性もあるが、私はこの細い手がかりにすがりたかった。

「外のことは分かりませんけどね……同じ学校の子、ということですか？」

「たぶん。栄耀の制服を着てたそうですから」

「そうですねえ……」美紀が顎に指を当てた。「この学校って、運動部で強いのは野球部だけなんですよ」

「ええ」

「だから、野球部員は、一種のヒーローですよね」

「分かります」

「彼に憧《あこが》れている女の子は多いと思うけど、実際につき合うとなると、話は別じゃないでしょうか」

翔太から見れば、より取り見取りだったのではないか。もっとも、今まで聴いた話では、彼は簡単に女の子に手を出すタイプとは思えない。禁欲的、という形容詞が頭に浮かんでいた。

「他の部員はどうなんですか？　高校生なんだから、ガールフレンドぐらいいてもおかしくない」

「いる子もいるでしょうけど、翔太君はねえ……そういう影が見えないから」

「陰、ですか」

「そういう意味じゃないですよ」慌てて美紀が顔の前で手を振る。「気配というか。彼女ができれば、何となく雰囲気が変わるでしょう。そわそわするとか、急に明るくなって浮かれるとか。少なくとも翔太君の場合、そういう変化は全然ないですからね」

「真面目だったんですね」会話がなかなか広がらないのに苛立《いらだ》ちながら、私は話を合わせた。

「そういうことは、後からでもできると思ってたんじゃないですか。とにかくプロになりたいっていうのが、最優先の子だから」

「そしてゆくゆくは大リーグですか」

「そうかもしれません」美紀が真顔でうなずいた。「大きなことを言う子じゃないけど、言葉の端々でね……そういうこと、分かるでしょう。大リーグのこと、よく調べてたし。本人にすれば、プロ野球なら何となく手が届くと思ってたんじゃないですか？　でも大リーグとなると、また全然別のレベルの話でしょう」

「向こうじゃ、日本みたいに面倒を見てくれる人もいないでしょうしねえ」

「でも翔太君は、一人で何でもできるタイプですよ。せっかく上手くいってたのに……やだ、縁起でもないですよね。まだ何か起きたと決まったわけじゃないのに」

「そうですよ」私はうなずいた。「そうさせないために、私たちがいるんです」

言葉が上滑りしている、と意識した。だが、何も言わないよりは言った方がいい時もある。あとで「嘘つき」と罵《ののし》られることもあるが、今この時、不安を感じている人を慰めるのも刑事の仕事なのだ。


翔太は基本的に几帳面《きちょうめん》な性格のようだった。だが、元々狭い部屋に物が多過ぎるので、整理が追いついていない。

ドアを開けた私は、しばらく玄関に立ち尽くしていた。どこから手をつけるべきか……醍醐もこの部屋はチェックしたはずだが、完全には調べ切れなかっただろう。全体を把握するためには、数人がかりでやらなければ間に合わない。

だから今回も、何かが出てくるとは期待していなかった。取り敢えず、翔太という人間を、持ち物から知ることができれば、とだけ思う。一つ息を吐き、肩を上下させて部屋に入った。まず、全体の様子を頭に叩きこむ。

部屋に入って最初に感じたのは、オイルの匂いだ。見ると、玄関に近い場所に籠《かご》が置いてあり、そこにグラブが二つ、入っている。どちらも濃い茶色で、よく磨き上げられていた。一つを手にとってはめてみると、その柔らかさに驚かされる。入念に手入れしていたのは間違いなく、彼の道具に対する思いが窺えた。その横に、バットケースが四つ、壁に立てかけてある。全て、彼の名前が刺繡《ししゅう》されていた。開けてみると、乾燥剤が落ちてくる。入っていたのは木製バットだった。プロに向けて、金属バットだけではなく、木製バットでも練習していたようだが、湿度のことまで気にしていたのだろうか。だいたい、バットがそんなに湿気を吸うものか――後で醍醐に聞いてみよう。こっちが嫌になるほど、詳しく説明してくれるかもしれないが。

右側にはベッド、その奥に、ベランダに押しつけるような格好でデスクが置いてある。ベッドはメイキングされ――掛け布団《ぶとん》がちゃんとかかっているだけだったが――ており、服が放り出してあるわけでもない。俺の部屋とは大違いだ、と思わず苦笑した。

デスクの上には二段の小さな本棚が乗っており、教科書や参考書のほかに、野球関係の本が詰まっている。本の背表紙を確かめた。『バッティングの正体』『野球選手なら知っておきたい「からだ」のこと』『21世紀の野球理論』『運動科学――アスリートのサイエンス』『ピッチングメカニズムブック』『ノーラン・ライアンのピッチャーズバイブル』。一冊抜き取り、ぱらぱらとめくってみる。すぐに本の共通点に気づいた。全て技術的な専門書――それも相当深く、高校生レベルでは理解が難しそうなものが多い。自分の専門であるバッティング関係だけでなく、投手向けの本も揃えてあるのは、敵を研究しようという狙いか。どの本にもきっちり読みこんだ痕があり、傍線や書きこみ、マーカーで汚れている。練習漬けの毎日で、よくここまで研究できたものだ、と感心した。

一方で、いわゆる「精神論」の類《たぐい》はまったくない。野球好きサラリーマン必携の、野村克也の本などは見あたらなかった。全て実践的なもの。たぶん翔太は、選手としての心構えがどうとか、チーム作りをどうするとかいうことには、興味を持っていないのだろう。ひたすら自分を高めるための、技術的な勉強だったのではないか。

デスクの左側には、大学ノートが積み重なっている。几帳面な字で書かれたタイトルは全て「打撃」で、番号と日付けが振ってあった。一番下にあるのは三年前、高校に入学する以前のものである。開くと、細かい字でびっしりと書きこみがあった。下手ながらイラストも。本を読むだけでなく、自分で書くことで、理論を頭に叩きこもうとしていたようだ。そういうノートが十冊以上ある。パソコンの類がないのは、禁止されていたからかもしれない――ネットにかかわってトラブルに巻きこまれることも少なくないからだ。

デスクの引き出しを確かめたが、およそ色気はない。文房具やノート、古い教科書などが乱雑に突っこんであるだけで、高校生なら持っていそうなアイドルの写真集やＤＶＤもない。

右側のチェックを終え、左サイドに移る。まず目立つのが、三十六インチの液晶テレビだ。この部屋には大き過ぎるが、自分のフォームをチェックしたりするには、これぐらいのサイズが必要なのだろう。その横にある棚が、ＤＶＤでびっしり埋まっているのには驚いた。棚は二列あり、左側が市販のもの、右側が自分で録画したもののようだ。左側は、本と同じように技術解説がほとんど。右側を引き抜いてみると、それぞれにタイトルが段り書きしてあった。明らかに翔太の筆跡でない物も多いが、これはマネージャーだろうか。自分たちの試合だけではなく、大リーグの試合を録画した物も多い。これだけあると、「趣味は大リーグ観戦」と堂々と言えるのではないだろうか。

テレビの隣の細い本棚は、スクラップブックなどで埋まっていた。開いてみるとやはり、彼のことを取り上げた記事が目立つ。地方予選での活躍、甲子園での試合。この辺はいかにも、自分に誇りを持つ若者らしい。他に、アルバムが何冊もある。ぱらぱらとめくってみると、試合の様子――要するに自分の打席だ――を写したもの、チームメートや他のチームの選手と写ったものなど、全て野球関係の写真だった。高校生活を感じさせる物は一枚もなし。クラスメートと撮影したものがあってもおかしくないのだが……しかし今は、写真をプリントアウトする方が少ないのだろう。友人たちと撮った写真は、携帯電話にでも残っているのではないだろうか。

携帯電話？

当然、部屋には携帯電話がなかった。だが、充電器はデスクに乗っている。もちろんこれがなくても、充電する手段はあるだろうが……違和感が残った。本人の意思で家出する際、今はまず持ち出すのが、財布の他に携帯電話である。使えば居場所を特定されることは、多くの人が知っているはずだが、それでも持っていないと不安になるのだろう。私はこれまで何十件と失踪事件を扱ったが、自ら姿を消した場合、携帯電話を持っていかなかったケースはほとんどなかった。そして携帯電話がなければ、充電器もないのが自然である。私も、泊まりがけで出かける時は、必ず最初に充電器をバッグに突っこむ。自分の経験が全てとは思えないが、携帯電話と一緒に充電器を持ち出すのは普通の感覚だろう。翔太はよほど慌てていたのか、あるいは居場所を知られないために電源を切っているのか……しかしそれだと、携帯を持って出る意味がない。

違和感を残したまま、本棚の隣にしつらえられた棚を調べていく。一種の「グッズ置き場」で、野球関係のもので一杯だった。それもほとんど、大リーグのもの。サインボールやキャップ、綺麗に畳んだユニフォーム、タオルやカップなどのノヴェルティグッズが並んだ様は、その手のグッズを専門に扱うショップのようだった。全体に青が目立つ。ざっと調べてみると、全てロサンゼルス・ドジャースのものだった。どうやら翔太は、度を越したドジャースファンだったらしい。日本人選手も在籍していたせいで、日本でも人気のチームである。これらのグッズが、高校選抜として遠征した時に、バッグを一つ買い足してまで持ち帰った物だろう。

テレビをチェックする。DVDが入ったままになっていたので再生すると、翔太の打席を集めて編集したものだった。誰が作ったのか分からないが、まめなことを……翔太のバッティングフォームには、これといった特徴がない。逆に言えば、癖のないフォームだということは、あまり野球の専門的なことには詳しくない私にも分かった。軽く膝を曲げ、リラックスしたフォームで、顎を左肩に乗せるように構える。テークバックは控え目で、振り出してからのバットスピードに重点を置いているようだった。軽めのバットを使っているように、スイングスピードが速い。振り出しはスムースで、腕とバットが一体になったように見える。鋭く振りぬくと、打球は右へ、左へとばらまかれる。ヒットを打った場面ばかりだからそう思えるのかもしれないが、とても空振りや凡打するようには見えない。気づくと、いつの間にか画面に見入っていた。そのうち、笑い出しそうになる。これは、拷問《ごうもん》されるピッチャーの姿を集めたものではないか。打たれたピッチャーの顔を見ると、一様に「悔しい」というより「呆れた」表情を浮かべている。あのコースのボールをあそこまで持っていくのか、とでも言いたげに。

DVDを停め、クローゼットの中を調べた。服で溢《あふ》れそうになっていたが、ファッションに凝っていたわけではなく、ほとんどが練習用のトレーニングウエアだ。私服は……あることはあるが、多くがTシャツやトレーナーなどのカジュアルな物である。制服は、そのままハンガーにかかっていた。黒い詰襟で、袖《そで》と襟にグレーの縁取《ふちど》りがあるのが特徴だった。制服を何着も持っているはずがないから、翔太は私服でこの部屋を出たに違いない。ジャージということはないだろうが、残された服を見ると、それほど奇抜な格好ではなかったはずだ、と推測される。ジーンズにトレーナー、ダウンジャケット程度だろう。床には、大きなバッグが幾つも置いてある。

全体に、怪しい気配はない。なくなっている物があるかどうか、後でチームメートに確かめなければ。それにしても、家出するには適したバッグばかりだな、と思う。野球選手は普段から荷物が多いせいか、どれもたっぷりしたサイズなのだ。その辺にある服を適当に突っこんでいけば、持ち歩き式の小さなクローゼットになる。

しかし……高校生というのは、基本的に持ち物が少ないのだと実感する。これが大人なら、クレジットカードや銀行のカードを持っているはずで、使用履歴を調べれば、居場所の特定につながることがある。あとはパソコン。これが今は、個人情報の宝庫になっているのだ。だが翔太は、カードをほとんど使っていないというし、パソコンもない。巨額の金はあるのだが、それを引き出す手段は持っていなかったはずだ。

やはり誰かが一緒では、という疑いが生じる。それこそ、ガールフレンドとか。しかし、高校生同士のカップルが手を取り合って逃げるというのは、あまり現実味がない。今まで扱った事件では、高校生以下の未成年者が家出した場合、すぐ近くに潜んでいたのがほとんだった。それにしても翔太には、一時的にもかくまってくれる相手はいない可能性が高い……やはり、ガールフレンドを見つけ出すのが先決だ。

腕時計を確かめる。いつの間にか、九時近くになっていた。他の部員やマネージャーに話を聴くにしても、昼休みまで待たないといけない。あと三時間ほど——一度、失踪課に顔を出すことにした。他のメンバーは、全員が巡査の失踪事件にかかわっているだろうが、いつもいる場所に身を置いて、少しじっくり考えてもいい。

部屋に施錠して、寮を離れる。この合鍵は平野監督から借りたものだが、しばらく預かっておくことにしよう。近いうちに、また調べることになるのではないか、と私は予想していた。

7

失踪課では、公子が一人で奮戦していた。誰かと電話で話しているうちに、別の電話が鳴り出す。そちらに気をとられてちらちらと見るが、今耳に当てている電話をすぐに切ることはできないようだった。私は慌ててカウンターを通り抜けて部屋に入り、受話器を取った。

「失踪課、高城です」

「ああー、どうも」いつもながら苛立たせる、のんびりとした口調の田口だった。「室長は？」

私は身を乗り出し、金魚鉢の中を覗《のぞ》いた。デスクは空いている。

「外してるみたいですよ」

「あ、別に用事はないんだけどね。定時連絡で」

いったいいつの「定時」なんだ、と私は思った。九時半……今朝動き出して、まだ間もないはずである。

「何かありましたか」

「いや、特に何もなし。それだけ」

「分かりました……今日は誰と動いているんですか」

「森田だよ」

私は思わず舌打ちをした。使えない二人の組み合わせで大丈夫なのか……しかしこれも、真弓が指示したことだろう。私がどうこう言う筋合いではない。あるいは、意外に単純な計算かもしれない。醍醐と愛美を足せば、一＋一で二、あるいはそれ以上。この二人の組み合わせなら、精力的に、効率的に動ける。しかし森田や田口――二人とも戦力は「ゼロ」――と組み合わせると、それぞれが一にしかならない。だったら、ゼロの二人が一緒に動いていても、総合的な戦力は同じだ。「留守番をしていろ」とも言えなかっただろうから、この二人の組み合わせで適当に街に放り出したのだろう。

「適宜、定時連絡をお願いします」他に言うべきこともない。

「へいへい」気楽な調子で言って、田口が電話を切った。どこか、喫茶店でサボっているかもしれない……そう考えると、じんわりと頭痛が忍び寄ってきた。自分のデスクに戻り、引き出しを開けて頭痛薬を取り出し、水なしで二錠《にじょう》、口に放りこむ。喉を引っかく不快な感触に耐えながら、何とか呑みこんだ。

電話を切った公子の顔が上気している。何かいい話だ、と直感的に分かった。

「どうしました？」

「目撃証言が出たわ――高木巡査の一件で」

「今の電話は？」

「醍醐君。恵比寿駅の近くで、タクシーの運転手が見ていたって」

「駅前ということは、交番の近くですね」私は渋谷区内の地図を広げた。あの辺でタクシー乗り場といえば、東口を出たところのはずだ。駅前のロータリーにはいつもタクシーが溜まっている。「時間は？」

「火曜日の午前二時頃」

行方が分からなくなってから、数時間後である。終電は行ってしまった時間だが、タクシーはまだ客待ちをしているはずだ。

「制服だったんですか？」

「目撃証言では、そうね」

「タクシーに乗ったのか……」

「違う、違う」公子が顔の前で思い切り手を振った。「見たっていうだけよ。運転手さんが、制服姿で歩いている高木巡査を目撃したの」

「何だ……」私は脱力して椅子に腰を下ろした。「乗せた」というなら、その後も追跡できる可能性が高くなるのだが。

「でも、異様な光景でしょう？　制服警官が夜中の二時に、一人で歩いているのって」

「確かに」パトロールするにも、パトカーか自転車に乗るのが普通だ。事故や事件の現場なら歩いていることもあるのだが。そういえば、高木巡査はどこで自転車を乗り捨てたのだろう。

真弓が階段を下りて、こちらに向かって来るのが見えた。いつもより大股で、肩を怒らせている。誰かが彼女を怒らせたのかと思ったが、ただ気合いで疲れを吹き飛ばそうとしているだけだとすぐに分かった。いつもより化粧が濃いのも、疲れを隠そうとしているからだろう。私を見つけると眉をすっと上げる。

「目撃証言が出ましたよ」

「どこで？」室長室へ向かう足を止め、私の横で立ち止まる。

「恵比寿の駅前です」状況を説明する。

「歩いていただけね……」真弓が左手で右の肘を支え、拳で顎を打つ。「目撃者は押さえてある？」

「どうなんですか、公子さん？」私は彼女に話を振った。

「今、醍醐君がこっちへ連れてくるところですよ」

「搾《しぼ》り取れるだけ搾り取って」

私は真弓の指示にうなずいたが、限界があるのは分かっていた。タクシーの運転手は、それこそ高木をちらりと見た程度だろう。しかも、特に様子がおかしいとは感じなかったはずだ。それなら、もっと早く連絡してきたはずだ。タクシー会社と警察は良好な関係を築いていて、運転手も、何かあればすぐに通報するように指示されている。

「他に情報はないんですか？」

「今のが、初めての具体的な目撃情報ね」真弓が溜息をついた。「あとは全然……だいたい、恵比寿駅前で目撃されたんだったら、交番のすぐ近くでしょう？　それが分かっても、足取りとは言えないんじゃないかしら」

「しかし、何もないよりはましですから」私は自分に言い聞かせるように言った。自分で直接タッチしていない捜査とはいっても、やはり気になる。

「それで、あなたの方は？」

「うまくないですね。失踪した花井翔太にガールフレンドがいたらしい、という証言はあるんですが、裏は取れていません」

「それは関係ないわね」真弓がぴしゃりと言った。

「どうしてですか」いきなり決めつけるその言い方に少しむっとして、私は訊ねた。

「考えてみて」真弓が肩をすくめる。「仮にガールフレンドがいたにしても、花井翔太は野球一筋なんでしょう？」

うなずいて同意する。彼の部屋を見た後では、その思いはますます強くなっていた。

「しかも、大きな目標が目の前に迫っている。だったら、ガールフレンドと一緒に逃げたりしないはずよ」

「まあ……そうなんでしょうね」決して納得したわけではなかったが、そう言わざるを得ない。恋愛は、どんな人間の理性も奪うが、今の翔太を動かすほどの影響力は持たないだろう。

「調べる必要はあるけど、その線にはあまり入れこまないように」真弓が釘を刺した。

反論せず、私はうなずくに止《とど》めた。今のところ、一人きりの捜査なのだ。何も彼女の言うことを全部受け入れる必要はない。

考えをまとめるために戻って来たのだが、このままだと騒動に巻きこまれてしまいそうだ。仕方なく、私は駐車場に出て煙草に火を点けた。ここは人の出入りは多いが、話しかけられることもないから、考えることに集中できる。

真弓の言うことが頭に引っかかっていた。「関係ない」。そう、確かにその通りなのだろう。だが、翔太のガールフレンドは、何か知っているかもしれない。やはり、どうしても正体を探り当てなければならない。

思いついて、失踪課に戻った。騒がしくなる前に、この件について確認しておきたい人がいる。

翔太の母親、仁美は、私からの電話を待ちうけていたように受話器を取った。私はすぐに釘を刺した。

「すみません、まだいい話はないんですが」

「はい」

短く言ったが、その直後に溜息をついたのを私は聞き逃さなかった。申し訳ないと思いながら、質問を続ける。

「翔太君には、ガールフレンドがいませんでしたか？」

「いませんよ」

「はっきり否定できますか？」強過ぎる言い方だと思いながら、私は追い打ちをかけた。

「同じ学校の生徒さんと一緒にいるところを、見られているんですが」

「いや、分かりません……」言葉がゆっくりと消える。不安が霧のように、私の方にも漂ってきた。「そうなんですか？」

「そういう目撃情報がある、というだけです。何か話を聞いておられるんじゃないかと思ったんですが」

「何も聞いていません」仁美の声が震えだした。「あの子、そういうことは何も言わないから」

「だったら、そういうことがあっても、不思議ではないですよね。翔太君も十八歳なんだから、ガールフレンドがいたって全然おかしくない」仁美を落ちこませないようにと、私はわざと明るい声で言った。「だいたい、もてるんじゃないですか？　スポーツマンだし、甲子園にも出てるんだし」

「ファンレターは、学校の方に結構きたみたいですけどね」

メール全盛時代の今でもそんなことがあるのか、と驚く。しかし、本人のメールアドレスを手に入れるのは意外に大変だろう。ファンレターなら、学校へ送りつけておけば、本人の手に届く可能性もある。

「だったら、ガールフレンドがいても変じゃないでしょう」

「でも本人は、色気がないっていうか……本当に野球だけだったんです」

母親から情報を得るのは無理か、と私は諦《あきら》めた。家族といっても、別々に住んでいるのだから、息子のことを全部把握しているわけではあるまい。おそらく、父親も同じだ。中学生までは練習につき合い、濃厚な親子関係を保っていたはずだが、離れてしまえば、子どもの方は案外さばさばしているのではないだろうか。

不安にさせてしまっただけかもしれないと悔いながら、電話を切る。ちょうどそのタイミングで、醍醐と愛美がタクシーの運転手を連れて戻って来た。都内を多く走り回っているタクシー会社だったようで、見覚えのある茶色のブレザーを着ている。私と同年輩の背の低い男で、警察に連れて来られて、明らかにおどおどしていた。これから醍醐と愛美が、ねちねちと記憶をほじくり返すのだろう。特に愛美が。彼女は、こういう取り調べが上手い。一方の醍醐は、迫力で迫って、一気に相手に喋らせるタイプだ。いい組み合わせなのだが、それほど深い情報は出てこないだろう。おそらく運転手は、ほんの数秒、高木巡査を見ただけなのだ。

申し訳ないが、この二人には深夜まで動いてもらわなければならないだろう。午前二時──高木が目撃された最後の時間帯に、駅周辺を集中的に聞き込みするのだ。東京の場合、午前二時といっても働いている人はたくさんいるわけで、目撃者が見つかる可能性もある。いわゆる定通──定時通行調査だ。もちろん警務課や地域課の人間も動き回っているが、彼らには通常の仕事もある。ここは失踪課が中心になって動かなければならないのだ。

本来は、自分も手助けすべきなのだが……。

愛美が、コーヒーをカップに注いで、立ったまま両手で包みこむようにして飲んだ。まだコートを着たままである。自分のデスク——私の隣だ——に向かってつかつかと歩いてくると、「今日、寒くないですか?」といきなり訊ねる。

「一月だからな……それより、運転手の方はどうだ?」

「一応、調書を取るので来てもらいましたけど」力なく首を振る。「基本的に、現場で聴いた以上の話は出てこないでしょうね」

「そんなに一気に話が進むとは限らない」私は彼女を慰めたが、溜息が返ってくるだけだった。

「今夜、定通をやることになりそうです」

「室長の指示か?」真弓も、自分と同じことを考えていたのか。

「ええ。やらなくちゃいけないことは分かってるんですけど、冷えますからね。今夜、雪らしいですよ」

「確かにそんな天気だな」朝から分厚い雲がかかり、空気が湿《しめ》っている。降り出せば雪になるだろう。「しかし、君が愚痴《ぐち》を言うなんて珍しい」

「何か、だらしないじゃないですか……高木巡査」怒ったように愛美が言った。「二十歳を過ぎてるのに、責任感がないっていうか」

「そう言うな。今の二十歳は子どもみたいなものなんだから」

「すみませんね、三十過ぎてて」愛美が頬を膨らませる。元々童顔なのだが、そんなことをすると、本来の年齢がまったく分からなくなる。

「俺は何も言ってないからな」私は椅子を転がし、少し距離を置いた。今日の彼女は、機嫌が悪過ぎる。

「分かってます。下らないことで騒ぐような年でもないですよ」

「いや、だから、自爆だろう？」

「大きなお世話です……それより、高城さんの方こそどうなってるんですか」

状況を手早く説明した。愛美の結論はあっさりと、「関係ないですね」だった。

「室長の判断も同じだ」

「プロ入り前の有望選手が、ガールフレンドとどこかへしけこむなんて、あり得ないでしょう」

「しけこむ、は下品だぞ」

愛美が私を睨みつける。どうも今日は、私たちのリズムはまったく合っていない。今日ばかりではないのだが。

「とにかく、たかが女のために、人生を棒に振るなんて考えられませんよ」

「もしかしたら、卒業旅行とか」

「何ですか、それ」愛美の鼻に皺が寄る。

「卒業前の思い出作り。行くって言えば反対されるに決まっているから、二人で黙って出かけたとか、さ。だから、入寮の日の前までには、知らん振りして帰って来るかもしれない」

「花井翔太は、周りに心配をかけることを平気でするタイプなんですか？」

「……違うな」私の勘も鈍っているようだ。「まあ、とにかくガールフレンドが誰なのか、割り出してみる」

「できるんですか？　高校生の相手とか、苦手でしょう」

「本当なら、君の手を借りたいところだけどな。女子高生の相手をする自信はない」

「ご健闘、お祈りします」両手でカップを持ったまま、愛美が皮肉っぽく言ってお辞儀した。そのまま面談室に消えていく。

「あいつ、何で怒ってるんですかね」私は公子に訊ねた。

「何となく分かるわよ。あの子、だらしない人が嫌いでしょう。高木巡査の件でうんざりしてるのよ」

「ああ」私はぼんやりとうなずき、壁の時計を見た。それほどゆっくりしている時間はない。昼休み前に学校へ着いて、マネージャーから事情聴取できるように調整しないと。

「困ってますね」公子が言った。

「まあ……しょうがないですね。慣れていない、では言い訳にならないし」

「頑張って下さい」公子が頭を下げた。どことなく、この状況を楽しんでいるような感じがする。

まあ、仕方がない……仕事は仕事なのだ。苦手とかそういうことは、言い訳にはできない。

苦手な理由は分かっている。話を聴く相手は高校生——綾奈とそれほど年が変わらないのだから。

三年生のマネージャーは二人いたが、一人は風邪《かぜ》で休んで学校に来ていない、ということだった。会えたもう一人も、顔の半分が隠れるほどのマスクをしている。顔色が悪く、いかにも風邪の引き始めといった感じだった。ずっとマネージャーをやっていた名残か、顔はよく日焼けしていたが、その健康そうなイメージも風邪で薄れかけている。

「吉田璃子《よしだりこ》さん」

無言でうなずく。そのまま頭の重さで倒れるのではないか、と私は心配になった。

「風邪？」

またうなずくだけ。

「マスク、外してもらっていいですよ。それだと喋りにくいだろうし」

言われるまま、璃子がマスクを外す。唇は蒼く、顔にも血の気がない。風邪ではなくインフルエンザかもしれないと思ったが、こちらから「外せ」と言った以上、このまま進めるしかない。顔色が悪いのは、応接室が寒いせいだろう、と判断した。セーラー服の上にセーターを着ているが、それでは寒さは防げないはずだ。あるいは、一人きりでここにいるせいか。平野は「同席する」と言い張ったのだが、私はやんわりと拒否した。監督がいれば、どうしても顔色を窺ってしまい、言いたいことも言えなくなる。

「緊張しないで喋ってくれればいいから」

そういうことを言われるとかえって緊張してしまうのだ、と思いながら言った。私は両手を組み合わせて拳を作り、膝に置いた。これで少し、体を捻った格好になる。正面に座っているのだが、あまりにも真っ直ぐ対面すると、さらに喋りにくくなるだろう。それを避けるための軽い柔軟運動だった。

まず、最近の翔太の様子から訊ね始める。しかし、他の部員たちよりも反応は薄かった。それも当然かもしれない。彼女は寮で暮らしているわけではないし、クラスも違うというのだ。夏の甲子園が終わったところで、マネージャーとしての活動からは手を引き、それ以降は野球部との関係は自然に薄くなっている。「疎遠」というわけではなく、璃子は「引退」という言葉を使った。彼女の認識でも、マネージャーとしての活動は「部活」だったのだろう。

「マネージャーから見て、花井君はどんな選手だった？」

「一番頼りになるタイプです」少し咳《せ》きこみながら璃子が答えた。

「人としては？」

意味が分からないとばかりに、璃子が首を傾げる。

「ああ、だから、野球を離れたらどんな人だったのかな」

「無口でした」

「あまり喋ったことがない？」

「そうですね。必要なこと以外は喋らない人だったから」

「大リーグ好きだったらしいけど」

「そうですけど、私たちとは、あまりそういう話をしなかったので」

「私たち？」

「個人的な趣味とか、そういうことは……」

「部屋には大リーグ関係のグッズで一杯だったよ」

「部屋には入ったこと、ないですから」璃子が肩をすくめる。

翔太はやはり、他の人との間に薄い壁を作っていたのだろうか。天才肌の人間には、時にあることである。人を馬鹿にしているわけではないが、何となく相手との差を感じて、身を引いてしまう。ただし翔太の場合、そんなつもりはなかっただろう。ひたすら自分の道を追い求め続けていて、いつの間にか人と話すことも忘れてしまう――求道者タイプの選手だったのではないか。一種浮世離れした人間とも言えるが。

「彼女がいるそうだけど」

璃子が肩をぴくりと震わせた。かすかに顔を動かして、私と直接目が合わないようにする。当たりだ、と確信した。問題は、彼女がどうしてそのことを隠したがるか、である。高校生ぐらいなら――高校生に限らないかもしれないが――男女関係の噂話《うわさばなし》は、会話全体のかなりのパーセンテージを占めるだろう。

「別に、そのことが問題じゃないんだ」

「人の話は……」

「噂でも何でもいいんだ。どうも、花井君は、普通の高校生みたいじゃないんで……ほら、野球部の仲間以外には友だちがいないタイプじゃないか」

「野球部の人たちも、友だちじゃないですよ」少しだけ非難するような調子を滲ませて璃子が言った。

「孤立してた?」

「そうじゃないです」一転して、慌てて否定する。「一人だけレベルが違うっていうか……説明しにくいんですけど」

「ゆっくり」私は両の掌《てのひら》を下に向けて、二、三度上下させた。「上手く説明する必要はないから」

「あの、いろいろあるじゃないですか。三年間ずっと野球をやってても、それだけじゃないし。皆、友だちもいるし、他のことに目が向くっていうのもありますよね。勉強だって、やらなくていいってわけじゃないし」

「そりゃそうだ。落第したら意味がないからね」

「彼女がいる人、結構多かったんですよ」

「あ、そうなんだ」私は無理して笑みを浮かべた。逆に彼女が恐怖を感じていないといいのだが、と思いながら。愛美にはよく、「笑顔の方が怖い」と馬鹿にされるのだ。「寮だといろいろ大変だと思うけど」

「その辺は、まあ……」

彼女も、誰か選手とつき合っているのかもしれない。だがそこを突っこむと、これから話がしにくくなるだろう。実際にそうであってもなくても。

「皆上手くやってたわけか。監督が一緒に住んでいるから、大変だと思うけどな」

「監督も、あまり細かいことは言わないんですよ」

「そう？　結構厳しく指導してたみたいだけど」グラウンドから一斉に飛び出してきた挨拶。監督室まで案内してくれた丁寧な態度。軍隊式とは言わないが、「躾」レベルというわけでもない。

「でも……とにかくそうなんです」その辺の微妙なニュアンスは説明しにくいらしい。平野も、ガス抜きを狙っていたのかもしれない。女性をそんな目で見ているとしたら、とんでもない話だが。

「で、花井君は？」私は話を引き戻した。

「ええと……」うつむき、また黙ってしまう。

「知ってるね？」

「はい、あの……」

「他の選手も監督も知らないみたいだけど」

「ああ、そういうのって、その気になれば隠せますよね」

「隠してたのか？」

「ええと、はい、あの……」いきなり、また咳きこむ。話さないための演技かもしれないと思ったが、実際にかなり苦しそうだった。背中で、ポニーテールが大きく揺れる。

「こういう話は、女子の間での方が広がるんじゃないかな。噂話が嫌いな女子なんか、いないだろう」

「ええ、はい……」ようやく咳が止まる。

「で、相手は」

私は両手を解き、身を乗り出した。璃子が口元を引き締め、すっと身を引く。合わせて私も、ソファに背中を押しつけた。見えない綱を使って綱引きしているようなものである。時間が限られているのだ、と自分を叱咤《しった》する。昼休みの短い時間を越えてまで、事情聴取はできない。

「水穂《みずほ》」璃子がぽつりと言った。

「苗字は？」

「高嶋《たかしま》です。高嶋水穂」

「三年生？」

「ええ」

「クラスは？」

「花井君とは違います」

淡々と答えているだけなのに、璃子の顔に露骨な嫌悪感が浮かんでいるのが分かった。自分のチームの主砲にガールフレンドがいると認めるのが、そんなに嫌なのだろうか。少し神経質過ぎるようだが……。

「だから私、駄目だと思ったんです」急に強い口調で言葉を叩きつけ、その勢いでまた咳きこんでしまう。

「駄目って、何が？」

言葉が戻ってくるまで、しばらく時間がかかった。いつの間にか、顔が真っ赤になっている。

「あんな子とつき合ってたら、花井君は駄目になります。皆心配してたんですよ」

「皆って、誰が」誰も知らなかったではないか。

「女子の間では」

「何がそんなにまずいのかな？」

「ええと、ですから……とにかく駄目なんです」

「よく分からないんだが」私は首を傾げた。高校生には高校生のコミュニティがあり、その中でのルールは、私たち大人には理解しにくい物がある。

「だから、駄目な子なんです」

「駄目っていっても、いろいろあるけど」

「うーん、だから……駄目なんです」

説明は一歩も進んでいない。上手く説明できないのだろう。これは実際にその子に会ってみるしかない。

「学校に来てるのかな？」

「いないんじゃないですか」

「いない？」

「よくサボる子なんです。だから、駄目な子でしょう？」

よくサボる――璃子の証言は正しかった。学校側に確認すると、確かに今日も水穂は来ていなかった。いや、今日だけではない。昨日も一昨日も休んでいる。無断欠席。

私は嫌な予感を覚えた。翔太が最後にその姿を見られたのは、日曜日の夜。そして今日は水曜日だ。

二人は一緒にいるのではないか？

平野を呼び出し、確認する。彼はあくまで、翔太と水穂がつき合っている事実はないはずだ、と言い張った。

「翔太に限ってそれはないでしょう」

「そうですか？　彼だって、健康な十八歳なんだ。ガールフレンドがいたっておかしくない」

「そんな暇はない、ということですよ」

「だとしたら、隠れて、ということですかね」

「ま、多少はそういう気持ちになるかもしれないけど」平野の発言は、一歩引いたニュアンスになった。

「恋愛禁止、というわけではないんですか」

「いや、まあ」平野が顔をしかめた。「アイドルじゃないんだから、そんな風には言えませんよ。頭ごなしに言えば、反発しますしね」

「実際には、ガールフレンドがいる部員も少なくなかったでしょう」

「まあ、ねえ」自分のミスを咎《とが》められたように、平野が渋い顔をした。うつむき、指先から立ち上る煙を凝視する。「トラブルだけはないように、とは言ってましたけど」

「避妊とか？」

「そんな露骨には言いませんよ。今の子は、その辺はちょっと言えば理解しますから」

「今までに何か、具体的なトラブルは？」

「ないです」平野がゆっくりと首を振った。「そういうことは、ね。だから翔太も……」

「いろいろ考えられますよ。思い出作りに旅行に行ったとか、彼女の方が妊娠して、どこかで始末しているとか」

「やめて下さい」平野が慌てて言った。「それじゃ、大変なことになる」

「そうですか？　私は逆に、それなら心配しませんけどね。知らん振りして迎えてあげればいいんじゃないですか」

「それは……かなりの精神力がいりますよ」

　学校側、というか平野の問題になる。私の想像通りだったら、むしろ、警察が口を突っこんではいけない話だ。ちょっとはみ出した行為があったからと言って、口を酸《す》っぱくして注意するのも間違っている。それこそ、余計なお世話だ。

ただし、相手は未成年である。居場所を見つけ出すまではこちらの仕事だ。

「高嶋水穂という生徒さんについて、知っていることは？」

「いや、特には……私は、教えたことがないですからね」

「あまりいい評判がないようですが」

「まあ、どこの学校でも、一定の割合で程度の悪い子はいますよ」開き直りに聞こえた。

「昔で言えば、不良っていう感じですか」

「特に悪さをするわけじゃないけど」素早く平野が言った。「うちの学校には、警察のお世話になったような子はいませんよ。ちゃんとしてますから」

確かに。実は私も昔、栄耀高校を綾奈の進学先として考えていたことがある。私というか妻が、だが。進学校としては都内でもかなり上位に入るし、普段から生徒たちを見ていて、しっかりしているな、という印象も受けていたから。何より、自宅から近いのがよかった。通学で時間を食うのは馬鹿らしいというのは、私と妻の意見が一致した数少ない事例だった。二人とも田舎出身なせいか、長い時間電車に乗って学校に通うというのが、信じられなかったのだ。都内なら——特に私立に入れば——通学に片道一時間かかることも珍しくない。

「それは分かっていますけどね」

私は煙草を揉み消し、携帯灰皿を平野に渡した。平野は右手に煙草を、左手に灰皿を持ったまま、ぼうっとしている。予想外の展開に、どうしていいか分からなくなっているのだろう。

「あの、どうするんですか」

「取り敢えず、高嶋水穂の家に行ってみますよ。案外、花井君もそこにいるかもしれないし」

「いや、どうかな……」

「何か問題でも？」

「その子なら、家出の常習者でしょう？　学校でも有名ですよ」平野が声を低くして言った。

「家出といっても、プチ家出でしょう？　本格的に家出したら、もっと大きな問題になっているはずですよ」

「まあ、そうかもしれませんけど、そういう子と一緒にいたら、厄介だな」

「でも、見つからないよりはましでしょう。そこから先は、監督の問題かと思います」

「そうなんですけど、こういう問題で悩んだことはないですからね」平野が肩をすくめる。

「部員も皆、素直なんですね」

皮肉のつもりではなかったが、平野はむきになって反論した。

「部員は皆、分かってるんですよ。自分が変なことをしたら、チームメートに迷惑をかける。自分一人が馬鹿なことをしただけで、チームが試合に出られなくなったりしますからね」

「高野連は厳しいですからね」

「そうです。それにそんなことをしたら、卒業しても学校に近づけなくなりますよ。OB会も怖いですから」

「じゃあ、花井君が変なことをしているはずはないと？」

「そう祈りたいですね」

「ちょっと彼女と旅行に出かけていたとしたら、どうしますか？」

「揉み消します」平野があっさり言った。「警察沙汰にまでなって、そういうことはできないかもしれないけど、こんなことを表沙汰にしても、誰のためにもならないから……高城さんはどうするんですか？」

「無事なら、報告書を書いて、それで終わりです。私たちは事件を扱うだけですから。事件じゃなければ、絶対に口外しませんよ」

「お願いします」平野が深々と頭を下げた。「こちらできちんとやっておきますから」

その言葉は信じるしかない。犯罪でなければ、警察が口を出す問題でもないのだ。

どこか釈然としない気持ちが残ったが。

高嶋水穂の自宅は、京王井《けいおうい》の頭線《かしら》の浜田山《はまだやま》駅近くにある。荻窪とは接続が悪い場所だ。井の頭線で吉祥寺《きちじょうじ》まで出てＪＲ……電車だと、それが一番早いルートだろう。バスがあったかどうか……それを調べる時間が面倒臭い。荻窪からタクシーを使おう。直線距離にすれば三キロほどのはずである。

住宅街の中をぶらぶら歩き、駅の南口を目指す。この街に住んでいた頃の記憶が一々蘇ってきて、暗い気持ちになった。綾奈と歩いた道……遊んだ公園……時が流れ、街の様子が微妙に変わっても、記憶は修整されない。むしろ、変わった街並みを見て、当時の記憶が鮮明になるばかりだった。

いつの間にか、なるべく下を向きながら歩いている自分に気づく。余計なことを思い出さないように――アスファルトの様子までは記憶に残っていない。

自分を哀れむようなことをしてはいけない、そうは思っていても、気持ちの流れは抑えられないものだ。この街で今捜査をしているのも、たまたまである。しかしこの一件が片づけば、私はまた綾奈を捜し始めるだろう。最近は、綾奈のことを調べていない時の方が、昔の思い出に頭を占領されてしまうのだ、と気づいた。

ふいに、焦げ臭い臭いが鼻をつく。同時に、遠くで救急車のサイレンが聞こえ始めた。火事だ。自分には直接関係ないことだと思っていても、警察官の習性として、現場を捜してしまう。周囲を見回すと、煙がたなびき、空を暗く焦がし始めているのが分かった。近い。

反射的に私は、煙が上がっている方へ向かって走り出した。火事の現場へ辿《たど》り着くと、そこが綾奈が消えた公園のすぐ近くなのだと気づく。ということは、昔私が住んでいたマンションの側でもある。

一軒の家が、火に包まれていた。二階の窓から黒い煙が噴き出し、そこに赤い舌のような炎が混じっている。見ている間にも火の勢いは激しくなり、壁を伝って屋根を舐《な》め始めた。これは相当、火の回りが速そうだ。黒い煙は刺激的な臭いを放ちながら、家の周囲に充満し始めている。誰かが消火器を持ち出して家に向けているが、そんなものでは火の勢いは衰えそうになかった。

呆然《ぼうぜん》と家を見上げている一人の男性に気づく。家に近過ぎる——このままでは、炎に体を焼かれてしまうだろう。私は彼の下へ駆け寄り、肩を摑んで振り向かせた。

「高井《たかい》さん」

偶然に驚く。この街に住んでいた時、同じ町内会にいた人だった。というよりも、警視庁OB。当時は定年間近になっていて、老後に備えてこの家を新築していたのだ。

「ああ……」

呆然としたように、私の顔を見る。認識しているのかどうか不安だったが、「まずいよ」と零したので、私のことは分かっているのだと判断した。

「近くにいると危ないです」

「いや、しかし……」

　自分の家が燃え盛っている様子に見入っているようでもあった。実際は、心配で離れられないのだろうが――一種の金縛りだ。

「とにかく、離れましょう。ここにいると、消火活動の邪魔になります」ちょうど消防車が到着したところだった。「中に誰かいるんですか？」

「いや、いない」

「だったら、とにかく下がりましょう」

　実際、煙が充満してきて、近くにいると身の危険を感じる。呼吸さえ危うくなってきた感じだ。私は強引に彼の腕を引き、その場から引《ひ》き剝《は》がした。公園の奥の方まで避難すると、ようやく煙が薄くなって、普通に呼吸できるようになる。消防車が放水を始めたが、火勢は衰えない。二階を完全に焼き、一階にも火が回ってきた。

「高井さん、怪我はないんですか」

「大丈夫」咳きこみながら高井が言った。ふと見ると、目が赤くなって涙が滲んでいる。煙にやられたのか、家を失いかけているショックに必死に耐えているのか……裸足《はだし》なのに気づく。それだけ慌てて、飛び出してきたのだろう。

「靴はどうしたんですか」

「そんな暇、なかったんだ。昼寝しててね……慌てて飛び出してきた」

「煙、吸ってませんか」

「いや、大丈夫。しかし……ああ……」高井がいきなりしゃがみこみ、頭を抱えた。「何てこった」とつぶやく声の悲しさが、私の体を貫く。

彼がこの家を大事にしていたのを、私はよく知っている。親の代からずっと住んでいた家は、当時築四十年ほど。やっと自分の好きなように建て替えられるとなって、やけに張り切っていたのを思い出す。当時高井は、本庁の交通規制課にいたのだが、毎日定時に帰ってきては、建築の勉強をしていたらしい。もちろん、本格的にではなく齧《かじ》った程度だったのだが、それだけ自分の家に入れこんでいた、ということだ。綾奈が行方不明になった頃に、基礎工事が終わって……私がこの街を離れる時には、完成していた。二階の出窓が特徴的で、全体を白とオレンジに近い茶色で構成した南欧風の洒落《しゃれ》た家だった。高井がそういう趣味の持ち主だとは知らなかったので、意外に感じたのを覚えている。

二階の壁が燃え落ち、家の前に停めてあった車に落ちる。炎が車全体を包みこむ。ガソリンタンクに引火すると危険だ。消防隊員はすぐにそれに気づいたようで、放水先を車に変える。黒焦げになった外壁が放水の勢いで吹き飛ばされ、一階の壁に当たって粉々になった。同時に、どこかでガラスの割れる甲高い音が聞こえてくる。それを聞いた高井が、唸《うな》るような悲鳴を上げた。

炎は意外にしつこく燃え続け、消防は苦戦していた。それでも二十分ほど放水を続けると、ようやく火が消える。黒い煙に包まれた家は、既にほとんど残骸《ざんがい》になっていた。二階は完全に崩れ落ち、一階部分も壁の一部と柱が残っているだけである。高井はその場にしゃがみこんだまま、立てない様子だった。私はかける言葉も失い、呆然と彼の横に立ち尽くしていた。人生のかなりの時間と金を費やした家が、あっという間に燃えてしまう。悔しいとか悲しいという感情が芽生える暇すらないだろう。

消火活動が一段落して、消防隊員がこちらにやって来た。

「すみません、こちらの家の方は……」

高井が気丈に立ち上がった。

「私です」顔を拭うと、背筋を真っ直ぐ伸ばして答える。

「怪我はないですか？」まだ若い隊員が、丁寧な口調で訊ねる。

「大丈夫です。ご迷惑をおかけして」高井が膝につきそうなほど、深々と頭を下げた。

「ご近所には……」

「延焼はないですよ」

高井が長々と吐息を吐き出す。少なくとも隣近所に迷惑はかけなかったと、ほっとしているのだ。律儀《りちぎ》な男だったと思い出す。綾奈がいなくなった時も、率先して捜索に加わってくれたのだ。

「大変な時に申し訳ないんですが、ちょっと状況を聴かせて下さい」

「すみません、本当に……」

　高井がちらりと私の顔を見た。うなずき、無言で「大丈夫だ」と励ましてやる。この若い消防隊員は、高井を丁寧に扱うだろう。ショックを与えるようなことは言わないはずだ。この場でできることもないし、消防隊員の邪魔もしたくないので、私はその場を離れることにした。

「高井さん、気落ちしないで」

　我ながら気の利かない言葉である。だが高井は、私に向かって深々と頭を下げた。何の慰めにもならなかったことを悔いながら、私はその場を離れた。

　公園を抜けたところで、一度だけ振り返る。まだ煙が細く上がり、焦げ臭い臭いが充満している。目がしばしばして、涙が自然に零れ落ちた。コートの袖を鼻先に持っていくと、案の定臭いが染みついている。火事場の捜査は所轄の刑事課で少しやったぐらいだが、この独特の焦げ臭さにはいつも悩まされたものである。クリーニングに出すしかないな……そんな暇があれば、だが。

8

タクシーで五分ほどで、荻窪と浜田山の駅の中間地点まで辿り着く。都立高校の近くで下ろしてもらい、そこから先は歩いて高嶋水穂の家を探した。住居表示と、携帯電話で検索した地図を頼りに五分ほど歩いて、小さな川沿いの住宅街に出る。人通りも少なく、静かだった。ふと顔に冷たさを感じて空を見上げると、雪が降り始めたところだった。これは、今夜の定通調査は大変になりそうだと、愛美と醍醐に同情する。

小さな橋の上で煙草に火を点けた瞬間、喉の奥で燻《くすぶ》っていた痛みに気づく。思ったよりも火災の煙を吸ってしまったようだ。慌てて煙草を揉み消し、近くの自動販売機でミネラルウォーターを買って流しこむ。あれだけ燃え盛る火事現場の近くに行ったのはいつ以来だろう……高井の呆然とした表情が脳裏に蘇る。あれほど大事にしてきた家だったのに、何ということか。これからどうなるのだろうと考えると、暗い気分になる。確か、長男夫婦が都内に住んでいたはずで、そこで世話になるのだろうが……あれだけ思い入れのあった家を失ったショックを、「想像できる」などと言えない。火事の直後は、まだその現実に気持ちをアジャストできないが、衝撃は後からじわじわと襲ってくるだろう。何かを失った悲しみは、いつでも遅れてやってくるものだ。

　雪が舞う陽気の中、冷たいミネラルウォーターを飲むのはきつい。だが、喉の渇きと痛みを抑えるためには、五百ミリリットルのボトル一本分が必要だった。一気に流しこんだためか頭痛がしてきたが——煙のせいかもしれない——それでも少しだけ元気を取り戻して、再び歩き始める。

「高嶋畳店」の看板を見つけ、私は店の前で立ち止まった。畳屋か……職業については想像もしていなかったが、自営ならいつでも家族から話を聴ける。それにしても、今時畳屋とは珍しい。

　店の前面がガラス張りで、中の様子がよく見える。たたきから一段上がった場所が作業場所になっており、中年の男が——私よりは若い感じだが——太い針を使って畳の縁を縫っているのが見えた。短い髪、恰幅のいい体形。顔を上げた瞬間、頑固そうな表情が覗く。何となく、話しにくそうなタイプである。

　引き戸を開けると、怪訝《けげん》そうな顔つきで私を見た。

「高嶋さんですか？」

「そうだけど」明らかに、畳の注文に来た客ではないと分かったのだろう。不審げに私の顔をじろじろと見る。

「警視庁の高城です」

「警視庁？　警察？」いかつい顔に似合わぬ甲高い声で繰り返した。「娘が何かしましたか？」

　この反応は……普段から娘の行状に頭を痛めていたのだろう。私は嫌な予感を覚え始めた。トラブルを引き起こすような娘。翔太も彼女のトラブルに巻きこまれているとしたら、最悪のケースも想定しなければならない。

「そういうわけじゃないんですが、娘さんはいますか」

「いないよ」無愛想に言って唇を引き締める。

「学校は休んでいると聞いていますが」

「またかよ」父親が舌打ちをする。「あの馬鹿が……何回言っても直りゃしない」

「そんなに頻繁に休んでるんですか」

「落第すれすれだよ。だけどあの馬鹿娘、計算してやがるんだ。出席日数が足りるぎりぎりで……それより、何なんですか。とうとう警察のお世話になるようなことでもやりやがったんですか」

「そういうわけではないんですが」

　父親の勢いに押され、私は少しばかり唖然《あぜん》としていた。最近、家族の絆《きずな》の弱さを感じることが多い。子どもが何をしても、「知らない」と言い張る親。親に関心を持たない子どもたち。しかしこの家では、少なくとも「怒り」を通じて親子がつながっている感じがする。

「じゃあ、どういうことなんですか」父親が立ち上がった。サンダルを引っかけてたたきに降り立ち、私と正面から向き合う。がっしりはしているが、背は小さい男だった。

「娘さん、学校を休んでどうしてますか」

「知らねえなあ」吐き捨てるように言った。「娘のことで一々気を揉んでたら、頭がおかしくなっちまうよ。まったく、あの馬鹿が……」

「家出してませんか？」

「家出？　家にいるかどうかも分からないのに、家出？」今にも笑い出しそうだった。

「あいつがいつ家にいるかなんて、分かったもんじゃない」

「ちょっと待って下さい」私は両手を前に突き出して、突っかかってきた父親を止めた。この猛《たけ》り具合は何だ？「普段からあまり家にいないんですか？」

「まあ、その……」急に決まり悪そうな口調になった。「警察に面倒をかけてるわけじゃない？」

「今のところは」

「もったいぶった言い方はやめて下さいよ」今度は泣きつき始めた。「覚悟はしてるけどさ、そんな急に……」

「覚悟って、どういうことですか」

「いつか、警察のお世話になるって……さんざん言ってたのに、聞きやしないんだ」

普段から、あれこれ親に心配をかけていたわけか。夜遊び、学校をサボる、プチ家出……それなら、親が心配するのも不思議ではない。もしかしたら、失踪課のリストにも載っているのではないだろうか。一度でも家族から届け出なり相談なりがあった人間については、詳細なデータを蓄積している。

「失礼ですが、以前に警察に相談したことは？」

「あるよ。もうずいぶん前だけど……高校に入ってから、急に生活態度が滅茶苦茶になりやがって。家の金まで勝手に持ち出すんだから、ひどい話でしょうが。こんなことなら、警察の方からがつんと言ってもらった方がよかったんだ」

「未成年なんですから、それは基本的に家族の仕事ですよ」

「冗談じゃない」父親が激しい勢いで吐き捨てる。「一々娘のことで怒っていたら、時間がいくらあっても足りないよ」

「普通は、コミュニケーション不足が原因で、そういうことが起きるんです」

娘がいるからこその悩みではないか。私にはそんなことすらできない。次第に苛々してきた。

「説教かい？　勘弁してくれよ」目を細めて吐き出す。

「駄目です。とにかく、ちょっと話を聴かせて下さい。娘さんを捜しているんです」

「何のために」

「それは言えません」

「それじゃ話になんねえな」口調が乱暴になり、彼自身の育ちの悪さを窺わせた。

「こっちも話になりませんよ。娘さんが家出しているとしたら、重大な問題になるかもしれないんだ」

「何だよ、それ」

「今は説明できません」この男がこの調子で怒り続けたら、まともな会話は成立しない。それに話せば、隣近所に噂が広まってしまうだろう。できれば母親に事情を聴きたいのだが……。

「説明できないって、どういうことだよ」父親の顔は、今や怒りで蒼白になっていた。

「やっぱり、娘が何かしたのか」

「そういうわけじゃありません」

「はっきりしねえな」掌を腿《もも》に叩きつける。ぴしゃりと鋭い音が、その場の緊張感をさらに高めた。

「あんた！」

奥の方から声が響く。父親が、急に身をすくませた。

作業場を大股に横切って、大柄な女性がやってきた。水穂の母親か……明らかに父親よりも背が高く、どっしりとした体形である。

「何やってるの。警察の人に喧嘩《けんか》を売ってどうするの」

「……そうじゃない……」

「言い訳しない！」ぴしりと言って、私に向かって頭を下げる。「申し訳ないですね。馬鹿亭主が……」

「馬鹿じゃないだろうが」

「馬鹿は馬鹿！」

ガラスをひび割れさせそうな大声が響く。父親はぴくりと体を震わせ、黙りこんだ。

「あの、それで、娘が何か」母親が急に眉をひそめ、心配そうな表情を作る。

「何かしたわけじゃありません。ちょっと話を聴きたいだけなんですよ」

「裏の方に回ってもらえます？　店先だと、ちょっと……」

「じゃあ、俺も」

「あんたは黙って仕事をする！」

ぴしりと決めつけ、太い人差し指を突きつけると、亭主は床に釘づけにでもされたように、その場で固まってしまった。

夫婦の力関係というやつは……私は苦笑を噛み殺しながら、裏口に回った。

水穂は、二日前——正確に言えば三日前の夜から姿を消していることが分かった。三学期の始業式の前日の日曜日、家で夕食を取ったのは間違いないのだが、その夜にいなくなったようだ。

「警察には届けなかったんですか」

「すみません、よくあることなんで……」母親の秋枝《あきえ》が、申し訳なさそうに言って大柄な体を丸めた。

「そんなにしょっちゅうですか？」

「不良娘なんで」

古めかしい言い方に、私は無意識のうちに頰が緩むのを感じた。気づかれないように下を向き、用意してもらった茶を一口啜る。勝手口の床に腰かけ、体を半分捻るような形で話を聴いているのだが、少し腰が痛くなってきた。秋枝も、正座に近い膝立ちなので、何となく話しにくい。だが、「場所を移しませんか」とは言い出しにくかった。話が上手く転がり始めたので、このまま続けたい。

「心配じゃないんですか？」

「不良だけど、馬鹿じゃないんですよ。そういうのが一番、性質《たち》が悪い」

「そうですか？」

「馬鹿なら、上から押さえつけて言うことを聞かせられるけど、なまじ頭がいいから、理屈では親はもう勝てないんですよ」

「だったら、それほど心配しなくてもいいんじゃないですか。知恵があるなら、変なことには巻きこまれないでしょう」

「そうだといいんですけどねえ」秋枝が、ふくよかな頰を両手で挟みこんだ。

「でも、心配ですよね？」

「心配は心配ですけど、今までも何もありませんでしたからね。何も言わずにいなくなって、二、三日すると帰って来るんです。だから、やきもきしてもしょうがないんだけど……」

「学校の友だちの家に行っているとか？」

「中学校時代の同級生が多いんですよ。高校は、あまり馴染めなくて、変な方に行っちゃったんですね」

「でも、成績はいいんですよね？　栄耀高校、簡単には入れないでしょう」

「入って、レベルが違ってびっくりしたのかもしれませんね。本人、ほとんど勉強しないから……ついていけないわけじゃないけど、勉強はつまらないんじゃないですか」

「受験シーズンですけど……」

「大学へは行かないです」

「じゃあ、就職ですか？」

「それも決めてなくて。しばらくぶらぶらするつもりかもしれません」

「それでいいんですか？」

言ってしまってから、責めるような口調だった、と反省する。しかし秋枝は、気にする様子もなかった。

「若い頃は、いろいろありますよ。自分が何をするか、簡単に決められなくてもおかしくないでしょう」

「ずいぶん鷹揚《おうよう》ですね」

「私も、人のことは言えませんから」にやりと笑った。それ以上説明しようとしなかったが、かなり放埓《ほうらつ》な時代があったことを臭わせる。自分がそうだったから、娘にもきつく説教できないということか……もちろん、親子のあり方はそれぞれであり、他人が口を挟むことではない。

犯罪に関係しているのでない限り。

「娘さん、ボーイフレンドはいましたか？」

「それが何か？」急に秋枝の顔が暗くなった。

自分の口から翔太の名前を口にするわけにはいかず、私は横から攻めることにした。

「つき合っている人、ですよ。今も、そういうボーイフレンドと一緒にいるとか」

「それは、ねえ」それまでぽんぽんと話していたのが、急に歯切れが悪くなる。「親があまり口出しできるようなことじゃないし」

「そういうこと、話していたんですか？」水穂がどんな性格なのかは分からないが、この母親との間で、遠慮なく言葉が飛び交っていたことは想像できる。

「それは、まあ、いろいろと」

「ボーイフレンドのことも？」

「私は、反対してたんですよ」

「ということは、ご存じなんですね」私はさらに体を捻り、秋枝と正面から向き合うようにした。腰の稼動域は限界に達している。「誰なんですか」

「いや、私の口からは……」大袈裟に、右手で口を塞《ふさ》ぐ。

「大事なことです。その相手も今、行方不明なんですよ」断定できない情報を断定口調で言った。

「え？」秋枝が目を見開く。「花井翔太君？」

知っていた……私はゆっくりと息を吐き、腰の捻りを少しだけ戻した。

「そうなんです。彼も、野球部の寮からいなくなっています。二人は一緒にいるんじゃないですかね」

「ちょっと待って下さい」エプロンのポケットから携帯電話を取り出し、耳に当てる。しばらくそうしていたが、やがて顔をしかめて「出ないわ」とぽつりと言った。

「すみませんが、メッセージを残してもらえませんか。あまり怒らないで……電話するように、とだけ言ってもらえれば」

私に言われたまま、秋枝がもう一度電話をかける。それまでの威勢のいい口調が嘘のように、猫撫で声でメッセージを吹きこんだ。電話を閉じて溜息をつき、私の顔を見る。目が潤《うる》んでいた。

「どうしましょう……大変なことに」

「大変かどうかは、まだ分かりません」私は彼女を元気づけようと、わざと明るい声で言った。「二人で一緒にどこかへ行っているだけなら、別にいいんです。後で叱って下さい」

「でも、翔太君でしょう？　あんな有名な子と……釣り合わないから駄目だって、散々言ったんですよ」

「今の時代、釣り合うとか釣り合わないとか、そういうことを言うのは不自然じゃないですか」

「でも、プロ野球選手になる子ですよ？　うちみたいな畳屋の娘と……」

「職業は関係ないでしょう」私は、彼女の控え目な態度に、むしろ好感を抱いた。「金ヅルを摑まえた」と欲を出して、娘に発破《はっぱ》をかける母親もいるだろうに。

「本当に、一緒にいたらどうしましょう。学校の方、大騒ぎになっているんじゃないですか」

「今のところは、表に出ないように抑えています。だから、どうぞご内密に」

「そうですか」深い溜息。「こんなこと、表沙汰になったらどうしたらいいんですか」

他の生徒に隠しながら……今さらながら、難しい捜査なのだと実感する。気を取り直して質問を続ける。

「いつ頃からつき合っていたか、分かりますか？」

「はっきりしませんけど、去年の春ぐらいかな？　別に、甲子園に出たからとか、そういうのは関係ないですよ」

「今まで、一緒にどこかへ行ったようなことは？」

「ないと思います。翔太君の方に、そんな余裕はないでしょう」

「まあ……彼は忙しいですからね」だとしたら、今回に限ってどうして？　もちろん、二人が一緒にいると決まったわけではないが、その可能性が高まるに連れ、疑問も膨らんでくる。

「二人は、本当に一緒にいるんでしょうか」

「分かりません」彼女の部屋も調べるべきだ。そうしようかと思った瞬間、携帯が鳴り出す。「ちょっと失礼します」

断って、一度外へ出る。立ち上がった瞬間、腰に鈍い痛みが走ってぎょっとしたが、すぐに引いたので気を取り直す。

真弓だった。

「今、大丈夫？」探りを入れるような、遠慮がちの口調。

「聞き込み中ですが」

「高木巡査、遺体で見つかったわ」

「自殺ですか？」思わず声をひそめ、送話口を手で覆う。秋枝が疑わしげにこちらを凝視した。

「ええ。銃で頭を一発」

そういうことか……そんな予感はあったのだが、実際に自殺したと聞くと、苦い思いがこみ上げてくる。もっと早く見つけていれば、こんなことにならずに済んだのだ。おそらく高木は、最初から自殺するつもりで、拳銃を持って姿を消したのだろう。勤務先で頭を撃ち抜かなかったのは、不幸中の幸いと言うべきかもしれないが。

「場所はどこですか」

「渋谷区内の公園のトイレなんだけど……死体はまだ新しいみたいね。たぶん、昨夜から今日の明け方にかけてだと思う」

「その前に、どこにいたのか気になりますね」拳銃を持ったまま、そして制服を着たまま、一日以上も姿を消していたのは異常だ。誰かがかくまっていたのではないか、という疑問が生じる。

「それはそうだけど、うちとしては、ここで捜索を打ち止めにします。これ以上のことは、失踪課の仕事じゃないから。あとは警務課と地域課に任せます」真弓の口調は、今朝方までと比べてずいぶん軽くなっていた。「これで、そっちの案件に人を割けるわね」

「そうですね……」

巡査の自殺。珍しいことではない。若く、相談できる人間が周囲にいない巡査が、拳銃で自殺するケースは少なくないのだ。交番の中で死ぬよりは、まだましかもしれない。それでも交番のハコ長、渋谷中央署の警務課は、後始末に大慌てになるだろう。私は思わず、法月に同情した。

「一度、そちらに戻ります。態勢を立て直さないと」

「何か収穫は？」

「花井翔太は、ガールフレンドと一緒にいる可能性が高いですね。彼女も行方が分からないんです」

「恋の逃避行？」

古めかしい言い方に、思わず吹き出しそうになった。いったい何歳なんですかとからかおうとして、私より三歳年上なだけだとすぐに気づいた。年のことで彼女をからかえば、そのまま自分に跳ね返ってくる。

「確定したわけではないので、何とも……一度、自殺現場に寄ってから行きます」

「そうね。帰り道ついでで」

　電話を切り、秋枝に「引き上げます」と告げる。

「何か分かったんですか？」

「いや、別件なんです。すみませんが、水穂さんの携帯電話の番号、教えてもらえませんか」

　秋枝が告げた番号を自分の携帯電話に登録し、辞去する。高木巡査の件が一段落して、花井翔太の捜索はこれからが本番だ。自分一人では何もできないとまでは思わないが、ずっと一人で動いてきて、仲間の力の大きさを改めて知る。

　とはいっても、使えるのは二人しかいないのだが。


　現場は、住宅街の真ん中にぽっかりとある小さな公園だった。フェンスに囲まれているだけで、誰でも二十四時間出入りができる。遊具の類もほとんどなく、砂場、それに片隅にトイレがあるだけだった。今はそこが、ブルーシートで覆われている。自殺にしては大袈裟な現場だった。

　私は、コート姿の法月をすぐに見つけた。

「オヤジさん」

声をかけると、法月が渋い表情を浮かべたまま右手を上げたが、すぐにコートのポケットに突っこんでしまった。不機嫌。

ブルーシートの中を覗きこむと、鑑識の連中が作業中だった。折りしも、タイルの壁から銃弾を掘り出したところである。頭を撃って自殺して、銃弾が壁まで到達するか？　私に気づいた若い鑑識課員が、「二発撃ったみたいですよ」と教えてくれた。

「拳銃の方は？」

「ここに残ってました。二発発射した痕があります」

「ありがとう」

礼を言って外へ出る。冷たい空気を肺一杯に吸いこむと、ブルーシートの中は、トイレ特有の臭いに血の臭いが混じってかなりの悪臭が籠っていたのだ、と改めて実感する。

「ひどい話だな、おい」法月が顔をしかめて言った。

「自殺するほど悩んでいたんですかね」

「それをこれから調べなくちゃいかん」法月がコートのポケットから両手を出して、思い切り顔を擦った。「同じ警察の仲間から話を聴くのは、いつだって嫌なものだよ」

「それにしても、変な時間に見つかりましたね。こんな、住宅街の真ん中で銃を撃って、誰も気づかなかったんでしょうか」

「そんなに大きい音がするわけでもないし、この公園にはあまり人が来ない……子どもたちが集まって来るのは、もっと午後遅くになってかららしいな。トイレも、ほとんど使う人はいなかったようだ。公園のトイレっていうのは、あまり綺麗じゃないからな」

「そうですね」法月は、自ら近所の聞き込みでもしたのだろうか。まだ遺体が発見されて間もないのに、付近の事情をかなり詳しく知っている。

「それにしても、誰か銃声ぐらいは聞いているでしょう」

「だといいんだがね。そうじゃないと、死亡時刻が特定できない」

「二発撃って……」

「頭に当たっているのは一発だ」法月が、左耳の上を人差し指で突《つつ》いた。「一発目を撃ち損ねたのか、一発撃ってから、ショックでもう一度引き金を引いてしまったのかは分からない。前後関係を割り出すのは、相当難しいだろうな」

「誰かに撃たれたってことはないでしょうね」

「こいつを殺しにしたいのか？」それでなくても大きな目を、法月がさらに大きく見開いた。

「まさか」私は首を振った。「まあ、自殺なら……仕方ないですね」

「残念だけどな。面倒臭いことが出てこないように祈るよ」

「自殺の動機は、いつでも面倒ですよ」

「分かってるよ」

統計上、自殺の動機の一位は健康問題で、経済・生活問題がそれに続く。この二つでかなりの部分を占めるが、他にも仕事の問題、男女関係の悩みなどがある。

「すみません、失踪課としてはここまで、と言われています」

「ああ。見つかったわけだから、あとは当該部署が責任を持って処理する……うちと地域課でな。これから監察とも、あれこれやりあわなくちゃいけないと思うと、うんざりだ」

「分かります」

「ところでお前さん、どうかしたのか？　何だか煙臭いぞ」

「途中で、火事に遭《あ》ったんですよ」

「ああ」法月が鼻をひくつかせる。「道理でな。コート、クリーニングに出さなくちゃ駄目だぜ」

「それが、昔交通規制課にいた高井さんの家だったんです」

「何だって？」法月がまた目を見開いた。「本当かね」

「高井さんを知ってるんですか？」

「大昔、署で一緒になったことがある……参ったね。家はどうした」

「全焼、だと思います。一階の壁と柱しか残ってませんでしたから」

「それはお気の毒だ……後でお見舞いを届けないとな。しかしお前さん、何であんな場所にいたんだ？」

「たまたま近くで聞き込みをしていたんです。びっくりしましたよ」

「お前さんが昔住んでた辺りだな」

「ええ」私は唾を呑んだ。高井の家の前の公園……何度も綾奈が遊び、最後の手がかりが得られた場所、と意識せざるを得ない。

「いろいろなことが同時に起きるな、おい」法月が私の肩をぽん、と叩いた。「お互いに、無理しないように頑張ろうぜ」

「お疲れ様です」私は自然に頭を下げて、その場を立ち去った。

冷たい風が背中から追いかけてくる。雪はぱらつく程度だが、これから激しくなるかもしれない。少しでも雪が降ると、東京は完全にダウンするんだよな、と考えてうんざりする。

一公務員の私が、交通インフラを心配しても仕方がないと思いながら、歩調を速める。この辺りはどこの駅からもそれなりに距離があるが、最寄駅は代官山だ。しかし、そこまで歩いて東急線に乗ることを考えると、渋谷中央署まで歩いてしまった方が早い。細い道を歩いて行くと、途中から急な坂道になり、桜丘町《さくらがおかちょう》まで出る。この辺りはささやかな繁華街になっているが、目立つのは楽器店だ。何軒もの店舗が集まり、ミュージシャンっぽい格好をした、細長い若者の姿が目につく。末永亭がすぐ近くだ。昼飯を抜いてしまった——朝飯も食べていないが——ことに気づいたが、寄る時間はないだろう。

不思議と空腹は感じなかったが、火事の影響がまだ残っているせいだと気づいた。煙を吸ったせいか、ずっと吐き気が収まらない。しかし、何か腹に入れておかないと、これから動けなくなってしまう。今夜も長くなりそうなのだ。仕方なく、玉川《たまがわ》通り沿いにあるコンビニエンスストアに寄り、肉まんを二つと缶コーヒーを買う。惨めな昼食だが……エネルギーを補給しておくことだけを考え、食べながら署へ向かう。JRのガード下をくぐり、明治通りにかかる歩道橋を渡って……歩道橋の上で、冷たい風に吹かれながら肉まんを食べ終えたが、満足感はなく、ただ腹が膨れただけだった。妙に寂しい気持ちが湧き上がってくる。

自分は何をしているのだろう、とふと考えることがある。普段は仕事をこなして、空いた時間で娘を捜す。だが手がかりは依然としてまったくなく、空しさが増すばかりなのだ。しかし、諦めたら、そこで全てが終わってしまうと怖くなる。私の気持ちが切れたら、それで綾奈は遠くへ行ってしまうのではないか。

まさか。気持ちだけで事件を解決することはできない。

だが、気持ちの入っていない捜査は、往々にして悲惨《ひさん》な結末を呼ぶ。

渋谷中央署に戻った時には、何とか気持ちを持ち直していた。缶コーヒーはまだ少しだけ残っていたが、寒風の中を歩いて来ただけですっかり冷えてしまい、もう飲む気になれない。残ったコーヒーをトイレで捨て、失踪課に戻る。全員揃っていたが、どこかだらけた雰囲気が漂っていた。それはそうだろう。昨日から散々引っ張りまわされ、最後は遺体で発見――では、精神的なダメージが大き過ぎる。どんなに疲れる捜査でも、自分が事件の中心をヒットしたと思えば、疲れも吹っ飛ぶのだが。

どう声をかけるべきか、迷う。私はこの分室ではナンバーツーの立場なのだが、気合いを入れたり、精神論を説いたりするのは苦手だ。せいぜい、淡々と捜査の役割分担を指示するぐらいである。だが今は、少しだけ勇気を奮うべきだと思った。

「聞いてくれ」

自席の前で立ち上がって声をかけると、全員がのろのろと顔を上げた。愛美でさえ、疲れきっている様子である。それを、怒りの表情で何とかごまかしているようだった。

「高木巡査の件では、お疲れ様だった。今、俺も現場を見て来た……この件は、これでうちの手を離れる。疲れてるところ申し訳ないが、もう一件の案件に、すぐに取りかかって欲しい」前置きはそこまで。すぐに翔太と水穂の関係を説明した。

「じゃあ、二人は一緒にいるんですか？」醍醐が眉をひそめながら言った。

「その可能性もある。二人で動いている方が目立つから、発見できる可能性が高くなると思う。それで、仕事の割り振りだ……醍醐は、俺と一緒にもう一度学校を当たる。水穂について、知っている人間がいないか、捜すんだ。明神と森田、それに田口さんは、水穂の部屋の捜索。何か手がかりになるものがないか、捜してくれ」

「了解です」愛美が言って、大儀そうに立ち上がった。いかにも面倒臭そうだが、彼女に限っては、これ以上気合いを入れる必要はあるまい。ここへ赴任してきた頃は、失踪課の仕事に疑問を感じて腰が重いこともあったが、今はそんなことはない。自分の頭で考えて動くようになっている——それも非常にてきぱきと。ふと、ここで過ごした時間の長さに思いを馳《は》せる。彼女とは一緒に異動してきたのだが、いつの間にか、五年近い歳月が流れてしまっていた。五年経てば、人はすっかり変わってしまう。

「醍醐、車を出してくれ。聞き込みの範囲が広がる」

「というと？」醍醐も立ち上がった。

「この手の噂は、女子の方がよく知ってるだろう。学校じゃなくて、家に聞き込みに行くことになると思う。学校だと、先生の目が気になって、遠慮してちゃんと話してくれないからな」

「オス」

醍醐が覆面パトの鍵を引っ掴み、駐車場の方へ消えた。私は、まだだらけている森田と田口に声をかけた。

「さあ、次の仕事だ。頼むよ」

二人がようやく立ち上がり、とっくに部屋を出て行った愛美の後を追う。私は一つ溜息をついてから、自分のデスクを見下ろした。伝言の類はなし。

「ちゃんと指示してくれたわね」

　突然後ろから声をかけられ、振り向く。真弓が真面目な表情で立っていた。

「仕事ですから」私は肩をすくめた。

「そういう仕事っぷりも、段々板についてきたわね」

「別に、そんなつもりはないですよ。こういうのは、柄じゃない」

「これなら、後はあなたに任せられそうだけど」

「異動の話でもあるんですか？」私は眉をひそめた。これまでの庁内外交が功を奏したのだろうか。

「仮に、の話」真弓も肩をすくめる。「さ、次の事件、頼むわよ」

　真弓はさっさと踵を返して、金魚鉢の中に消えてしまう。本音が読めない……私は公子に助けを求めた。人事情報なら、彼女の方がよく知っていることもある。

「本当に何もないんですか？」

「私は聞いてないけど……それより、何かあったの？」

「何がですか」

「何か、臭うけど」

「ああ」

荻窪で火事に巻きこまれたことを説明する。公子の表情が見る見る曇った。

「火事は恐いわね」

「本当ですよ……そうだ、出火のお見舞いって、どうしたらいいですかね。知り合いですし、何かした方がいいでしょう」

「ちょっと調べておくわ。でも、その件はあまり気にしないでね」

「別に気にしてませんよ。災難だったとは思いますけどね」

「そう？　世界中のことを、高城さん一人で解決するなんてできませんよ。何もかも背負いこまない方がいいわ」

「まさか」苦笑して、私は顔を擦った。そんなことができないのは自明の理で、警察官は常に、目の前の仕事だけに集中しなければならない。中東情勢や、アフリカの子どもたちの飢えにまで思いを馳せていたら、喫緊《きつきん》の仕事が手につかなくなってしまう。「そんな風に見えましたか？」

「そんな顔、してたから」

「まさか。あり得ませんよ」

「高城さん、最近あまり呑んでないわね」

「ええ、まあ……」

「禁酒しろとは言わないけど、この状態はいいかもしれませんよ。視界が広くなったんじゃない？」

認めたくはないが、それはある。酒にはプラスマイナスの効果があるのだ。今、私はマイナス面から解き放たれているのかもしれない。

もちろん、禁酒するつもりは毛頭なかったが。私には、綾奈を見つけ出して、最高に美味い酒を呑む、という目標があるのだ。

9

学校へ戻ると既に放課後で、野球部はグラウンドを一杯に使って練習をしていた。何しろ部員が多いので、キャッチボールをするだけでもかなりの面積が必要になる。ボールがグラブを叩く甲高い音を聞くと、私の背筋は自然に伸びた。

グラウンドを囲む緑色のネットの前で、醍醐が足を止める。目つきが厳しくなっていたが、怒っているわけではなく、誰かサボっている部員がいないか、目を光らせている感じだった。

「醍醐？」

「ああ――すみません、つい」

「こういうのを見てると、やっぱり思い出すか？」

「そうですね」醍醐がかすかに表情を緩める。「十八歳ぐらいの時を思い出すと、いろいろ考えますよ。高城さんもそうでしょう？」

「いや……俺には、お前みたいな夢や目標はなかったからな。普通の高校生だった」もう三十年以上も昔の話だ。この歳月は、あっという間に過ぎてしまった気がする。いつか、ゆっくりと一日一日を追想する日がくるかもしれないが……。

ふと、私たちの左側にいる男の存在に気づく。濃紺のコート、よれよれになったチノパンツに、黒い革のスニーカーというラフな格好で、学校関係者ではなさそうだった。背中を丸めるようにしてフェンスに顔を近づけ、じっと練習に見入っている。本能的に怪しい気配を感じ、私は醍醐の肘を突いた。

「あの男、変じゃないか？」

「ただのファンじゃないですか？」醍醐がさらりと言った。「ああいう人、よくいるんですよ。地元の野球好きとか。練習してると、つい見とれちゃうんですよね。俺だって、そういう時はあるし……ＯＢかもしれませんよ」

「それならいいんだが」

男がちらりとこちらを見た。ほんの一瞬のことで、グラウンドに視線を戻したが、すぐにまたこちらに目を向ける。今度は少し長く、私たちを見た。

「お前の知り合いじゃないのか？」

「いえ」醍醐が不審気な表情を浮かべて首を振る。

男は、なおも私たちを見続けていた。ほっそりとした長身——醍醐より背が高いかもしれない——で、三十歳ぐらいだろうか。長身の男にありがちな猫背ではなく、鉄骨でも入ったようにぴしりと背筋を伸ばしていた。やがて口をぽかりと開け、驚いたように目を見開く。ほどなくこちらに向かって来たが、ほとんど小走りのようなスピードだった。

「こっちに用事があるみたいだな」私は思わず一歩引いた。

「学校関係者ですかね……どうします？」

「向こうの出方次第だ」

用事があるのは、私にではなく醍醐にだった。緊張した顔つきで、いきなり声をかけてくる。

「失礼ですが、醍醐塁《るい》さんですか？」

醍醐が戸惑いの表情を浮かべ、ちらりと私の顔を見た。私は口をつぐんだ。話しかけられていないのに口出しするのも不自然なので、この場は醍醐に任せることにする。

「醍醐さんですよね」

「ああ、まあ」

自分のことなのに「まあ」もないものだ。向こうの態度は礼儀正しく、危険な雰囲気はない。愛想よくする必要はないが、邪険に追い返す意味もあるまい。私はまた、醍醐の肘を突いた。醍醐がぴくりと体を動かし「醍醐です」と認める。

「ああ、やっぱりそうだ」男の表情がいきなり崩れた。笑みを浮かべた顔は、最初に想像していたよりもずっと若く見える。「パイレーツのスカウトの杉山学《すぎやままなぶ》です」

まずい。私は早々に、この場を適当に切り上げる方法を考え始めた。学校にスカウトが来ているということは、チームの方で何か感づいたのかもしれない。上手く切り抜けてくれよ、と醍醐に向かって祈るような気持ちになった。

「昔、醍醐さんの試合を見たんです。高校野球の」杉山が浮かれたような口調で言った。

「ええ？」醍醐が脳天から突き抜けるような声を出した。「いつの話ですか」

「小学校の時です。予選に、親に連れて行ってもらって……オヤジが、醍醐さんと同じ高校なんですよ」

「ああ、先輩なんですか」醍醐の体から緊張が抜けた。「それはどうも……でも、古い話ですよ」

「醍醐さん、凄かったですよね。その試合で四の四で」

「そうだったかな」

惚《とぼ》けはしたが、醍醐がどこか嬉しそうにしているのは私には分かった。実際彼自身は、その試合のことをよく覚えているはずだ。以前私に、「自分の打席は全部記憶している」と豪語《ごうご》したぐらいである。冗談だろうと思ったが、彼はある試合の四打席を全部解説してくれた上に、翌日古いスコアブックを持って来て、自分の記憶が正しいことを証明した。優秀な打者というのは記憶力でも勝負できるのか、と妙に感心したものである。

「いやあ、奇遇ですね。こんなところでお会いするなんて」杉山の声は、相変わらず弾《はず》んでいる。裏は感じられない。

「パイレーツのスカウトさんが、何の用ですか？　次のドラフト候補を捜しているとか？」

「ちょっと花井の顔を拝んでおこうと思いましてね。今日はいないみたいだけど……風邪でもひいたかな」

「確かに」醍醐が話を合わせる。「今、インフルエンザが流行《はや》ってるから」

「気をつけてもらわないと困りますね」杉山の顔に影が差した。「もうすぐキャンプインなんだから。大事な時期です」

「学校は、一人かかるとあっという間に広がるからね。うちの子どもも、この冬は二回も学級閉鎖があった」

「心配です」杉山が顎に拳を当てた。「花井には頑張ってもらわないと。最初でつまずいて欲しくないですからね」

「ずいぶん目をかけてるんですね」

「それは、もちろん。彼を発掘したのは私ですから。一年生の時から追いかけていたんですよ」

「目のつけ所がよかった」

醍醐の言う通りだ。翔太が爆発的に打ち始めたのは二年生になってからである。その一年も前から素質を見抜いていたとすれば、杉山の眼力は本物である。

「ただのいい選手ならたくさんいますけど、そこから上……超一流の選手は、やっぱり高校生の頃から違うんですよ」

「技術的に？」

「精神的な物も含めて、です。花井は、一年生の頃から、気持ちが出来上がってましたから。とにかく動揺しないんですよ。バッターボックスで、感情を露にしたところ、見たことがありません。打っても凡退しても、常に同じなんです。これって、大きいですよね」

醍醐は何度もうなずいていたが、私には理解し難いことだった。翔太が落ち着いた選手だということは分かっていても、闘志むき出しの方が、力を発揮しやすいように思える。

「まあね。やっぱり、三振しても悔しがらないのが一流だよね」醍醐が話を合わせる。

「そうですよ。プロに入れば、年間に五百打席ぐらいはあるわけだから。結果に一喜一憂してたら、やっていけませんよね。その点、花井はまったく心配がいらないタイプでした。

たぶん、タイトル争いになったら絶対に強いタイプだな。実際に話してみて、確信に変わりましたよ。堂々としてるんだ。高校生とは思えないですよ」

「なかなかそうはいかないよね」醍醐がうなずく。どうやら彼も、この会話に入りこんでしまったようだ。時間がないのに……。

「絶対一年目からレギュラーを取れるし、数年後には球界を代表する選手になってますよ。私の、スカウトとしての最大の成果だと思ってます」

杉山は話し好きな男で、自分の経歴をすらすら喋り始めた。醍醐のプレーを見て衝撃を受け、自分も野球を始めたこと。ドラフトの下位で指名を受けてパイレーツに入団したが、三年で見切りをつけられ、その後スタッフに転身したこと。最初は二軍のマネージャー、それからスカウトになって四年目になる。ということは、翔太に目をつけたのは、スカウトになって間もなく、ということだ。結局、選手と同様、スカウトにも特異な才能が必要なのだろう。将来を見抜く眼力。そういう意味で、大した男である。

「うちのチームも、ここのところいろいろ大変ですからね、軸になる選手が欲しかったんです」

「確かに、パイレーツは最近、ちょっとだらしないし」

醍醐の率直な感想に、杉山が苦笑した。

「主力選手が大リーグに流れたり、親会社が替わったりしましたから。環境、激変ですよ」

「やりにくい？」

「まあ、恐る恐るといった感じです。上の方が何を言い出すか、分からないので」

「いろいろ大変だね」

「でも幸い、まだ野球にはかかわっていけるので……それだけでも満足ですよ。それより醍醐さん、どうしたんですか」

「何が」醍醐の肩がぴくりと動いた。

「今、警察にいるんですよね」

そんなところまでフォローしているのか、と私は驚いた。同時に、醍醐、上手く誤魔化してくれよ、と再び祈る。

「ああ、まあ」

「こんなところで仕事ですか」

「そこは極秘で」醍醐が唇の前で人差し指を立てた。「この近くで事件があって、その捜査なんですよ」

「ああ、そうなんですか。ご苦労様です」杉山が深々と頭を下げる。「すみません、お仕事中に引き止めちゃって」

「いや、こちらこそ」

杉山が名刺を差し出した。醍醐が、渋々手を伸ばして受け取る。

「悪いけど、仕事以外で名刺は渡せないんだ。無闇にばらまいたらいけないって、上の方からきつく言われててね」醍醐が適当な言い訳をぶつけた。

「そうですよね。悪用する人がいたら大変ですよね」

杉山が大袈裟にうなずく。醍醐がうなずき返したので、私も軽く一礼してその場を離れた。十分距離が開いたと思ったところで、醍醐に話しかける。

「まさか、気づいてないだろうな」

「それはないと思いますけど」

「監督に電話しておこう」私は携帯電話を取り出した。「念のために、口裏を合わせておかないと」

杉山は気づくだろうか……その可能性は考えておかなくてはいけない。勘が鋭そうな男なのだ。そしてチームに知れたら、この一件は一気に表沙汰になるかもしれない。

それで得をする人間は誰もいないのだが。


聞き込みは難渋を極めた。学校側には簡単に事情を説明したのだが、野球部と関係ない一般生徒との接触については、やんわりと拒否された。結局、夕方までかかって引き出した結論は一つ。「明日の朝まで待ってくれ」。

「何が明日の朝だってんですかね」憤然と言い放った醍醐が、乱暴に覆面パトのドアを開けた。音を立てて、シートに身を滑りこませる。

「そう言うな」私は助手席に座って醍醐を慰めた。「確かに、話が野球部の外まで広がると、学校側も俺たちも困る」

「今頃、学校関係者は皆知ってるはずですよ。授業中に紙が回ってるんじゃないですか」

「今はメールだろう」

「ああ」醍醐が惚《ほう》けたような声を出した。「時代は変わってるんですね」

「俺もお前も、もういいオッサンだからな……気にするな。明日の朝は明日の朝なんだから、もう一回厳しく突っこもう。後は、明神たちが何か見つけてくれたかどうかだな」

愛美のことだ、何かあればすぐ知らせてくるはずである——ということは、何も見つかっていないのだ。

「取り敢えず、南へ走ってくれ。近くへ行ったら道案内するから」

「オス」醍醐が車を出した。しばらく無言だったが、やがてぽつりと口を開く。

「平野監督、上手く誤魔化してくれますかね」

「さっきのスカウトの話か？　念入りに言ったから、大丈夫だろう。監督だって、ばれたら大変なことになるのは分かってるはずだ」

「そうですよね。そうなんですよね……」心の中に疑問を抱えたように、醍醐の言葉は歯切れが悪い。

「何か気になるのか?」

「監督、変じゃないですか」

「何が」

「だって、ほら」

醍醐がブレーキを踏みこんだ。右中間に当たる場所で、外野手がノックを受けている。窓を少し下ろすと、ノックバットが発する金属音、外野手が「オーケイ!」と叫びながらボールを追う足音が、やけに近くに聞こえてくる。ノックをしているのは平野だと、すぐに分かった。

「普通に練習してるじゃないか」

「それがおかしいって言うんですよ」醍醐がやけに力をこめて言った。「花井翔太は、平野監督が初めてプロに送り出す選手ですよ。いなくなったのに、少し平然とし過ぎてませんか? 練習なんかやってる場合じゃないと思うけど」

「そうか?」醍醐の言うことも分からないではない、と思いながら私は反論した。「他の部員の面倒も見なくちゃいけないだろう。そうじゃないと、部員たちが動揺する」

「うーん、でも、練習の面倒なんて、誰でも見られますよ。OBでコーチに来てくれてる人がいるんだし、部長もいるし。この状態で、まったくいつも通りに練習してるっていうのは、どういうことなんですかね」

「人には、二種類あるんだ」私は車の窓を閉めた。ガラス越しにも、鋭い打球音がまだ聞こえる。「何かあった時に、解決するためにひたすら悩み続ける人と、普段通りの生活を送って忘れようとする人と」

「今は、忘れちゃいけないんじゃないですかねえ」

「気持ちは分かるけど、監督たちが普段通りにやれるように、俺たちが仕事をしてるんじゃないか」

「まあ……そうなんですけど」不満そうに言って、醍醐がようやく車を出した。どうも、平野が泣《な》き喚《わめ》き、パニックに陥《おちい》らないと納得できないらしい。確かに今まで、身内の人間が失踪した時、そういう反応を示した人たちはたくさんいたのだが。

醍醐も基本的には、体育会系の熱血漢だから、と私は自分を納得させようとした。人と人との関係を濃く捉える。しかし私は、一歩下がって考えていた。人間関係には必ず、適切な濃度がある。それが何かの拍子《ひょうし》で濃くなったり薄くなったりした時に、事件は起きるのだ。

電話が鳴り出した。愛美だろうと思ったが、ディスプレイに浮かんでいるのは荒熊《あらくま》の名前だった。組織犯罪対策部のドン。階級は私と同じ警部なのだが、誰もが一目置く存在である。

「おう、生きてるか」相変わらず、威勢のいい挨拶。この声を聞いただけで震え上がるヤクザは少なくない。

「まあ、何とか」

「元気がないな、ええ？　ちゃんと飯食ってるのか」

「もちろんです」今日の昼食は、肉まん二個だったが。

「最近は、酒を控えてるそうじゃないか。いいことだ。ついでに煙草もやめちまえ」

「それは無理です」思わず苦笑した。荒熊本人も大酒呑みでヘビースモーカーなので、説得力がまったくない。「で、何かありましたか」

「お前、今、東京栄耀高校の事件を追ってるそうだな」

「何で知ってるんですか」

「そんなもの、本部にいれば筒抜けだ」

荒熊が豪快に笑う。携帯電話の電子部品に何か悪影響があるのでは、と私は本気で心配になった。

「どんな具合だ」

「難儀してます」

「失踪課の捜査のやり方は、俺には分からん。何が大変かもな。だから、慰めの言葉はなしだ」

「分かってますよ。荒熊さんにそういうことは求めてません」

「だったら何を求めてる？」

「気合い、ですかね」

荒熊がまた、吠えるように笑った。妙だ。普段から豪快な男だが、今日は度を超している。何か気になることがあるに違いない。私は一度電話を耳から離し、話を続けるタイミングを計った。

「ところで今夜、空いてないか？」荒熊が急に声を潜めた。

「今夜ですか？　ちょっと……事件が動いてますから」荒熊の酒につき合うのかと考えると、さすがにぞっとする。私はもちろん、酒なしでは生きていけない人間だが、呑む時はできるだけ一人で、それも自宅で呑みたい。誰かと呑み比べをするような趣味はなかった。特に荒熊のように、二時間でボトル一本開けてしまうような男とは。

「二十分……十分でもいいんだが。夜なら少しは時間が空くだろう」

「いつになるか分かりませんよ」これから愛美たちと合流して、部屋の捜索結果を確かめる。それから再度仕事の割り振りをして、さらに夜も聞き込みを続けるとしたら、荒熊と会う時間などない。

「俺がそっちに行くよ」

「いいんですか？」

「ああ。待っててくれ」

電話はいきなり切れた。私は啞然として携帯電話を見詰め、いったい何が起きているのだろうと考えた。荒熊の近くの人間に電話して、探りを入れる手はあるが、今はそんな面倒なことをしている暇はない。夜まで待つしかないだろう。

「どうしました？」醍醐が怪訝そうな声で訊ねる。

「ああ、荒熊さんだ」私は携帯電話を振ってみせた。

「珍しいですね。荒熊さんの方から何か言ってくるなんて……そもそも、仕事の話なんですか？」

「そうだと思う。電話では話せない雰囲気だったからな。夜、ちょっと会うよ」

「ボディガードは必要ですか？」

醍醐の台詞に思わず吹き出してしまったが、それも必要かもしれないと思い直す。巨体の荒熊はそれに見合った怪力の持ち主で、しかも人の体をよく叩く。背中を叩かれたりすると、しばらく息ができないほどだった。

「ま、何とかするよ。力では敵《かな》わないけど、スピードなら勝てるかもしれない」

「何の話ですか、それ」

今度は醍醐が吹き出した。よかった、と思う。一直線に突き進みがちなこの男は、時折勝手に壁にぶつかって空回りしてしまうのだ。ちょっとした笑いでリラックスしてくれるなら、それに越したことはない。

そういう私は、荒態との会談を控え、とてもリラックスできる気分ではなかったが。

「服がないです。それと、大きなバッグも一つ、なくなってました」

愛美が淡々と報告する。すっかり日は暮れ、畳屋も店じまいしていた。シャッターの銀色が、街灯の光を受けて鈍く光っている。私と醍醐は、愛美たちに合流して、その場で説明を受けていた。

「本格的な家出だな。金はどうなんだろう」

「あまり持ってないと思います。時々バイトをしてたみたいですけど、それで稼いだ額はたかが知れてますから」

「長くは家を離れていられないということか」

私は覆面パトのルーフに手をついた。午後ずっと、舞うように降っていた雪が、本格的になりつつある。粒の大きな雪が鼻の頭に舞い降り、思わず身震いした。

「こういうのは、追わなくちゃいけないのかねえ」田口がつまらなそうに言った。「何も、人の恋路を邪魔しなくても」

「未成年ですよ、田口警部補」愛美が鋭く忠告した。「大人とは訳が違うんです」

「十八歳だろう？　もう大人扱いでいいじゃないか」

「そういうわけにはいきません。何か、事件に巻きこまれてたらどうするんですか」

「今頃、どこかの温泉でのんびりしてるんじゃないの？」

「高校生が二人で温泉宿に泊まれると思います？　一発で怪しまれますよ」

「別に、心配するようなことはないと思うけどなあ」

愛美の顔は真っ赤になっていた。田口ののんびり――というか失踪課の常識を知らない物言いに対して彼女が怒るのは、今日だけの話ではない。だが、路上で言い合いをされたらたまったものではない。

「明神」

田口の方へ一歩を踏み出しかけていた愛美が、鋭い眼差《まなざ》しで私を睨む。ゆっくりと息を吐き出すと、両の拳を開いた。一発ぶん殴るつもりだった？　見てみたい場面ではあるが、今でなくてもいい。

「高嶋水穂は、かなり覚悟して家を出ていると判断する。花井翔太と一緒にいる前提で、捜索を続行だ。明神、高嶋水穂の交友関係は？」

「高校ではあまり友だちがいなかったようですけど、中学校時代の親しい友人を何人か、教えてもらってます」

「よし、森田と一緒にそっちを当たってくれ。田口さんは、醍醐と一緒に野球部の寮の聞き込み。つき合っている相手がいるとしたら、翔太が完璧《かんぺき》に隠しているとは思えない。誰かに話しているんじゃないかと思うんだ。必要なら、もう一度翔太の部屋を調べてくれ。何か、高嶋水穂との関係を証明するような物が出てくるかもしれない」

「オス」

醍醐が早くも踵を返して、自分の車に向かった。田口は愚図愚図《ぐずぐず》している。掌を上に向けて、雪を受け止めた。

「田口さん、お願いします」

「だけど、雪はこれからひどくなるみたいだよ。今日は早く引き上げた方が――」

「警察は、雪を言い訳に、仕事を終わらせるわけにはいかないんです」

「へいへい」肩をすくめ、田口が醍醐の覆面パトカーに乗りこんだ。ドアが閉まり切る前に、醍醐が車を発進させる。

「何なんですか、あの人」愛美が腰に両手を当て、憤然と言い放った。

「あまりかりかりするなよ。元々ああいう人なんだから」

「高城さん、少し甘いんじゃないですか？　年上の部下だからって、言うべき時はぴしっと言ってもらわないと」

「言って何とかなる相手だったら、とっくに言ってる」

何か言いかけた愛美が口を閉ざす。やがて薄い笑いを浮かべながら、「結構ひどいこと言いますね」とつぶやいた。

「まあな」

「それより高城さんは、どうするんですか」

「荒熊さんと会うことになってるんだ」手首を突き出して時計を確認する。

「組織犯罪対策部の？　何かあったんですか」

「それが分からないんだ」私は首を振った。「だけど、重要な話じゃないかと思う。あの人、いつもはっきり物を言うのに、今回は口を濁してるからな」

「うちの案件に関係ある話ですかね」

「どうだろう」私は肩をすくめた。「そういう話だったら、すぐに連絡するよ」

「失踪課に戻ります？」

「ああ」

「だったら、データベースを調べておいた方がいいと思いますよ」車のキーを指先で回しながら愛美が言った。「高嶋水穂の家族は、最初に家出した時だけ、うちに届け出たそうですから」

「父親もそんな風に言ってたけど、そんなこと、あったかな」時期的に、私が失踪課に来てからの話のはずだが。

「私も覚えてませんけど、調べておいて損はないんじゃないですか」

「ああ……分かった」

「じゃ、よろしくお願いします」愛美がにやりと笑い、「途中まで乗っていきますか?」とつけ加えた。

「いや、歩く。腕が鈍った自分に対する罰だ」

「いい心がけです」

私が何か言い返す前に、愛美は車に乗りこんでしまった。生意気なことを。そんなことだから、いつまで経っても嫁の貰《もら》い手がないんだ——思わず言葉を呑みこむ。こんなことを考えていると愛美にばれたら、言葉で刺されるぐらいでは済まない。

四人が去ると、にわかに雪の勢いが激しくなる。私はコートの襟を立て、駅に向かって歩き出した。暗くなった上に、視界が雪でぼやけているので、どことなく足元がおぼつかない。わずか五分ほどの道程が、ひどく長く感じられた。まるで難航する捜査を象徴するかのように。


愛美が指摘した通り、水穂の家族は失踪課に捜索願を出していた。日付けは二年半前、水穂が一年生で、夏休みに入る直前だった。朝、気がついたら娘がいなくなっており、慌てた母親が警察に駆けこんだのだ。未成年だということで、所轄から失踪課に連絡が入り、家族から事情を聴いたのは——法月だった。

しかしこの一件は、すぐに解決している。法月が周辺の状況を調べ、単純な家出——それもプチ家出だと判断したらしい。その予測通り、水穂は家族が届け出た翌日の夜遅くになって帰って来た。データベースには、「一〇一a」として分類されている。「一〇一」は無事に発見されたケース、そして「a」は自発的に戻ったことを意味している。つまり、本人の意思による家出で、自ら帰って来たような場合だ。法月は「戻った」連絡を聞いた後も家族に事情を聴いてフォローしていたが、水穂は高校に入学後、急に素行が悪くなり、夜遊びなどで帰りが遅くなることが多くなっていた、と分かった。このプチ家出も、その延長線上のもの、と法月は判断したようだ。結局事件にはならなかったので、失踪課としてはそれ以上手の打ちようもなく――こういうケースは際限なくある――家族には、何かあったらすぐに警察に連絡するように、と言い残すしかできなかった。

別に、法月の捜査が甘かったわけではない。この程度の案件で家族の事情にまで突っこんでいたら、体が幾つあっても足りないのだ。だが、後で法月に詳しく聴いてみる必要はある。答えが得られるとも思えなかったが……法月はかなりの記憶力の持ち主だが、二年半も前に、一日半捜査しただけの事案をはっきり覚えているとは考えにくい。もしも水穂がどういう少女か覚えていてくれれば、捜査の役に立つかもしれないが、法月は今、高木巡査の自殺の後始末に忙殺されている。余分なことに時間を割いてもらえるとは思えなかった。

まずは、荒熊との面談だ。話がややこしくなる前に、軽く食事を済ませておくか……彼は「十分でもいい」と言っていたが、話はしばしば長くなりがちなのだ。近くで蕎麦《そば》でも食べておこう。

そう思って立ち上がった瞬間、荒熊が失踪課に入って来た。

「よう」いつも通りのダブルの背広――雪が降っているのにコートは着ていない――にコマンドソールのブーツ。右手を軽く上げる様も、警察官には見えなかった。どこかの組の大幹部が登場した感じだ。

「ここで話しますか？」

荒熊が、素早く周囲を見回した。カウンターに一番近い席には公子。金魚鉢の中には真弓もいる。ここで話していても真弓には聞こえないはずだが、荒熊は静かに首を横に振った。自分の姿を晒したまま喋る気にはなれないのだろう。

「じゃあ、出ますか？　雪が降ってますけど」

「こんなのは、北海道出身の俺にとっては、雪のうちに入らん」

私たちは、連れ立って外へ出た。雪はますます激しくなっており、立ち話をしていたら、二人とも氷柱になってしまいそうだった。少なくとも私は。かといって、どこかお茶の飲める店、というわけにもいかないだろう。車を出せればいいのだが、現在失踪課にある覆面パトカー二台は、どちらも出払っている。

「本当に、この寒さで大丈夫なんですか」外へ出た瞬間、私はコートのフードを被った。

それで多少は、寒さが軽減される。

「俺は構わねえよ」

「だったら近くの神社でどうですか？　この時間だし、こんな天気なら人気もないでしょう」

「結構だね。金王八幡宮《こんのうはちまんぐう》だろう」

「知ってるんですか？」

「ここの近くで神社って言ったら、あそこぐらいだろうが」

「ご案内します」

私たちは明治通りに出て、一番最初の路地に入った。緩い坂を上りきり、Y字路を右へ折れると、すぐに神社が姿を現す。私たちの顔の周囲に、白い息がまとわりついた。鳥居を通って、境内に入る。中には遊具も置いてあるが、私たちは取り敢えず、頭上に大きく葉を広げている木の下に入りこんだ。ここなら、雪はかなり防げる。

フードを撥《は》ね上げた私に向かって、荒熊がいきなり爆弾を落とした。

「栄耀高校で、賭博《とばく》の噂があるのを知ってるか？」

10

雪は音を立てて降るものだと、私は改めて知った。出歩く人や車が少ないせいもあり、木や自分の頭に降る雪がぽつぽつと乾いた音を立てるのが、はっきり聞こえる。私と荒態は沈黙を共有したまま、しばらく視線を交わし合った。私はふと目を外し、「賭博」の意味を考えた。高校が絡んだ賭博？　すぐに「野球」という言葉が連なる。

「野球賭博ですか？」

「そうらしい」

「賭博と言ってもいろいろありますが」野球の場合、全てのプレーに数字が絡むと言っていいから、ありとあらゆる状況が賭けの対象になる。勝ち負けから始まって得点差、あるイニングに点数が入るか否か、ピッチャーのストライク・ボールの比率、チームのヒット数……それだけ野球は複雑なのだ。

「全容は俺も知らん。今日、話を聴いたばかりなんだ　内偵している主体はうちじゃないしな」

「保安課ですね」

「ああ」荒熊が拳で顎を叩いた。「少年課も動いてる。うちも、一部の連中が手伝ってるようだ」

「少年課っていうのは、どういうことですか」私は一気に顔から血の気が引くのを感じた。

「高校生が胴元らしい」

「まさか……」

「おいおい、素人《しろうと》みたいなことを言いなさんな」

荒熊が拳を固め、私の胸を軽く打った。彼にすれば「軽く」なのだろうが、私は思わずよろけ、一歩後ずさってしまった。

「今の賭博はどうやってやると思う？　ネットだよ。携帯を使うんだよ。今時のガキなら、それぐらいのシステムは簡単に作れる。客も集めやすいしな」

「だけど、栄耀の生徒が？　あそこは、結構レベルの高い学校ですよ」

「レベルが高いからこそ、悪知恵が働く奴もいるんだろうが。だいたい、頭の悪い人間には胴元なんかできないよ。賭博ってのは、胴元以外には儲からない仕組みを作るのが、一番のポイントなんだから」

私はゆっくりと両手を拳に握った。あり得ない……いや、荒熊の言う通りで、今時の高校生ならそれぐらいのことはやるかもしれない。知恵と技術を持ち、少しだけ悪い心があれば。いや、本人たちには悪いことをしている意識すらないのかもしれない。ちょっとした小遣い稼ぎ程度の感覚とか。

「それで、荒熊さんはこの件に絡むんですか？」

「今のところ、絡まない。俺が知らんうちに動いていたからな」ばつが悪そうに、荒熊が唇を噛む。「胴元っていうのは名ばかりで、金は半グレの連中に流れていたらしいぞ」

「最悪じゃないですか」私は思わず額に手を当てた。雪のせいで、肌は外気と同じぐらいにひんやりしている。

「ああ。この事件はでかくなるぞ……で、お前が栄耀高校の生徒の件で動いていると聞いたから、耳に入れておこうと思ってな。関連がないとも限らないだろう」

「ありがとうございます。あまり聞きたくなかったですけどね」

「何だと？」荒熊が目を細める。

「行方不明になっているのが、野球部の部員なんですよ」

「ああ……」目を細めたまま、荒熊が細く息を吐き出す。「お前が何を考えてるかは分かるが、考え過ぎじゃないか？」

「野球賭博。行方不明になった野球部員——何もないと思うほど呑気《のんき》じゃないですよ、俺は」

「そのガキの行方はまだ分からないのか」

「女と一緒にている可能性があります」

「ませたガキだな、ええ？」荒熊が短く吼《ほ》えた。「そいつは賭博にかかわっているのか？」

「まさか。当事者ですよ？　当事者が賭けたら……」

「八百長になるか」

こんな話を醍醐に聞かせたら、荒れ狂うかもしれない。もしも翔太が野球賭博にかかわり、誰かを勝たせるために甲子園で八百長をしていたら……いや、八百長を引き受けるような人間が、甲子園でホームランを二本も打つわけがない。たとえ相手ピッチャーが買収されていて、甘い球を投げても、必ずホームランにできるわけではないのだし。

「それはないと思いますけど」

「とにかく、今後賭博の捜査とお前のところの捜査が、クロスしてくる可能性もある」荒熊が両手の人差し指を交差させた。「その時に慌てないようにと思ってな……俺も、高校生が八百長をやっているとは思わないが、最初から可能性を排除したら、本当にそうだった時にショックで動けなくなる」

「常に最悪を予想しておけ、ということですね」

「俺らの商売は、そういうもんだろう」荒熊が私の肩を叩いた。今度はかなり遠慮したようで、私は何とかぐらつかずに堪《こら》えた。「それより、綾奈ちゃんの方はどうなんだ」

「昨日、千葉で身元不明の遺体が見つかって……確認に行きましたけど、違いました」

荒熊がほうっと息を吐く。顔の周りで白い息が渦《うず》を巻いた。辛うじて笑顔と分かる表情を浮かべ、「きっと無事だよ」と低く、力強く告げる。

私は無言でうなずき、彼の慰めを受け入れた。一瞬だけ荒熊がうなずき返し、「何かあったら連絡を取り合おう」と言い残して踵を返した。一瞬だけ体を震わせたが、寒さは特に気にならない様子で、大股で去って行く。私はその姿を見送りながら、突然降ってきた予想外の情報を、未だに咀嚼《そしゃく》できずにいた。

雪はますます激しくなり、金王八幡宮全体が白く染まってきた。実はこの神社は結構広く、ビルの谷間に突然原日本的な空間を蘇らせている。春にはかなり立派な桜が咲くのだが、その季節はもう少し先だ。今は真冬。この雪は、明日の朝には東京を白く覆い尽くすかもしれない。

しかし雪は、真実を隠すことはないのだ。

失踪課に戻ると、公子は既に引き上げていた。二つの事件を同時に追いかける異常事態は解消されたので、事務職員の彼女は定時を過ぎてまで残っている必要はない。それでなくても普段から、献身的に私たちの仕事を支えていてくれるのだ。時には司令塔代わりにもなる。

真弓は、まだ室長室に籠っていた。例によって電話をかけている。高木巡査の一件の後始末について、誰かと話し合っているのかもしれない。あるいは、自分たちが必死で捜査した経緯を得々と説明しているのか。まあ、いい。彼女は、ある事件に巻きこまれた影響で、一時はすっかりやる気をなくしていたのだ。出世のことだけを考えているにしても、今の状態の方がよほどいい。

体がすっかり冷え切っていた。帰る前に公子が用意してくれたコーヒーをカップに注ぎ、砂糖をたっぷり加えて飲む。甘さで少しだけ体が温まってきた。自席に浅く腰かけ、腹の上でコーヒーカップを握り締めた。歯痒《はがゆ》い……今すぐにでも駆け出して誰かに話を聴きたいのだが、その相手が思い浮かばない。四人が動き回っているのだから、今は任せるべきなのだ。自分で動かず、ある程度は部下を信頼して自由にやらせる——既に管理職である私にとって、それは大事なことなのだが、どうにももどかしい。

椅子を戻して、カップをデスクに置く。急に気になって、デスクの整理を始めた。警察官は、基本的に退庁する時にデスクの上をまっさらにしておくように、と指示される。理想は、電話だけが乗っている状態だ。書類は全て、しかるべき場所にしまう。私物などを置いておくのはもってのほかだ。

しかし私は、しばらく前から、デスクに写真立てを置いていた。綾奈の写真。小学校に入学する時、正門前で撮った物で、私のお気に入りの一枚だ。常に娘の存在を意識しておくために、この写真ほど効果的な物はない。失踪課のメンバーは全員気づいているはずだが、誰も何も言わなかった。

写真立てを手に取り、綾奈の顔を眺める。こんな小さな子が……小学生以下の子どもが行方不明になるケースは、日本ではそれほど多くはない。しかし数少ないケースは、犯罪に直結している場合がほとんどだ。しかし私はあくまで、綾奈がどこかで生きていると信じたい。考えられる状況は幾らでもある。誰かが可愛さのあまり誘拐して、そのまま自分の子どもとして育てているとか。他にも……。

「何かあったの？」

真弓の声で我に返る。コーヒーカップを取り上げ、一口飲んで立ち上がった。

「ちょっと嫌な話を聞きました」

「荒熊さんが来てたみたいだけど」

「ええ」

私は事情を説明した。真弓の顔が、見る見る不機嫌になる。話し終えると、私たちはしばらく、嫌な沈黙を共有した。

「その件、どれぐらい緊急なの？」真弓が口を開く。

「強制捜査が近いかもしれません」

「分かった。ちょっと情報収集してみるわ」

「お願いします。うちの案件には関係ないと信じたいですけどね」

「何があるか分からないと思っておいた方がいいわ」真弓まで、荒熊と同じようなことを言う。

「そうですね……ところで、外へ出てる連中はどうしますか？」

「聞き込み？　それはそのまま続行」

田口ではないが、あまり遅くなると心配だ。覆面パトカーには全てスタッドレスタイヤを履かせているが、他の車の事故に巻きこまれる可能性もある。

「遅くならないうちに引き上げさせましょう。今夜はずっと雪みたいですから」

「そうね……じゃあ、適当なタイミングでストップさせて」

「了解です」

真弓が去って、席に着くなり、私はカウンターの向こうから声をかけられた。法月。コートの肩に雪が降り積もり、寒そうに肩をすぼめている。私は慌てて立ち上がり、カウンターへ走って行った。

「やあ、いろいろ迷惑かけたな」

「とんでもない。大丈夫ですか？　風邪引きますよ」

「これぐらい、何でもないよ」法月が、気取った仕草で両肩の雪をはたき落とした。「今夜はもう、こっちは引き上げだ。本格的な後始末は、明日以降だな」

「動機については、どうなんですか」

「遺書はないが、メモのような書き置きが、制服のポケットに入っていた」

私は眉をひそめた。それはまさに、遺書ではないか。便せん何枚にも渡って書かれるような遺書もあるが、実際には、殴り書きのメモ程度を残すのが精一杯、というケースも多い。

「内容は？」

「『兄貴、ごめん』って、それだけなんだ。これじゃ遺書とは言えないだろう」

「どういう意味ですかね」

「兄貴にも話を聞いたんだけど、思い当たる節は何もないそうだ」

「自殺するのを申し訳なく思った、ということでしょうかね」

「そうかもしれない」渋い表情で、法月が顎を撫でる。「しかし、これ以上は分からんだろうな」

「俺は別に気にしてませんけどね。うちの手は離れたし……それよりオヤジさん、もう帰るんですよね？」

「ああ」

「ちょっと時間をもらってもいいですか」

「構わないよ」法月が怪訝そうな表情を浮かべる。「俺で役にたつ話かな？」

「もちろん。オヤジさんが当事者ですから」

「何だい、いったい」法月が頭を振ると、頭に積もった雪が散った。半分は水になっており、カウンターを濡《ぬ》らす。それに気づき、慌ててハンカチを取り出して頭に被せた。ハンカチは綺麗にアイロンがけされている。同居している娘のはるかは、まめに家事をこなしているようだ。弁護士稼業も忙しいはずなのに……もしかしたら、法月が自分でやっているのかもしれないが。

私は法月のためのコーヒーを用意してやった。ミルクと砂糖はたっぷり。法月はカップを受け取ると、私の隣、愛美の席に腰を落ち着けた。愛美のデスクは、私のと違い、完璧に綺麗に片づいている。それこそ、電話しか乗っていない。

「高嶋水穂を覚えていますか？」

「高嶋水穂？」法月が首を捻った。「失踪課で扱った案件かい？」

「ええ。二年半前なんですが」私は引き出しをかき回し、先ほどコピーしたデータを見つけ出した。渡すと、法月がすぐに膝を打つ。

「ああ、これか。覚えてるよ」

「法月さん一人でやったんですよね」

「大した案件じゃなかったからな。予想通り、すぐに帰って来たし。ま、何もなくてよかったけど……これがどうしたんだ？」法月が紙をそっとデスクに置く。

「実はまた、家出したんです」

「ああ、そう」不満そうに唇を歪め、額に人差し指を当てた。「思い出した。あの家は、親父《おやじ》に問題があるな。基本、コミュニケーション不足なんだ。年頃の娘をどう扱っていいか分からないから、頭ごなしに怒鳴りつけるだけでな。母親がフォローしても間に合わないほど、娘には不満が溜まってたんだろう。いつかまた、こういうことになるんじゃないかと思ってたんだが……何か問題でも起こしたのか？」

「実は、花井翔太と一緒にいるのがこの子らしいんです」

「ええ？」法月が身を乗り出した。「そうか、同じ学校なんだな」

「当時、そんな様子はなかったですか？」

「男関係かい？　俺が簡単に話を聴いた限りじゃ、そういう気配はなかったな。家出している間も、中学校時代の女友だちの家にいたぐらいで、男っ気がある感じじゃなかった。まだ色気づいてなくて、ただ家にいたくないからって感じの家出だったからね」

「だけど、それから二年半経ちますよ」

「それだと、男関係で前進していてもおかしくないな」法月がまた頭の天辺を右手で擦った。「花井翔太とつき合ってるのは間違いないのかい？」

「おそらく。今、明神たちが確認に走ってますけど……どんな子だったんですか？」

「よくいる、家族に不満を持ったタイプだよ。特に父親に対して、な。母親とはそこそこ上手くやってたんだが、父親とどうにも馬が合わなかったんだ。家出は、父親を困らせてやろうと思ってやったんだと思う。まあ実際、父親のうろたえぶりはひどかったからね。そういう意味では、鬱憤晴らしができたんじゃないか」

「頭はいいみたいですが」

「成績がいいんじゃなくて、頭の回転が速い、という感じだな。明神タイプだよ。だから、お前さんは苦手だと思うぞ」法月が喉の奥から声を絞《しぼ》り出すようにして笑う。「本人にも話は聴いたんだけど、パンパン答えが返ってきてね。ああ言えばこう言うで、あれじゃ父親もやりにくかったと思う」

「目立つ特徴は？」

「でかいよ」法月が、自分の頭の上で右の掌を水平に動かした。「俺よりちょっと背が高いぐらいだから、百七十センチはあるかもしれないな。飯なんかろくに食ってなさそうな、痩《や》せっぽちの体形なんだがねえ。あの年代の子にはよくある話だが、そんなことないのに、自分を太っていると思いこんでるんだろうな」

「高校生ぐらいだと、そうなんでしょうね」

　綾奈はどうなのだろう……法月がうなずき、コーヒーを一口飲む。書類を引き寄せ、凝視した。当時書き落としたことがないかと、気にするような様子だった。

「申し訳ないが、花井翔太のことについては分からないぞ」

「それはそうです。問題は、彼女が男と一緒に逃げるようなタイプかどうか、ということですよ」

「あれから家族関係が修復できていなければ、あり得るな」

修復できていないだろう、と私は思った。父親のあの態度……何度もプチ家出を繰り返す娘に、うんざりしている。そのうち注意するのも諦めて、口もきかない冷戦状態に陥る、というのは十分ありそうな話だ。母親の方は、それなりに話はしているようだが、友好的な関係とはとても言えない。水穂が、依然として両親に不満を募らせている様は容易に想像できた。

「親と上手くいってないような状況で、男ができたら、一緒にどこかへ行っちまおうかって話になってもおかしくはないだろうな。高校生だろうが、関係ないよ」

一般的に考えれば、法月の言う通りである。だがこの二人の場合は、状況が特殊だ。

「頭はいい子、ですよね」

「ああ。ちょっと口が過ぎるが」法月が唇を歪ませる。もしかしたら、散々へこまされたのかもしれない。

「そんな子が、こういう無茶をしますかね。花井翔太は、今月から実質的にプロ野球選手になる男ですよ」

「まあ……そうだな」法月が両手で顔を擦った。「下手したら、将来を棒に振るかもしれないわけか。そんなことをするとは思えないわな」

「いくら恋に夢中になっても」

「オッサン二人が、こんな時間にする話じゃないねえ」法月がにやりと笑う。「だけどあの娘は、頭がいい。今スキャンダルを起こして、プロ入りに問題でも生じれば、大変なマイナスになるぐらいは分かってるはずだ。このままプロの世界へ進ませてやって、そのまま手綱を摑んでおけば、自分の将来も安泰になる——それぐらいのことは計算してるんじゃないかな」

「十八歳ですよ？　そこまで先走りますかね」

「考えてもおかしくない。本気で好きなら、先々のことまで考えるだろう」

理屈の上では……私は腕を組んだ。計算のできる子なら、子どもっぽい情熱よりも理性が勝るだろう。あるいは、将来を捨てることになると分かっていても、二人で一緒にいなければならない事情があるのか。

そういう事情を抱えているのは、水穂ではなく翔太の方かもしれない。翔太が逃走——何からの逃走かは分からないが——を持ちかけ、「駄目だ」と引き止める水穂を強引に説き伏せて寮を出る。水穂としては、どこかで思い直させるためにも、仕方なく翔太について行った、というところだろうか。

だがそれにしては、水穂は自分の荷物をちゃんと持ち出している。計画性を疑わせる行動であり、慌てて翔太について行ったという私の推測を覆《くつがえ》すものだ。

「何だい、高名な高城の勘は働かないのか?」にやにやしながら法月が言った。一部で言われていることだが、私は最近——自分のことでありながら——それは一種の都市伝説ではないかと思い始めている。だいたい、肝心な時に発動しない勘など、何の役にも立たないではないか。

「分かりませんね。色々想像はできるけど、ぴんとこない」

「花井翔太か……特殊な立場だね。失踪課が扱ったケースでも、こういうのはなかったんじゃないか? 有名人もいたけど、これから間違いなく有名人になるだろう高校生っていうのは」

「ないですね」

「しかも、高校が相手だから、捜査もやりにくいし」

「ええ」

「だからといって、お前さんが諦めちゃいかんと思うがね」私の心を見透かしたように、法月が言った。「今回、俺たちが——違うな、お前さんが助けなくちゃいけないのは未来だ。夢だ。大変かもしれないが、大事な仕事だと思うよ」

法月は、人にプレッシャーをかけることに関しては、超一流である。私は一つ溜息をつき、表情を崩した。失踪課へ来たばかりの頃、私はぼろぼろだった。長い時間泥沼にはまっていた。そこから引っ張り出してくれたのが、法月と失踪課の仲間たちである。私に無理矢理仕事を押しつけ、「お前の助けを待っている人がいる」と圧力をかけ続け……その圧力が私を蘇らせた。

「何にやけてるんだい」法月が不審そうに目を細めた。

「いや……それより、まずいことになってるんです」

組織犯罪対策部と生活安全部が賭博の捜査に乗り出している、という一件を喋った。法月の顔が見る間に暗くなる。カップを握る手に力が入り、手の甲に血管が浮き出した。

「そいつは、大嵐がくるぞ」

「そうですか？」

「考えてみろ。高校生がネットを使って賭博開帳……新聞の見出しにぴったりじゃないか」

「別に、マスコミ向けに仕事をするわけじゃないんで」

「それは、お前さん個人の考えだ」法月がぴしゃりと私の手を叩いた。「保安課――生活安全部っていうのは、マスコミを上手く使おうとするからな。今回の件なんかは、もろにそれに当たる」

私はうなずいた。かすかな吐き気がする。確かに保安課が張り切るのも分かるし、組織犯罪対策部がその尻馬に乗るのも当然だ。

「大仕事になるかもしれませんね」

「他の部署も巻きこむんだろうな。少年課も出てくるんじゃないか？」

「実際、動いてるみたいです」

「これは、一刻も早く花井翔太を見つけないとまずいぞ。仮にかかわっているとしたら、後から発覚した方が面倒だ」

「見つけて、その件で自白させるべきだと思いますか？」

「立件を取るか、一人の有望な選手の将来を取るか……まあ、もちろん花井翔太が賭博にかかわっていると決まったわけじゃないけどな。俺は、可能性は低いと思うぞ。現場の選手を巻きこんだりしたら、発覚する可能性が高くなるからな」

「しかし、可能性がゼロとは言えません」

「まあ、な」渋い表情で法月がうなずく。「いずれにせよ、一刻も早く動いた方がいい。頑張れよ……お前さんみたいなベテランに、励ましの言葉は必要ないかもしれないが」

私は軽く頭を下げ、法月を送り出した。カウンターを通り過ぎる時に、法月が一瞬だけ身を震わせる。風邪をひいていないといいが、と心配になった。心臓に持病を抱える人間にとっては、雪が降るような天気の中、長時間立っているだけでも大きな負担になるはずだ。

よし。もう一度翔太の実家に確認しよう。母親は「知らない」と言っていたが、父親は何か知っていたかもしれない。同性の親の方が話しやすいということもあるはずだ。この時間なら、父親はもう帰宅しているかもしれない。

　受話器を持ち上げた時、金魚鉢のドアが開いて真弓が姿を表した。眉の間隔が狭くなっており、不機嫌なのが一目で分かる。私は立ち上がり、彼女と向き合った。

「どうでした？」

「確かに、保安課が中心になって捜査班を作ってるわ。捜査はかなり進展してるようね。もしかしたら、二、三日中にも逮捕者が出るかもしれない」

「高校生も？」

「取り敢えず、それはないみたい」真弓が首を振る。「胴元の胴元……高校生が金を渡していた相手が特定できているようだから、まずそこから手をつけるみたいね」

「高校生は、間違いなく栄耀の生徒なんですか？」

「そこははっきり言わないけど、私の感触では、捜査班は関係者全員の名前を摑んでるわね」

「花井翔太は？」

「その件に関してはノーコメント、と言われた」

　頭に血が昇った。この段階で明かせないというのは、翔太が捜査線上に上がっている証拠ではないか。私は両手で顔を挟んだ。思い切り動かして、表情筋を緩めてやる。その結果浮かんだのは、笑顔ではなく険しい表情だった。

「もう少し、何とかなりませんかね」

「やってみるけど、ガードは固そうよ」

「こういう時こそ、庁内外交の成果を出すべきじゃないんですか。貯めた財産は使わないと。こういうのって、貯めてるだけだと腐るでしょう」

真弓の頬が小さく痙攣《けいれん》した。完全に機嫌を損ねてしまったのは分かったが、今は彼女の力が必要だ。「お願いします」と言って頭を下げ、自分でも受話器を取り上げる。真弓はしばらく私を凝視していたが、ほどなく大股で室長室に戻って行った。自分から招いた緊張に耐えきれず、私は一つ溜息を漏らして、翔太の実家の電話番号をプッシュした。

母親が出たので、説明もせずに、父親に代わってもらうように頼む。当然、「どういうご用件でしょうか」と警戒されたが、敢えて説明はしなかった。まっさらの状態で話を聴いてみたい。

結局、私が押し切った。電話に出た父親は、明らかに不審そうな様子だった。

「何かあったんですか」

「残念ながら、まだ何も分かりません……一つ、確認させて欲しいんです。翔太君にガールフレンドがいたこと、ご存じですか」

「その話は……」一瞬だが声を張り上げ、すぐに黙りこむ。「ちょっと、あの……」

いかにも話しにくそうな口調。近くに家族がいると話せないのだ、と判断し、「かけ直していただいても構いません」と告げる。

「少し待って下さい」言って、父親は電話を切ってしまった。

私は軽い興奮を覚えながら——間違いなく何か知っている——受話器を置き、その上に手を置いたままにした。いつかかってくるか分からないが、すぐにでも応答したい。

五分後、電話が鳴った。外へ出る言い訳を考え、準備をするのにそれぐらい時間がかかったのだろう。

「そちらも雪ですか？」

「はい？」

「いや、外だと寒いでしょう」

「車の中だから、大丈夫です……それよりさっきの話なんですが、どういうことなんですか」

「翔太君にはガールフレンドがいますね」一歩踏みこむ。彼が知っているという前提での話だ。「誰だか、ご存じですか」

「はあ、まあ」背後にかすかに雑音が混じる。運転しながら話しているのかもしれない。

「奥さんはご存じないようでしたが」

「それは……男同士の話もありますから」

「翔太君、お父さんには話していたんですね」最初から話してくれれば、捜査はもっと早く進んだはずなのに……行方不明者の家族とはいえ、隠し事はする。単純な原則を忘れていた自分の間抜けさを、私は呪った。

「まあ、そうですね。元々真面目で素直な子ですし」

「高嶋水穂さんのことは、どんな風に聞いていますか？」

「いや、まあ……そんなに詳しくは」

確かに、詳しくは話さないだろう。翔太だって照れもあるはずだし、つき合っている相手のことを一々親に詳しく報告する高校生がいるとも思えない。

「二人が一緒にいる可能性があるんですよ」

「本当ですか？」

「あくまで、可能性がある、ということです」私は受話器を右手から左手に持ち替え、冷めたコーヒーを飲んだ。苦みが喉を引っ掻いていく。「例えば、二人で旅行するほど仲が良かったんでしょうか」

「まさか。高校生ですよ」父親が憮然《ぶぜん》として言った。

「中学生の、同じようなケースを扱ったことがあります」女の子が中学生、相手は高校生だったが、一時は、誘拐で立件すべきではないかと議論になった。結局、二人の間に同意があったということで、立件は見送られたが。「だから、高校生だから、という理屈は通用しません。実際のところ、どうだったんでしょう？」

「まさか……」父親が言葉を呑んだ。

「まさか、何ですか？」躊躇いに、私は即座に食いついた。何か思い当たる節があるのだ。

「何かトラブルでも抱えていたんですか？」

「いや、そういうわけじゃないです」ひどく慌てた言い訳。「ちょっと話をしただけで、翔太も納得しているんじゃないかと思ったんですが」

「どういうことですか」私は受話器をきつく握り締め、右手で手帳を開いた。ここから先がポイントになる。

「翔太からその娘さんの話を聞いた時、嫌な予感がしたんです。今まで何度も家出しているような、だらしない娘さんらしいじゃないですか」

だらしないかどうかは分からない。水穂は、決して危険水域には足を踏み入れず、安全なところでスリルを味わったり、憂《う》さ晴らしをしているだけではないか、と私は考えていた。頭のいい子ならではの、ちょっとした冒険。

「それで？」

「やんわり反対したんです。お前はまだ若いんだし、これからが大事な時期なんだから、あまり真面目につき合うのもどうか、って。真面目にというのも、おかしな言い方ですけどね」

要するに別れろ、と忠告したわけか。どんなに言い方が柔らかくても、翔太が素直な性格でも、かちんときてもおかしくない。このやり取りが、翔太の完全な親離れにつながってしまったのだろうか。親に反対され、悲劇のヒーローのような気分になって、二人で逃避行をする——本当の狙いは、親をやきもきさせることかもしれないが。ある意味復讐《ふくしゅう》である。ただし、誰にも大きな傷が残らない復讐。もしかしたらこの一件のシナリオを書いているのは水穂かもしれない。なかなか狡猾《こうかつ》なやり方だ。

「それは、いつ頃ですか？」

「夏……甲子園が終わって、一度家に帰って来た時です。トスバッティングをしながら、ちょっとそういう話になって」

「追い詰めるようなことは言わなかったんですか」

「まさか」即座に否定。「そんな風に言わなくても分かりますよ、あの子は」

分かっていたら、こんなことにはならなかったはずだ。しかし、心配する父親にそんなことは言えない。失踪課の仕事は、何よりも家族を安心させることなのだから。たとえ家を出る原因が家族にあったとしても。

「分かりました。とにかく、二人が一緒にいるという前提で捜索を続けます。何か思い出したら電話して下さい」

受話器を置くと、急に疲れが襲ってきた。結局この一件は、家族の小さなトラブルが原因かもしれない。家族に思い知らせようとして二人で仕かけただけだとすると、自分のやっている仕事が急に馬鹿馬鹿しくなってくる。

そんな風に思ってはいけない。野球賭博の件が、まだ頭に引っかかっていた。仮に保安課の容疑者リスト——容疑者でなくても参考人リスト——に翔太の名前が載っていなくても、事件が表沙汰になるまでに捜し出し、実際はどうだったか確かめなければならない。場合によっては、保安課と失踪課で取り引きするようなことになるかもしれないのだ。その際、こちらも情報を握っていないと、立場が不利になる。

私たちが守るべきは、翔太だ。

保安課の捜査が大事なのは分かるが、私たちは立件を気にしているのではない。大事なのは「人」だ。行方が分からなくなった人を捜し出し、家族を安心させる。失踪課の仕事の原則を忘れてはいけない。

次の一手だ——そう考えた瞬間、目の前の電話が鳴り出す。愛美だった。声が弾んでいる。

「中学校の同級生に話を聴けました。今も高嶋水穂とつき合いがある友だちが割れましたよ。これから会いに行きますけど、どうします？」

「合流する。場所は？」

手帳に住所を殴り書きして、渋谷中央署を飛び出す。歩道が少し白くなっていた。これは、電車に影響が出るかもしれないと思ったが、その時はその時だ。目の前に手がかりがぶらさがっているかもしれないのだ。意地でも辿り着いてやる。

11

水穂の親友だという秋庭香織《あきばかおり》は、まだ帰宅していなかった。自宅はマンションで、応対してくれた母親が、ドアの隙間《すきま》から恐る恐る顔を出して説明してくれた。

「すみません、夜遊びばかりで……何かあったんですか」

「いえ。香織さん本人ではなく、友だちの関係で話が聴きたいだけです」真面目そうな母親に少し同情しながら、私は説明した。毎日のように、娘の行動に振り回されているのだろう。

「もう帰ると思うんですけど……雪も降ってますし」ドアが大きく開く。娘本人のトラブルでないと分かって、少しは安心したようだ。

「心配ですね」

「大学が決まってから、遊んでばかりで。本当にすみません」

「四月から大学生ですか」少し印象が違う。一月に「決まって」というからには、推薦だろう。学校での普段の成績はよかったということか。どうも水穂の友人たちというのは、いわゆる「分かりやすい不良」の集まりというわけではないらしい。そこそこ頭がよく、周りの状況に白けている、あるいは馬鹿にしているだけではないか。

「ええ。気楽なものです」

「そういう状況なら、遊びたくなるのも分かりますよ」私はわざと軽い調子で言った。「ここでは待てませんから、マンションの外にいます。戻って来たら、電話してもらえませんか。何時でも構いません」

「でも、本当に何時になるか分かりませんよ」

「結構です。今夜中に話を聴きたいんです」

携帯電話の番号を教えて立ち去ろうとした瞬間、エレベーターの方から一人の少女がぶらぶらと歩いて来た。普通の格好だった——少なくとも上半身は。オリーブ色のモッズコートだが、前を開けているので、下がショートパンツだということが分かる。膝までの長さのソックスを履いているが、腿はほぼむき出しだ。雪の中を歩く格好ではない。森田が、呆然と口を開けて香織を見ている。愛美は少しむっとしているようだ。

香織は自分の肩を抱きながらこちらに歩いて来たが、家の前に見知らぬ人間が三人もいるのを見て、怪訝そうな表情を浮かべて立ち止まった。ドアが大きく開き、中から母親が出てくる。「いつまで出歩いてるの！」と叱責したが、本気で怒っているようには見えなかった。実際、目を合わせようとはしない。

「ちょっと場所を貸していただいていいですか？　お母さんにも立ち会ってもらって構いませんから」

「……はい」母親が目を伏せながら同意した。

「何よ」立ち止まった香織が、不機嫌そうに私たちを睨みつける。

「警察」

愛美がバッジを示す。香織は目を細めて凝視したが、特にショックも受けていないようだった。

「用事ないんだけど」

「こっちにはあるの。ちょっと話を聴かせて」

「人にお願いするにしては、態度悪いんじゃない？」馬鹿にしたように言って、香織が頤《おとがい》を上げた。

「あのね、ここじゃなくて警察で話を聴いてもいいのよ」

「はあ？」香織が目を見開く。「意味、分かんないんですけど」

「まあまあ」私は二人の間に割って入った。二人の強烈な視線に左右から突き刺されるような感じがする。香織の方を向いて、「君がどうこうってわけじゃない」と言った。

「当たり前じゃない。何で私が警察に話さなくちゃいけないの？」

「参考までに聴きたいことがあるだけだから。とにかく家へ入ろう」

「何言ってんの？　ここ、私の家なんですけど」

叩きつけるように言って、私たちの横をすり抜け、さっさと玄関に消えてしまった。蒼い顔をした母親が、何度も頭を下げる。私は苦笑しながら首を振り、何の問題もないと無言で告げた。

「明神、君は黙ってるように」

「何でですか」愛美がさっそく嚙みつく。まるで香織を鏡に映したようだった。

「合わない相手と無理に話す必要はないよ。森田、ここは任せる」

「え？」森田が、誰かに殴られたような勢いで私の方を向く。

「そんなにびっくりするな」頭痛が忍び寄ってくるのを意識しながら、私は首を振った。

「話を聴くだけだろうが。難しいことじゃない。いつもやってるだろう」

「はあ」

私は何とか溜息を吞みこんだ。香織は愛美を敵視しているし、私のような年齢の男に対しては、最初から反発するだろう。この三人の中では、森田が一番ましだ。最悪の中での最良の選択肢、と思いたい。

リビングルームはそれほど広くなく、私たち三人が入るとかなり窮屈《きゅうくつ》な感じになった。香織は一人がけのソファに腰かけ、頰杖《ほおづえ》をついて、音の消えたテレビを見ている。長いソファの一番端、香織の斜め横に森田が座り、私がその横に、愛美が香織から一番遠い位置に陣取った。顔は見えないが、彼女は間違いなく、嫌悪の表情を浮かべているだろう。

「高嶋水穂さんを知ってますか」森田がそろりと切り出した。

「はい？」

怒ったように香織が声を張り上げる。森田がびくりと体を震わせた。おいおい……声が小さくて聞こえなかっただけじゃないか。仕方なく、私が「高嶋水穂さん」と言い直す。

「水穂がどうかしたの？」急に食いついてきた。

「最近、会いましたか？」森田はペースを崩さない。

「最近？　うーん……年末かな」

「具体的には？」森田が手帳を広げる。

「ちょっと待って」手を伸ばし、テーブルに置いたスマートフォンを手に取る。スケジュール帳を呼び出したようだった。「ああ、十二月二十五日。すごくない？　クリスマス当日だし」皮肉っぽい声を上げて笑う。

「ああ、まあ……」もごもご言いながら、森田が手帳に何事か書きつけた。尋問している本人が、そんなことをする必要はないのに……愛美がかしがしとボールペンを手帳に叩きつける音が、横から聞こえてくる。尋問者は、話を切らないようにすることこそが仕事なのだ。

「冴えない話だけど、二十五日って意外とどこも空いてるし。そもそも、今時クリスマスって流行らない感じ？」

先ほどまでの不機嫌さが嘘のように、香織がぺらぺらとまくし立てた。

「その時一緒にいたのは？」

「水穂と、あと三人ぐらい。出たり入ったりしたから……カラオケだけど」

笑いながら言っているが、表情が硬い。何かを誤魔化すために、わざと大袈裟に振る舞っている感じがする。だが私は口を挟まずに、森田と香織のやり取りを見守った。こういう風に演技を続けていれば、いずれはボロが出る。その前に、愛美が怒り出す可能性もあるが。私が気づいていることは、彼女も当然気づいているはずだ。

「場所は」

「渋谷」

「何時から何時ぐらいまで？」

「ええー？」呑気な声を上げて頬に手を当てる。「よく覚えてないけど。そんなの、一々記録してないし」

「高嶋水穂さんとは、最後まで一緒だった？」

「そう。一緒に帰って来たから」

私は母親にちらりと視線を投げた。頰が引《ひ》き攣《つ》っている。真夜中のご帰館か、あるいは朝帰りだったのだろう。普段どれほど娘に心配させられているか、想像に余る。

「その後は会ってない？」

「それが最後だけど、何か問題でも？」

「その時、何か変わったことは？　普段と違った様子とか」

「別に。あの子、いつもテンション低いし。普段通り」

「つき合ってる人がいるよね」

「何、それ」香織が鼻をしかめる。「そんなこと聴いて、どうするの」

「それが知りたいんだけど」

「答えになってないでしょ？」ぴしりと香織が言った。これでは立場が逆だ。「何で水穂のことが知りたいわけ？」

森田が助けを求めるように私の顔を見た。ここで事実を明かすべきか……そうしたら、情報がさらに広がってしまうのは間違いない。何か上手い説明を……愛美が突然割りこんだ。

「彼女、家出してるのよ」

「は？」香織が身を乗り出した。「マジで？」

「マジもマジ」愛美が素早くうなずく。「あなた、居場所知らない？　何か連絡受けてない？」

「知らないわよ……メールする」香織が屈《かが》みこむようにしてメールを打ち始めた。あっと言う間に打ち終わり、送信。短い文面なのだろうが、手の動きの速さは私の常識を超えていた。

「メールで、ちゃんと返事がくるの？」愛美が訊ねる。

「速攻で。何かしてなければね」

「家出してるの、知らないの？」

「そんなの、しょっちゅうじゃない。うちに泊まりに来ることもあるし。水穂のやってることって、家出なんかじゃないわよ。警察が来るって、ちょっと異常じゃない？」

私は母親の顔を見た。困ったように、両手で頰を挟んでいる。たぶん、何度も同じようなことがあったのだろう。夜中に勝手に家に入りこんで来て、朝食の時にいきなり「おはようございます」と挨拶されたりとか。ぴしりと言ってやればいいのだが、この母親はそういうことができそうにないタイプのようだ。

「で？　彼氏は？」愛美は追及の手を緩めなかった。

「何でそんなこと聴くの」

香織がそっぽを向く。顎の辺りがかすかに引き攣っているのに私は気づいた。そろそろ嘘をつき通すのにも疲れてきたのだろう。

「すごい彼氏、いるんでしょう」

「知らないわよ」

いきなり香織が言葉を叩きつけ、愛美を睨んだ。愛美が冷たい視線で迎撃する。さすがに睨み合いでは愛美の方が年季が入っており、香織はすぐに目を逸《そ》らしてしまった。

「あのね、だいたいのことは分かってるの。私たちは、裏づけが欲しいだけだから。あなた、水穂さんと友だちなんでしょう？　彼女、大変なトラブルに巻きこまれてるのかもしれないわよ」

「何、それ。脅《おど》す気？」

「そうじゃなくて」愛美が首を振る。「このまま逃げ続けて姿を現さないと、大変なことになるって話」

「訳分かんないんですけど」香織が力なく首を振った。「はっきり言ってくんない？　抽象的なこと言われても、分かんないから」

「言えることと言えないことがあるの。どうなの？　あなた、水穂さんの彼氏が誰か知ってる？　今どこにいるかは？」

「知らない」香織がぽつりとつぶやいた。

知っている、と私は確信した。だが、この場で彼女に真実を吐かせられるとも思えなかった。それに、知っているとは言っても、全てを知っているとは考えられない。水穂と翔太がつき合っていることは知っていても、二人の居場所に関しては、情報を持っていないのではないだろうか。

「水穂さん、大金持ちになるかもしれないわね」愛美がさらりと言った。

「水穂は別に、金が欲しいわけじゃないわよ」

「相手が金持ちだってことは知ってるんだ」

「あ、それ、ずるくない？」香織が唇を尖《とが》らせた。「引っかけだよ、引っかけ。警察がそういうことしていいの？」

「あなたが容疑者だったら、問題かもしれない……例えば、二人が姿を消しているのを手助けしているとしたら、ね。違うんでしょう？　今はただ、普通に話をしているだけ」

「知らないから、本当に」苛立たしげに言って、スマートフォンを腿に叩きつける。その瞬間、メールの着信を告げる涼やかな音が鳴る。それが、その場にいる人間全員に沈黙を強いた。

「誰？」

愛美が鋭く迫る。香織はスマートフォンを胸に抱えこみ、ぎゅっと身を縮めた。

「水穂さんからじゃないの？」

香織がますます体を丸めた。絶対に見せまいと決意している。愛美が立ち上がり、彼女の横に回りこんだ。香織が体を斜めに倒し、愛美に背中を見せる。

「触っちゃ駄目」愛美が冷酷《れいこく》な声で言った。「今のメールは、証拠になる可能性がある。

そのスマホを押収することもできるのよ？　でも、そんな面倒なことはしたくないでしょう。見せてくれれば、私たちは納得するから」

「人のメール見てどうするのよ」

「香織、いい加減にしなさい！」

突然、母親が声を張り上げる。その場の空気が凍りつき、香織が恐る恐る母親の顔を見上げた。まるで生まれてから今まで、母親に一度も怒られたことがないようにショックを受けている。

「あんたは、いつもいつも……そんなに好き勝手やりたいなら、今すぐこの家を出て行って。お金はあげないからね。全部自分で稼いで生活してみなさい！　そのメール、早く見せて！」

香織がおずおずとスマートフォンを愛美に差し出す。愛美は何事もなかったかのように一礼して受け取り、メールを確認した。渋い表情に、大して内容がなかったことを悟る。

愛美が、私にスマートフォンを見せた。

送信者：香織
やほー

香織だよー。今どこにいるかな？

送信者：Mizuho
Re：やほー

水穂だよ。居場所は秘密なのだw

これだけ？　水穂が無事なのは分かったが、居場所の手がかりはまったくない。私は慌てて立ち上がり、香織に「もう一度メールしてくれ」と頼んだ。

「ええ？　何で？」

「いいから。居場所を聞き出して欲しいんだ」

言い残して私は駆け出し、靴の踵を踏み潰したまま外へ出た。コートを着ていないので、マンションの十階を吹き抜ける風が体に突き刺さった。スーツの襟を立てて寒さに対抗しながら、真弓に電話を入れた。

「高嶋水穂の携帯を追跡して下さい。今、電源が入っている可能性があります」

「了解」説明を求めず、真弓が電話を切った。

部屋へ戻ると、香織がメールを打ち終えたところだった。

「どういう風にメールした？」

「大事な用があるから、返事してくれって」

私は母親に向き直った。

「申し訳ないんですが、しばらく待たせてもらっていいですか？」

「え？」母親が壁の時計を見上げる。午後八時。まだ食事も取っていないだろうし、居座るのは申し訳ない。しかしこれは、水穂を摑まえるチャンスなのだ。

「私、部屋にいていい？」香織が無愛想に言って立ち上がった。

「ここにいてくれないか？　メールがあったらすぐ知りたいから」

「別に消さないわよ」

「誰かが一緒なら、部屋にいてもいいけど」

「マジで？　監視つきで？」香織が目を見開く。「じゃあ、いいよ。そういうの、面倒臭いし」ソファに腰を下ろすと、体が小さくバウンドした。態度は大きいが、体重は軽そうだ。

じりじりと時間が過ぎる。真弓からはすぐに、携帯の追跡はできなかった、と連絡が入ってきた。どうやらあの時、水穂は一瞬だけ電源を入れてメールに返信したらしい。クソ、電源の入っていない携帯は、ただの箱だ。

私たちは、その後一時間だけ待ち、引き上げることにした。それ以上の粘りは、この状態では意味がない。水穂は、また電源を切ってしまったのだろう。しかし愛美が、香織の携帯を借り出すことに成功した。

「しばらく預かるだけだから」

「マジで困るんだけど」ＯＫしたものの、香織はまだ納得がいかない様子だった。「ここに居座られたら困るから、貸しただけだからね。勝手に中見ないでよね」

「水穂さんにメールを送るだけだから」愛美が私の顔をちらりと見た。いつまで借りておく？　のサイン。

「明日には返しに来るよ」

私が答えた。今晩、香織を装って、何度か連絡してみるつもりだった。しかし、あまりにもしつこくすると、水穂は不審に思うだろう。彼女は、そういうところは鋭そうな感じがする。タイミングと回数は重要だ。

疲れ切り、引き上げようと外に出ると、道路が薄《うっす》らと白くなっていた。これは、署に戻るのにも相当苦労しそうだ。私は自分で車を運転して帰ることにして、愛美と森田をここで解放することにした。駅まで送り、電車が動いていることを確認して、二人を車から降ろす。走り出そうとした瞬間、愛美が窓を叩いた。開けると、手を差し出し、「スマホを」と短く言った。

「メールは俺がしておくけど」

「高城さんが女子高生のふりをするんですか？　なりすまし？　それは相当気持ち悪いですよ」

一瞬むっとしたが、それもそうだと思い直した。スマートフォンを渡すと、愛美が「手がかりになりそうな返事が来たら、すぐに連絡しますから」と言った。

「ああ」

「署へ戻るのはいいけど、その後はちゃんと家へ帰って下さいよ」

「雪がなあ」会話を交わしている間にも、細かな雪が車内に吹きこんでくる。積もりそうな予感がした。

「それは言い訳になりません」

「分かったよ」

肩をすくめてから窓を閉めた。こんな夜、一人暮らしの寒い部屋へ戻る気にはなれない。そうだ、醍醐たちもさっさと引き上げさせなければ。電話をかけてみたが、出ない。まだ聞き込み中なのだろうか。かといって、一緒にいるはずの田口と電話で話す気にはなれないし……仕方がない。戻りがてら、もう一度電話しようと思った瞬間、鳴り出した。醍醐。

「どうだ？」前置き抜きで切り出す。

「いい話はないんですが……それより、ちょっとまずい状況かもしれません」

「何だ？」嫌な予感に捕われ、携帯を強く握り締める。

「あのパイレーツの……杉山スカウトが、俺の携帯に電話してきたんですよ」

「お前に？　どこから電話番号を割り出したんだ」

「分かりません」

「で、何だって？」

「探りを入れてきたんですよ。栄耀高校に何かあるんじゃないかって」

「何か摑んだのかな」

「それはないと思いますけど……彼、妙に鋭いところがあるんですよ。もちろん今、栄耀高校で気になる選手といえば、花井しかいないわけですけどね」

「上手く誤魔化したんだろうな？」

「ええ、何とか」醍醐の声は暗い。何かと頼りになる男だが、人を騙《だま》したり腹芸を使ったりするのは苦手である。杉山との会話が、相当な苦痛だったのは間違いない。「でも、まだ疑ってました」

「それはそうだろう。本人が手がけた選手だから、気になるのは当然だよ。もしかしたら、家族や監督にも声をかけてるかもしれないな」

「でしょうね。俺は最後だと思います」

「皆、適当に誤魔化してくれてるといいんだが……そっちは、俺の方から連絡しておく」

一瞬間が空いて、醍醐が深刻な声色で訊ねた。

「杉山スカウト本人は、放っておいていいんですかね」

「お前はどうしたいんだ？　全部事情を話して、黙っていてくれるように頼むか？　それは無理だろう。彼だって、事情を知ったら、球団に話さざるを得ないんじゃないか」

「いや、もしも花井のことを本当に特別に思っているなら……」

球団よりも選手を守る、か。それは甘い。組織に属する人間は、結局組織の規範や常識に従って動く。誰かを庇《かば》うために組織に背を向けるなど、まずあり得ない話だ。今回の問題は、球団にとっては大きな経済的問題でもある。長期的に見れば、翔太が球団に落とす金は何十億円にもなるだろう。しかし最近の傾向として、スキャンダルは嫌われるのだ。様々な手段で、歪曲《わいきょく》された情報が一気に広まってしまい、思わぬダメージを受けることもままある。

「知らない方がいいと思う。花井とチームの板挟みになったら、彼も可哀相だ」

「そうですね……」醍醐の口調は歯切れが悪い。彼自身、様々な物に挟まれて身動きが取れなくなってしまっているように感じているのだろう。翔太を見つけ出さない限り、この居心地の悪さからは解放されない。

「今日はもう、引き上げてくれ。車を戻したら帰っていい……田口さんは、どこか適当なところで下ろしてくれ」

「オス」

暗い声で言って、醍醐が電話を切る。私は、物事を隠しておく難しさを噛み締めた。極秘裏に捜査しているつもりでも、絶対に漏れないという保証はない。失踪課の仕事の基本は、人に会って話を聴くことである。そして誰かと話せば、情報は拡散するのだ。「秘密」には、極上の甘い菓子のような効果がある。手に入れれば、知り合いにも味わってもらいたくなるものなのだ。

溜息をつき、ハンドルを握る。ここに車を停めておいたわずかな間にも、フロントガラスが薄らと白くなっていた。ワイパーを動かすと、細く長い雪の固まりが滑り落ち、視界がクリアになった。窓はほとんど濡れていない。エアコンの温度設定を上げ、車内を暖める。事態がまったく動かない状況に、苛立ちだけが募った。失踪後、二十四時間以上経つと、見つけ出すのはかなり難しくなる。そのリミットをとうに過ぎ、私は自分が無人の荒野に投げ出されてしまったように感じていた。

雪のせいで道路は渋滞し始めており、渋谷中央署に戻るまでに一時間かかった。醍醐は少し前に署に帰着し、引き上げたという。真弓も帰り支度を始めた。待っていてくれたのだと思うと、少しだけ気持ちが温かくなる。

「あなたもちゃんと帰るように」コートのベルトをしっかり締めながら、真弓が忠告した。

「ええ、まあ」

「ここに泊まると、また明神が怒るわよ」

「あいつは、うちの火元責任者じゃないでしょう」

「とにかく、帰りなさい」

「これから何本か、電話をかけなければいけないので」

真弓がじっと私を見詰めた。下手な嘘をつくな、と無言のプレッシャーをかけてくる。

「電話は本当ですよ」

「じゃあ、さっさとかけて、さっさと帰って下さい」

「了解です」

まず、翔太の実家。やはり杉山は、午後八時半頃に電話をかけてきていた。特に疑うようなこともなく、雑談をしただけのようだが、父親は「明らかに翔太の様子を知りたがっていた」と証言した。適当に誤魔化しておいてくれたようなので、ひとまず安堵の息を漏らす。今後同じような電話があるかもしれないが、何とか事情を漏らさないでくれ、と頼みこんだ。父親の返事が少しだけ遅れる。短い沈黙の中に、私は「早く見つけ出してくれないからだ」という非難の感情を見いだした。まったくもって、ごもっとも。言い訳できない。「全力で捜査しています」と言うしかなかった。父親がそれを信じたかどうかは、また別問題である。

続いて監督。杉山は、やはりこちらにも電話をかけてきていた。よりはっきり、「翔太に電話が通じない」と切り出してきたようである。平野はさすがに事情をよく分かっており「直接電話しないのがルールだったんじゃないですか」とやんわりと諭《さと》したという。翔太の身分は、あくまでまだ高校生。入寮するまでは、できるだけ接触は避けて欲しい、と学校側から要望していた事実が、ここで上手く働いたという。実際、平野が「何か用件があれば伝えます」と言うと、杉山の言葉は曖昧になってしまったそうだ。

「球団は気づいているんですかね」平野が心配そうに訊ねた。

「分かりませんが、気づいているとしたら、我々のミスでもあります」私は素直に認めた。失敗を認めないが故に、その後の傷が拡大してしまった例を、私は数多く見ている。醍醐が元プロ野球選手であることを彼に思い出させ、たまたま学校の前で目撃されてしまったことを説明する。

「それは……仕方ないですよね」諦めたように平野が言った。「姿を隠して動き回るわけにもいきませんし。忍者じゃないんだから」

「なるべく目立たないようにしているんですが、完璧に、というわけにはいきません……それで、花井君のことはどう説明したんですか」

「元気です、としか言いようがないじゃないですか」平野が溜息を漏らした。

「分かりました。今、仕掛けをしていますから」

「どんな仕掛けですか」

「それはちょっと説明できません」愛美が持ち帰ったスマートフォンは、水穂からのメッセージを受信するだろうか。「とにかく、今まで以上に内密でお願いします。部員たちにも、声をかけてもらった方がいいかもしれません。事情は分かっていると思いますが、悪意はなくても、つい人に話してしまうこともあると思います」

「明日のミーティングで、箝口令《かんこうれい》を徹底しますよ」心底嫌そうな口調だった。

「学校の方はどうなんですか？　野球部とはまた、対応が違うと思いますが」

「それは心配いりません」平野の声に自信が戻った。「学校と野球部は一心同体です。学校にとっても、花井翔太は大事な生徒ですから」

大事な広告塔の間違いではないか、と皮肉に考えながら、私は電話を切った。少子化、それに不況の影響で、名門と言われる私立高校でも受験者数は減っている。受験者数の減少は経営にダイレクトに響くのだから、栄耀高校にとっては、学校の名前を売ることは、極めて重要な問題だ。甲子園に出場し、活躍した選手がプロ入りするのは、最高の宣伝効果だろう。

その男が、変なスキャンダルに巻きこまれたりしなければ。

――さて、今日できる仕事は終わった。もちろん帰宅する気はなかったが、空腹はいかんともしがたい。何か食べる物は……とデスクの引き出しを漁《あさ》ったが、未整理の書類が出てくるだけだった。雪の中、食べに出かけるのは面倒くさい――渋谷中央署の近くには、食事できる場所が案外少ないのだ——が、空腹に苛《さいな》まれて眠れなくなるのも馬鹿馬鹿しい。コートを着こみ、思い切って外へ出た。雪の勢いは衰えず、歩道には既に積もり始めている。署の前だけは、当直の連中が雪かきをしてくれていたが、少し進むと、靴底は埋まり始めた。冷たさが忍びこみ、思わず身震いする。明治通りを渡れば、立ち食い蕎麦《そば》屋や牛丼屋があるのだが、横断歩道を渡るのさえ面倒だった。そのまま恵比寿方面へ歩き、明治通り沿いのファミリーレストランに入る。この時間、しかも外は雪なのにほぼ満席で、辛うじて喫煙席の一角を確保することができた。

それほど重い物は食べられない……メニューを睨んでいると、自然にアルコール類が目に入ってきた。この寒さだ、ビールはあり得ない。ハイボールがあるが……ウイスキーを水で薄めるなど、私に言わせれば、冒瀆《ぼうとく》以外の何物でもない。こんなものなら、飲まない方がましだ。

結局、カレーとサラダだけを注文する。今日初めてのまともな食事と言っていいが、特に心が躍るわけではない。何か食べておかなくては、という義務感に駆られただけの食事だった。

料理を待つ間、煙草を吸いながらぼんやりと外を眺める。すっかり曇っていたが、雪が窓ガラスを叩いては滑り落ちる様子は、ちらちらと見える。しがみつこうとして上手くいかない……今の自分たちのようだ、と皮肉に考える。明確な事件というわけでもなく、もしかしたら放っておいてもいいような案件かもしれない。だが、保安課の捜査が頭の片隅に引っかかっている。野球賭博に関して、翔太は関係ないと信じたかったが、何が起きるか分からないのがこの世の中だ。保安課に知り合いがいれば、リストに翔太の名前があるかどうか確認できるのだが、私の人脈はそこまで広くない。明日、真弓に頼んで、もう一度探りを入れてもらおう。彼女は、そのために給料を貰っているようなものなのだから……。

電話が鳴り出した。外へ出て話すべきだと分かっていたが、それすら面倒臭い。周囲の喧噪《けんそう》に紛れるようにと、私は小声で話し始めた。

「高城さんですか?」

「はい」どこかで聞いたことがある声……すぐに、内房中央署の桜田だと気づいた。少しだけ声が弾んでいる。

「ご報告したいことがありまして……被疑者の身柄を確保しました」

「本当か?」思わずソファから背中を引きはがした。彼と別れた時点では、身元も分かっていなかったのに。

「今夜になって、出頭してきたんです。ニュースで流れて、逃げられないと思ったみたいですよ」

「犯人は何者だ?」

「地元の、二十歳の建築作業員でした」

「被害者は」

「十九歳のフリーターで、これも地元の子でした。被疑者がナンパして、あの公園で事に及ぼうとして、抵抗されたんです。それでかっとなって……ということのようですね。本格的な調べはこれからなんですが、まず間違いない線です」

「そうか……」空しい事件だ。行き違いで起きる事件はいくらでもあるが、それが人の命にまでかかわるとなると、空しさが募るだけである。「被害者の方、捜索願は出てなかったのか？」

「ええ。夜遊びやら何やらで、しょっちゅう家を空けるような子だったんで、親も諦めてたんです。でも、今は、ね……遺体と対面したんですけど、見ていて辛かったですね」

「分かるよ」君はこれから何十回も、そういう場面に立ち会うことになる――しかし、そんな脅し文句を投げかけることはできなかった。警察官を続けている限りは、そういう事態にずっと巻きこまれ続けることになるのだから。「とにかく、早く解決してよかった」

「一応、お知らせしておこうと思いまして」

「ああ……ありがとう」

何が「ありがとう」なのだと思いながら、私は電話を切った。いや、彼の律義さに素直に感謝すべきか。

東京湾の対岸で起きた事件。結局私個人の事情には何も関係なかったが、一つの命が奪われた事実は重い。急に食欲を失った私は、運ばれてきたカレーを、ただ機械的に食べ続けた。

12

電話の呼び出し音に頭を叩かれ、ソファの上で飛び起きる。反射的に壁の時計を見ると、午前七時。自分のデスクの電話が鳴っているのだと気づき、私は慌てて受話器に飛びついた。

「ああ」呆れたような愛美の声。「いると思いましたけど、いい加減にして下さい」

「雪がひどかったんだよ」かすれた声で言い訳する。

「昨夜は、電車は動いてましたよ」

「寒いのは苦手でね」デスクに置いた灰皿を、そっと引き出しの中にしまった。後で吸い殻の始末をしなければ。

「メールの返事はありませんでした」愛美が急に事務的な口調になった。

「電源は切ったままか……」私は顎を撫でた。半端に伸びた無精髭《ぶしょうひげ》が鬱陶しい。

「これから返しに行こうと思います」

「夕方まで、預かっておいてもいいんじゃないか」

「昨夜、メールが何通来たと思います？　二十五通ですよ。これがないと、彼女、すごく不安になると思うから。ついでに、少し話を聴いてみていいですか」

「今日だって、学校じゃないか」

「そんなもの、休ませます。もう、近くの駅まで来てますから」

「おいおい」道理で、背後が騒がしい感じがする……いったい何時に起きたのだろう。愛美は、さりげなく無理をする悪い癖がある。今のところ、体力的にも精神的にも問題はないようだが。

「何か分かったら連絡します」

「くれぐれも母親を怒らせないように」

「まさか。私は、少し同情してるんですよ」

言い残して愛美が電話を切った。どういう意味だ？　愛美は、母親と香織のちょうど中間ぐらいの年齢だが……まあ、考えても仕方がない。私はコーヒーの用意を始めた。メンバーの朝のお茶を用意するのは、最年少の愛美か公子の仕事だが、今日ぐらいは私がやろう。一泊の義理だ。

コーヒーの準備をしながら、駐車場に目をやる。アスファルトは白く染まり、朝日を浴びて雪の結晶が煌めいていた。晴れているから気温も上がりそうで、地面が顔を出すのは時間の問題だろう。しかしそれを待たずに、当直の若い警官が二人がかりで雪かきを始めている。広い駐車場だから、相当時間がかかりそうだが……後で熱いコーヒーでも持っていってやろうか、と考える。

コーヒーが落ち切る前に、今度は携帯が鳴った。朝から忙《せわ》しない日だ……と思いながら着信を確認すると、醍醐だった。こいつも朝から張り切っているな、と苦笑しながら電話に出る。

「今朝はこのまま、栄耀高校へ行こうと思いますが」

「いや、予定変更だ。森田と田口さんと合流して、高嶋水穂の中学校時代の友だちを当ってくれないか？　去年の十二月二十五日、何人かが集まってカラオケしていたのは分かっているから。何か変わった様子に気づいた人がいるかもしれない」

「分かりました」

「一度署に来てもらった方がいいな。ちゃんとリストを作って、効率よくやろう」

「明神は？」

「昨日の女の子に、もう一回突っこんでいる」

「そうですか……じゃ、署に上がります」

「ああ。コーヒーを用意しておくよ」

　さあ、今日も一日が始まる。捜査が進まないと、しばしば朝がくるのが怖くなるのだが、何故か今の私はそういう恐怖を感じなかった。決して上手く転がっているとは言えないが、全員が協力して動いている快感がある。戦力的には、決して最強とは言えないが。

　今日はきちんと朝飯を食べようと、食料を調達しに出かけている間に、公子が一番乗りで出勤してきた。食べている最中に真弓が来て、その後森田、醍醐と続く。田口はいつものように最後だった。私は全員を集め、昨日からの状況を説明して、今日の捜査方針を指示した。とにかく水穂の居場所を捜すこと。それと、できるだけ栄耀高校には近づかないこと。

「それは、例のスカウトの関係ですよね」醍醐が遠慮がちに訊ねた。

「ああ。実家と監督には釘を刺しておいたけど、俺たちが学校でうろうろしているところを見られたら、またあらぬ疑いをかけられる。波風は立てない方がいい」

「そうね」真弓が追従した。「例の賭博の捜査の関係もあるし、パイレーツ側には余計な心配をかけない方がいいでしょう」

「見つかったら……」醍醐が言い淀《よど》んだ。

「仮定の話はやめよう。必ず二人を先に見つけるんだ」私は強い口調で言った。

「ええ、それはそうなんですけど、花井翔太が見つかったら、パイレーツには話をすべきなんですかね?」

醍醐の問いかけに、その場の全員が沈黙した。翔太を見つけ出すことは最重要課題だが、この一件はそれだけでは終わるまい。発見後のパイレーツの反応が心配だ。「若気の至り」で笑って済ませられればいいが、球団上層部が度量の広い人間ばかりとは限らない。これで契約を破棄されるようなことはあるまいが、「だらしない奴」と目をつけられて干されたら、翔太の将来は真っ暗になる。

私たちが口添えすべきかもしれない。やむを得ぬ事情で、こういうことになったのだと――本当にやむを得ぬ事情かどうかは分からないが。ただ、翔太の性格から言って、野球を放り出してまで、好きになった相手と一緒に逃げる、というのは考えにくい。どうしても一緒にいなければならない事情があるのだと信じたかったが、そうすると賭博の一件が自然に頭に浮かんでしまう。ほとぼりが冷めるまで姿を隠す必要がある、とか。

チームだけではなく、マスコミの反応も怖かった。仮に、ドラフト一位で人気球団に入る選手が、野球賭博にかかわっていたと知れたら、感情的なバッシングが始まるのは目に見えている。チームが処分を下す前に、翔太本人が入団を辞退、ということすら想定しなければならない。

「八百長そのものは、罪になるかどうか分からないわよ」私の考えを読んだように、真弓が言った。「仮に、わざと負けたとしたら敗退行為ということになるんでしょうけど、そこに金が絡んでいなかったら、事件として立件するのは難しいかもしれない」

「ええ」

「金を貰ってわざと手抜きプレーをする？　あり得ないわ。そうよね、醍醐君」

「オス」醍醐がこれ以上ないほど真剣な口調で同意した。「せっかく出場した甲子園で、そんなことをするとは考えられません。野球に対する冒瀆です」

大袈裟だ……しかし、甲子園はやはり、あらゆる高校球児にとっての聖地なのだ、と思い直す。しかも全試合が中継され、何百万人という人が試合を見守っている。疑わしいプレーがあったら、おかしいと気づく野球通が何人もいるだろう。今は、そういう疑念が噂になって、あっという間に広まってしまう時代だ。

「保安課の動きが気になります」真弓の顔を見ながら私は言った。

「分かってます。これから出かけるから」うなずき返し、真弓が自室に戻った。これで朝の捜査会議は終了だ。

「醍醐、もしかして、花井翔太の資料を集めてないか？」

「ああ。資料というか……スポーツ新聞の取り置きがありますよ」

醍醐が自分のロッカーを開けた。見ると、スポーツ紙が五十センチ以上も積み重なっている。

「お前、ここは新聞置き場じゃないんだよ」私は頭を抱えた。あれをひっくり返すのか？

……昨夜雪の中を歩き回ったせいか、今朝は染みるような頭痛がしている。

「スクラップしようと思ってたんですけど、つい」醍醐が頭を掻いた。

「だいたい、毎日スポーツ新聞を買ってたら、小遣いに響くんじゃないのか」子沢山の醍醐は、いつも財布が軽いと文句を言っている。もっとも醍醐の場合、家族手当が人より多いので、同期の中では実質的に給料の手取額が一番高い、という話もある。「とにかく、ちょっと借りるぞ」

「オス……新しい順に重なってますから」

ちらりと見ると、確かに一番上は昨日の新聞だった。「そのようだな」とうなずき、醍醐たちを送り出す。

私は、今年になってからの分の新聞を、デスクに積み重ねた。公子が顔をしかめる。

「どうするんですか、それ」

「ちょっと花井翔太関係のニュースを確かめてみようと思って」

「ネットで調べた方が早いでしょう」

「俺には、こっちの方が早いんです」

「どうぞ、お好きなように」肩をすくめてから、公子がわざとらしくマスクをかけた。まだ新しい新聞で、埃がたつわけもないのに。

コーヒーを淹れ直し、新聞を広げる。気になったのは、今年の正月の記事だった。プロ野球のシーズンスタートは実質的に二月だが、正月はやはり特別な時期である。「今年のホープ」のような形で、入団予定の選手たちの自主トレなどを取り上げる——そういう記事は、新年には定番である。

二日は休刊日で、今年のニュースは三日付けの紙面から始まる。一面から三面まではぶち抜きで箱根駅伝のニュースで、野球関係は四面以降に追いやられていた。

あった。四面の下半分を使って、ルーキーたちの正月を取り上げている。各チームのドラフト一位だけだが……取り上げる順番が、去年のチーム順位のままだと気づき、五番目を捜す。写真つきだ。他の選手に比べて優遇されている感じがするのは、弱くなったとはいえ、パイレーツ人気によるものだろう。

林の中の一本道を、数人の選手を引き連れてランニングする翔太。すぐに、その場所が、遺体が見つかった岬の突端に続く道路だと気づいた。おいおい、縁起の悪い場所で……まさか、今回の事件に翔太が一枚噛んでいることはないだろうな、と考え、思わず苦笑いしてしまった。それでは、出来の悪い推理小説ではないか。

【パイレーツ】ドラフト1位の花井翔太（18）は、背番号「10」にちなみ、地元の千葉県富津市内の公園で、1日午前10時に始動。中学校時代のチームメートと一緒に、公園内のランニングコースを走って汗を流し、ストレッチなどで体を解《ほぐ》した。「キャンプで遅れずについていきたい」と控え目なコメント。

もう少し大きなことを言ってもいいのに、と私は苦笑した。レギュラー奪取宣言——チームもそれを期待している——とか、思い切ってタイトル狙いとか。だが翔太の性格から言って、これが精一杯のサービスだったのだろう。今まで聞いた限りでは、大風呂敷を広げるタイプではなさそうだ。

写真を見ると、翔太のすぐ後ろを泰治が走っているのが見えた。遠慮がちに、あるいは寄り添っているようでもある。かつての女房役は、今でも自分の役目を心得ているのだろう。これからプロ入りする仲間を立て、ちょっと写真を賑やかにする役回り。

ふと、頭の中を違和感が過《よぎ》った。それを解決せぬまま、他の記事を読んでいくと、その違和感の正体が分かった。

翔太はボールを握っていない？

他の選手は皆、ボールかバットを使っている。「軽くキャッチボールを」とか「トスバッティングで調整」とか。野球選手といえば、ボールかバット。これがなければ絵にならないわけで、マスコミ向けのサービスでもあるのだろう。

だが翔太は、走ってストレッチをしただけである。ボールを握らず、バットも振っていない。

何かがある、と勘が告げていた。この場を取材した記者に話を聞いてみたい、と思った。だがどうしたものか……スポーツ新聞に知り合いなどいないし、下手に話を持っていけば疑われるだろう。だが、聴かなければ何も分からないままだ。

新聞記者を摑まえるには……私は電話を取り上げ、広報部の番号をプッシュした。


警視庁広報部は、外部に対して公言することはないが、「日本最強の広報組織」を自称している。マスコミをコントロールする手腕は、確かに天下一品だ。しかもマスコミ側には、「いい関係を保っている」と勘違いさせている。

そして他の県警の広報と違い、雑誌やスポーツ紙にも伝《つて》がある。その理由の一つは、警視庁が、武道では国内最強チームの一つだということだ。しかも選手たちは、広告塔としての役割も心得ている。何かと硬い、怖いイメージのある警察だが、国民的ヒーローが出現すれば、世間の見る目も変わる。それが分かっているからこそ、選手たちは大抵愛想よく取材に応じ、報道陣の受けもいい――という話を、私は広報部の係長、安斉《あんざい》から聞いた。電話で話した限りでは、本人も愛想のいい男である。

「じゃあ、スポーツ紙にも伝はありますね」

「知っている記者はいますよ。でも、プロ野球担当は、直接は知らないな」

「何とかつながらないかな」

「それはできると思いますけど……どういう言い訳にしましょうか」

「それが難しいんだ」結局、話はそこで止まってしまう。事件だと気づかせずに話を聴くのは、実質的に不可能だろう。

「そうですね……ちょっと考えがないでもないけど、私も一枚噛んでいいですか」

「いや、広報部に迷惑をかけるわけにもいかない」

「まあ、そう言わないで」安斉はやけに気安い人間だった。「うちは外向けの部署だけど、たまには捜査の役にも立ちたいですよ」

「申し訳ない」

「いや、構いません……高城さん、男の子がいることにしましょうか」

「は？」

「息子さんが今中学二年生で、野球をやっている。栄耀高校に入りたいんだけど、どういう学校なのか知りたい。実は野球部内でいじめの噂があるんだけど、本当かどうか確かめたい、とか」

「そんなことが通用するかな」すらすらと口を突いて出る安斉の嘘に、私は唖然としてしまった。

「シナリオはそういうことにしましょう。信じこませることができるかどうかは、高城さんの腕次第ということで」

他に方法は……ない。私は安斉の芝居に乗ることにした。彼も同席するというから、フォローしてくれるだろう。

一時間待った結果、昼過ぎに、最高の人材と会えることになった。今年の夏の高校野球を取材し、日本シリーズ終了後にパイレーツ番になった記者。翔太を間近で見ていた人間だ。昼飯を奢ることになったが、それぐらい自腹を切ってもいい、と思えるほど、話を聴くのに適した人物だった。

これで話が転がりだすような気がする……これこそ「高城の勘」だと思ったが、この勘には一つ大きなマイナスがある。

悪いことだけがよく当たるのだ。

安斉とは、日比谷《ひびや》にある千代田《ちよだ》署の前で落ち合った。失踪課の一方面分室はここに間借りしているので、挨拶していこうと思ったが、安斉は私より先に着いて待っていた。異様に腰の低い男で、膝に頭がつきそうなほど深く一礼する。

「あの、一つお詫びが」

「何か？」

「先ほど、息子さんがいて、という話をしましたが……」

「ああ」後から思い出したのか、誰かに話を聞いたのか。私は笑ってうなずきかけた。

「そもそも息子はいないんだから、嘘をつくことに変わりはないよ。それで、どこへ?」

「向こうが、有楽町《ゆうらくちょう》のガード下の店を指定してきました」

「何でまた、そんなところへ? こっちは話を聴くんだから、もっと高い店でもいいのに。相手を気分よくさせてやらないと」真弓が経費として落としてくれるかどうかは別問題だが。

「さあ」安斉が肩をすくめた。「会社が新橋だから、近いと言えば近いですよね。こっちに気を遣ったのかな?」

「なるほど……じゃあ、さっそく行きましょうか」

私たちは、肩を並べて晴海《はるみ》通りを歩き出した。ペニンシュラホテルを左手に見ながら、他愛もない仕事の話を交わす。

「本当は、刑事になりたかったんですよ」安斉がぽつりと漏らした。年の頃、四十歳ぐらいか。

「希望が通らなかった?」

「二十代の頃、ちょっと病気しましてね」右の腹を拳で軽く叩く。「肝炎で……完治したんですけど、さすがに刑事の仕事には耐えられない感じで」

「でも、広報も結構大変だ」

「確かに、ストレスは溜まります」安斉が笑みを零した。「うるさ型が相手ですからね」

「分かるよ」自分だったら一週間も耐えられないだろう、と思う。

ガードをくぐる一本手前の交差点に差しかかり、信号で引っかかった。ちらりと左手を見ると、綺麗に整備された通りが真っ直ぐ、銀座《ぎんざ》方面へ続いているのが見える。この辺りはすっかり高級化し、ブランドショップ、インペリアルプラザなどが建ち並んで豪奢《ごうしゃ》な雰囲気があるのだが、右前方に視線を移せば、昔ながらの山手線《やまのて》のガード下が健在である。古くなり過ぎて、それが逆に味わいになっているようだ。交差点を渡ってすぐ、安斉が「ここか」とつぶやく。アーチを描く入口。立て看板風のメニューが何枚も並んでいた。ちらりと値段を見て、経費で落ちなくても、それほど財布にダメージはないだろうと判断する。

穴蔵をイメージさせる店内はそれほど広くなく、午後一時になるのに、まだランチを取る客で賑わっていた。安斉が店内を見回し、壁際の四人がけの席に一人で座っている男を見つける。

「あれですね」私に耳打ちした。「新聞を持ってます」

古典的な判別方法だ。この場のリードを安斉に任せ、私は彼に従って着席した。

山尾《やまお》と名乗った記者は、三十代の前半ぐらい。この商売の人間には珍しく、どこも崩れていなかった。十年も記者をやっていれば、肉体的、精神的な疲れで人相まで悪くなってしまうものだが……濃い茶色のジャケットに白いボタンダウンのシャツ、深緑色のニットタイというこざっぱりした格好で、髪は耳を覆うほどの長さだが、不潔な感じはしない。

「急な話ですみませんね」安斉が丁寧に頭を下げたので、私もそれにならった。

「いや、こっちこそ申し訳ないです。でも、明日からまた忙しいものですから。今日はたまたま空いてたんですよ……取り敢えず、料理を頼みませんか」

私たちはそれぞれ料理を注文した。三人ともパスタ。すぐに出てきそうにないので、私は話を切り出した。

「先ほど安斉の方から話があったと思うんですが」

「ええ。聞いてます。栄耀は、いい高校ですよ」邪気のない笑み。

「そうですか？　変な噂も聞いているんですけど……」

「変な噂？」

「いじめとか」

「それはないですよ」山尾が大袈裟に手を振った。「あそこは、監督がそういうのを絶対に許しませんから。寮で部員たちと一緒に生活して、生活面にも目を配っています」

「そうですか……でも寮だと、生活面でもいろいろ大変でしょう。うちの子は、中学二年生になるのに、まだ子どもでね」

「ああ、でも、失礼ですが、寮に入れるとは限りませんよ。ベンチ入りできる実力の持ち主と、それに準じた部員だけですから」

「まあ、そこは頑張ると思いますけどね」子どものことで嘘をつくのに反吐《へど》が出そうになったが、あくまで仕事なのだと自分に言い聞かせ、演技を続ける。「本当に大丈夫なんですかね。強豪校だと、普通の部活というわけにもいかないでしょう」

「でも、それを覚悟で皆やってるわけですから。基本的には、息子さんが納得してれば大丈夫だと思います。特に本格的に野球をやるような子は、芯がしっかりしてますから、大丈夫ですよ。親御さんが心配されるのは分かりますけどね」

「そうですか……息子の決心は結構固いみたいでしてね」

「栄耀なら、安心して任せていいと思います」

翔太の話に進もうとしたタイミングで、料理が運ばれてきてしまった。山尾は、スプーンを上手く使ってパスタをフォークに巻きつけ、流れるように口に運ぶ。いかにも食べ慣れている感じで、見ているだけで料理の格が一段階上がるようだった。私はパスタを食べる時にはスプーンを使わないので、いつも手間取る。垂れ下がるパスタを何とかすすり上げながら食べたが、山尾はゆっくりと上品に食べるタイプなので、結果的にスピードは合っている。

食事が終わるのを待ちきれず、私は翔太の話題を持ち出した。

「栄耀からは、プロ野球選手も出ますよね。息子がファンなんですけど、今年のドラフトでパイレーツに……」

「花井翔太」山尾がにこりと笑った。記者ではなくファンの表情に見える。「甲子園の予選からずっと、取材してました」

「やっぱり凄い選手でした？」

「そりゃ、もう。超高校級ですよ。十年に一人の選手ですね。何ていうかな、応用力が高い。ずっとデータを取ってたんですけど、二打席目が一番打率が高いんですよ」

「どういうことですか」

山尾がフォークとスプーンを置き、紙ナプキンで口元をはたいた。翔太のことを話すのに、食事しながらでは失礼だ、とでも思っている様子である。

「一打席目で凡退しても、それでもうピッチャーの癖を全部見抜いちゃうんですね。そもそも、一打席目はいつも捨ててる可能性がある。完璧に打ち崩すために、研究用として使ってるんですよ。もちろん、一打席目にランナーが得点圏にいれば、打って出ますけどね。センター前ヒットなら、いつでも打てるって感じです」

「本人がそんなことを言ってたんですか？」私は眉を吊り上げた。自信家というか、傲慢というか……私が知る翔太のイメージとは違う。

「いやいや、そんな感じがするというだけで」山尾が首を振った。「本人、謙虚ですからね。思っていても、そんなことは絶対に言いませんよ。でも、データでもある程度は裏づけられてます」

「なるほど……それも、監督の教育の賜物《たまもの》でしょうかね」

「そういうことです。だから、変な心配をする必要はありませんよ」

「それを聞いて安心しました。しかし、花井翔太はそんなに凄いんですか」

「ええ。今年の正月にも取材に行ったんですけど、もう体が出来上がってましたからね。最初、高校生は体力面でついていけなくて、一軍に上がるのに何年もかかるんですけど、彼の場合は心配いらないでしょう。もうプロ向きの体になってますよ」

「それは頼もしい」

「ただ、ちょっと怪我をしてるかもしれませんけどね」

「ほう」それは初耳だ。私は興奮した表情を見せまいと努力しながら、相槌を打った。

「心配ですね。もうすぐキャンプインでしょう」

「正月の自主トレは、マスコミに対する顔見世のような意味合いもあるんだけど……彼はボールを握らなかったんですよ。中学時代のチームメートが練習につきあってたから、キャッチボールぐらいはできたのに。我々も、写真撮影用にリクエストしたんですけど、断られましてね。その予定はないって」

「サービスする必要はないと思ったんじゃないですか」

「いやいや……彼は基本的に礼儀正しい男でね。写真のために、そういう軽いリクエストはよくやったんですけど、断られたことはないんですよ。それが今回に限って、ね。まあ、大したことはないんでしょうが。動きはまったく普通でしたから」

「そうですか」

勘が当たった。山尾は野球選手でも医者でもないが、野球の現場に長くいるのは間違いない。その彼が「おかしい」と感じたのだから、実際に翔太が怪我をしている可能性は低くないだろう。

それを気に病んで失踪した？　あるいはどこかでひそかに治療している？　だとしても、監督にも何も言わないのはおかしい。やはり何か、人に言えない秘密があるのだ。

「でも、大したことはないと思いますけどね」

「それなら心配ないですよね」私は適当に調子を合わせた。

「怪我していると、どうしてもどこかを庇ったり、痛みが顔に出たりします。でも、そういうことはなかったから。だいたい、怪我を抱えていないスポーツ選手なんか、いないんですよ」

「そんなものですか？」

「そもそも、ボールを投げたりする動作は、人間の動きに反しているという説もあるぐらいで。不自然な動きは、怪我を誘発しやすいですからね……息子さん、そういうことはないですか？」

「ええ、今のところは」演技を続ける。

「何でもバランスよくやるのが、怪我を防ぐのに一番いいらしいですよ」

「よく言っておきますよ……今のうちに、スイッチヒッターの練習をさせておいた方がいいですかね？」

「それはあまり関係ないと思いますが」

山尾が苦笑した。どうやらこちらを、親馬鹿で野球のことをあまり知らない素人、と判断してくれたようである。それならそれでいい。変に勘ぐられるよりは、間抜けな父親だと馬鹿にされている方がいいのだ。

私たちは、ほぼ同時に食事を終えた。食後のエスプレッソを飲みながら、意味のない会話をだらだらと続ける。私としては、翔太が怪我しているという情報を確認するために早く動きたかったが、あまりにもさっさと別れの挨拶をかわすと、怪しまれるだろう。現場をずっと回っている彼は、喋る材料をたくさん持っているようで、話はなかなか止まらなかった。

携帯が鳴り出したので、目配せして電話を取り出す。愛美だった。外へ出ようかとも思ったが、ガード下なので、電車が通る度に——それも頻繁に——会話を邪魔されるだろう。ここでさっさと済ませるしかない。

「はい」

「駄目でした」愛美はすっかり疲れきっていた。

「今まで粘ってたのか？」

「悪いですか？」むっとして愛美が言い返す。「女子高生の相手って、本当に疲れるんですよ。私的には死ぬ気で頑張ったつもりなんですけど」

「ああ、いや……そんなつもりじゃない」

「つき合っている人がいる、という話は認めました。でも、最近のことかどうかは分からないようです」

「そうか」

「どうしますか」

「ああ」

「何なんですか、いったい？」愛美が爆発寸前になった。

「一度、署で落ち合おう」

「何か、喋りにくそうなんですけど、何やってるんですか」

「食事中」

「あ、そうですか」素っ気なく、愛美が吐き捨てた。「私はまだなんですけどね」

「ゆっくり食事してから、上がって来てくれ」

電話を切って、私は溜息をついた。この状況では詳しい話ができるはずもない、という事情を説明もできないのだ。まあ、いい。話せば分かってくれるだろう。

「どうも、失礼しました」私は山尾に頭を下げた。

「お忙しいんですか」

「まあ、それなりに」

「失踪課の仕事って、よく分からないんですが」山尾が首を傾げる。本当に分かっていない様子だった。一般紙の記者なら、どこの部にいても、駆け出しの頃に警察を取材しているから、捜査の大まかなことは分かるだろう。しかしスポーツ紙の記者は、基本的にスポーツの現場一筋のはずだ。

「あまり面白みはないセクションですよ。データの整理とか統計作業とか、地味なものです。基本的には暇ですよ」それは嘘ではない。誰かが失踪した時、警察としても「捜しています」というアリバイを作るために設置された部署だが、今では積み上げたデータは膨大な物になっている。それが何かに役立つ保証はないが、データはないよりあった方がいいに決まっている。そして積み上げたデータは、整理しなければならない。「そうでなければ、こんな時間に人と会えませんよ」

「まあ、そうでしょうね」少し馬鹿にしたように、山尾が鼻を鳴らした。「でも、忙しいばかりがいいわけじゃないですよね。家族も大事にしないと……息子さん、楽しみですね」

「いやあ、どうでしょう。軟球と硬球じゃ、全然違うでしょうし」

「私、本当は、アマチュア野球の取材の方が楽しいんですよ」

山尾が煙草を取り出し、私に向かって振って見せた。私も一本引き抜くと、山尾が温かい笑みを浮かべる。同志。二人で盛んに煙草を吹かしながら、会話を続ける。

「未完成のものが好きなんですよ。次に何が起きるか、分からないでしょう？　それを見るのが楽しくて。高校野球には、そういうところがありますよね」

「なるほど」

「プロ野球みたいに、ある程度完成してしまうと、ただ数字を追っていくだけになりがちなんで。本当は、数字の裏に人間ドラマがあるんですけどね」

「何となく、分かりますよ」

人間ドラマ。安っぽい台詞だが、私の仕事も、行動の陰にあるドラマを知ることである。そういう意味で、記者連中がやっていることとさほど変わらないのだと思う。しばしば警察と新聞はぶつかり、ややこしいことになるのだが。

「お役に立ちましたか？」山尾と別れて戻る途中、私と安斉は少し立ち話をした。安斉はこのまま歩いて警視庁へ戻るし、私は銀座まで出て銀座線で渋谷へ向かう。

「確信はないけど、重要な情報かもしれない」私の勘。山尾の証言。これらから導き出される推理をより確固たる物にするためには、またあちこちを歩き回って人に会わねばならないだろう。まずは千葉だ。アクアラインを通って行く長い道のりを考えると、少しだけうんざりする。

「それはよかった」安斉が大袈裟に溜息を漏らす。「さっきは本当に、無神経な発言ですみませんでした」

「いや、とんでもない。気にしないで下さい。とにかく助かりましたよ」私は、今できる限りの大きな笑みを浮かべてみせた。安斉のような人間に気を遣ってもらったことを、申し訳なく思う。「あと、このことはできるだけ内密に。我々も、極秘に捜査を進めているんです」

「分かりました。見つかるといいですね」

「ご協力、どうも。何かでお返ししますよ」

私は丁寧に頭を下げてその場を離れた。少し歩いてからちらりと振り向くと、安斉はその場に立ち止まったまま、私を見送っていた。そんなことをされる立場じゃないんだがな、と苦笑しながらもう一度頭を下げる。彼がうなずき返し、踵を返した。こんな風に、礼儀正しく教育されている人間もいる。警察に入ってから身につけたもの、というわけではないような気がした。

育ちのよい人間は、人を気分よくさせる。

昨日の雪が嘘のように、空が青く高い。東京の空だから、抜けるような青とはいかないのだが、背筋がぴんと伸びる寒さと併せて、快適な冬の一日だった。だが両サイドにビルが林立する晴海通りはビル風が強く、時折風に叩かれると、思わず背中を丸めてしまう。午後早い時間なのに人出は少ない。日比谷から銀座にかけてが、こんな風に寂しくなってしまったのはいつからだろう。

数寄屋橋《すきやばし》交差点近くまで来た時、携帯電話が鳴り出した。真弓。

「今、どこ?」刺すようにきつい口調だった。

「銀座です。これからそっちへ戻るところ……」

「保安課が強制捜査に着手したわ」

13

銀座から渋谷までは、銀座線で十五分ほどかかる。その短い時間が、今日は異様に長く感じられた。渋谷へ着くと、駅から渋谷中央署まで走り――歩道橋が普段にも増して憎らしい――失踪課に駆けこむ。真弓が怖い顔で待ち受けていた。

怒ってもしょうがない。彼女を宥《なだ》める言葉を考えたが、私自身、一度は納得したものの、どうしても怒りを抑えることができなかった。何故このタイミングで……保安課には保安課の事情があるのだろうが、あまりにも間が悪過ぎる。まるでこちらが、翔太の捜索を開始したのに合わせているようではないか。

　まさか。

「保安課から人が来るわ」

「何のために」思わず、真弓に素っ気ない言葉を返してしまった。

「情報交換ということで」

「こっちには、渡す情報なんかありませんよ」私は、自分のデスクの角をきつく握り締めた。「向こうは、何か勘違いしてるんじゃありませんか」

「あるいは、私たちが知らない情報を握っているかもしれない」

　私は唾を呑み、ゆっくりと椅子に腰を下ろした。真弓は腕組みしたまま、私を見下ろしている。

「向こうの管理官が間もなく来るはずだから、私たちで対応しましょう」

「どういうシナリオで行きますか？　適当な答えでやり過ごす？　それともいきなり殴って黙らせますか」

「高城君……」真弓が右手でゆっくりと額を揉んだ。「どうしてそこまで攻撃的になるかな。それはちょっと、筋が違うでしょう」

指摘されると、自分でも説明できなくなる。一つだけはっきりしているのは、翔太が賭博事件に絡んでいたら、彼の将来が台無しになることだ。私が一番恐れるのはそれである。

「未来のある青年が……」

「あなた、思い入れが強過ぎるわよ」真弓がばっさりと私の言葉を切り捨てた。「とにかく私たちの仕事は、花井翔太を無事に見つけ出すこと。保安課が何を言ってくるか分からないけど、彼らの話は二の次よ」

「そんな強気なことを言っていていいんですか」私はつい皮肉を吐いた。「うちは他の部署に対して、ひたすらへりくだらなければいけないんじゃないですか」

「それは時と場合によります」真弓の表情が引き攣る。

「つまり、へりくだる時もあると」

「高城君、今は内輪で言い争ってる場合じゃないと思うけど」

厳しい視線を私にぶつけて、真弓が踵を返した。肩を怒らせて歩き出し、室長室に引っこんでしまう。私は引き出しを漁って、頭痛薬と胃薬を見つけ出し、公子が淹れてくれたお茶で流しこんだ。お茶はまだ熱く、口内を火傷したうえに、デスクに派手に零してしまった。適温というものが……非難するように公子に視線を向けたが、冷たい視線で迎撃された。落ち着きなさい、と無言で説教されているような気分になる。

こういう時はとにかく煙草だ。席を蹴るようにして立ち上がり、駐車場で煙草を二本吸って戻ると、保安課の管理官が到着していた。

育ちのよい人間は、自然と人を気分よくさせる——私は、安斉に対して感じたのと同じような第一印象を、この管理官にも抱いた。小柄な男だが、体にぴったり合ったスーツに雪のように白いシャツ、地味な紺色のネクタイを合わせている。髪は今朝散髪したばかりのように綺麗に七三に分かれ、頭を下げるやり方は、慇懃無礼《いんぎんぶれい》の一歩手前で踏みとどまって、好印象を与えた。明らかに私よりも若いが、管理官ということは警視で、私よりも階級は上になる。対応が難しい相手だ。

「保安課の牧村《まきむら》です」

「高城です、どうも」

この言い方は、いかにも育ちが悪く聞こえるだろうが、意図的だ。私は、牧村が丁寧な仮面を被っているだけではないかとかすかに疑っている。だったら、多少乱暴に接して、素顔を晒してやろう。しかし牧村の態度は、私が少しばかりの敵対心を見せたぐらいでは崩れなかった。

「まず、お詫びします」再度頭を下げた。「今回、うちの捜査の情報が事前に漏れたようですが、ご心配をおかけしたんじゃないかと」

「何も心配してませんよ。そっちにはそっちの仕事がある。うちはうちです」

「取り敢えず、こちらから状況を説明させていただけませんか」

「まあ……どうぞ。そういう風に聞いていますんで」

牧村の後ろに立った公子が、私の無愛想を咎めるように、険しい視線を送ってきた。はいはい、分かってますよ……肩をすくめ、「面談室にお茶をお願いします」と彼女に頼んだ。

真弓と並んで、牧村と向き合う。コートは丁寧に畳んで、隣の椅子に置いていた。背筋をぴんと伸ばし、両手を軽く組んでテーブルに置いている。顔つきは真剣そのもので、誠実な人柄を感じさせる。これが入社面接だったら一発で内定を出すだろうな、と私は皮肉に思った。

「今回の捜査は、うちが主体になって、少年課、組織犯罪対策部にも協力をいただいています」

「聞いてますよ」ぶっきらぼうに吐き出す。強烈な視線を感じて隣を見ると、真弓が私を睨みつけていた。

ぴりぴりした空気に動じる様子もなく、牧村が淡々と続ける。

「発端はタレコミです。去年の夏の甲子園大会に絡んで、大規模な野球賭博が行われているという話でした。内偵していくうちに、構図が分かってきました。最初は、高校生が遊びで始めたようです。賭博ではなく、一種の予想クイズのようなものだったんですが……システムは実によくできています。最近の高校生は、なかなかすごいですね」

「クソの役にもたたないことに習熟しても、意味はないでしょう」それだけの頭があるなら、別のことに使え。

「間違った方向へいかなければいいんですが」ひどく真剣な声で牧村が言った。個人の心情を吐露したのはそれだけで、すぐに説明を続ける。「陰で動いていたのは別の連中です。以前、保安課で挙げた連中がいます。いずれも二十代で、賭博の胴元なんですが、この連中が高校生たちに目をつけました」

「ヤクザなんですか？」

「違います。いわゆる半グレで、組織だって動いているわけではありません。必要な時だけ集まるというか……最近はそういう連中が多いんです。とにかくその連中が、高校生に接触して、取りこみました」

「そんなに簡単に？」

「金があれば、人は転びます。高校生でもそれは変わりません。とにかく高校生たちは指示通り、それまで作っていたシステムを改造して、金を賭けられるようにしました。高校生たちはシステムを作っただけで、実際の集金などについては、胴元たちが行っていたようですが」

「現段階で、誰かパクっているんですか」

「胴元の三人を朝から呼んでます。否認していますが、すぐ吐かせますよ」

「学校の方の捜査は？」

「ＯＡ教室に捜索を入れています。専用のサイトがあったんですが、そこのログを調べると、学校からアクセスしたことが分かったんです」

ひどい、というか無様な話だ。高校生たちは、いったいどんなつもりでやっていたのだろう。単純なアルバイト感覚か、あるいは遊びのつもりだったのか……だとしたら、高校生たちの罪を問うのは難しいかもしれない。徹底的に説諭して反省させ、責任は全て胴元たちに背負わせる手もある。その辺は匙《さじ》加減次第だ。

「動いた金はどれぐらいなんですか」真弓が割って入った。

「今把握しているだけで、一億を超えています」

「そんなに？」真弓が眉をひそめる。

「ネットですから、誰でも簡単に参加できるんですよ。薄く広く儲ける、ですね。参加した人間を全員特定するのは、難しいかもしれませんが、公判維持に関しては、そこまでする必要はないと思います」

「かかわっていた高校生は、把握できているんですか」私は質問を続けた。

「おおむね」牧村がうなずいた。「これから事情を聴くことになります。生徒たちの家も捜索する必要があるでしょうね」

「それで、栄耀高校の野球部は、賭博にかかわっていたんですか」私は肝心なポイントに足を踏み入れた。賭博の捜査に関しては、私としては論評する権利もないし、手伝うこともないだろう。大事なのは一点だけ、翔太の問題だ。

「噂はあります。金を貰って、甲子園で胴元が有利になるようなプレーをしていたとか」

「まさか」つぶやく自分の言葉が、ひどく頼りなく聞こえる。

「賭けは、非常に細かい内容でした」牧村が両手を離し、スーツの内ポケットから手帳を取り出した。すぐに目的のページを見つけ出し、すらすらと説明する。「例えば、栄耀高校の試合を例に取ると、花井翔太選手の第二打席の結果はどうなるか、というような感じですね。選択肢は三振、ヒット、四球、打ってアウト、と四つになっています」

「翔太は二打席目が一番打率が高い」という山尾の証言を思い出した。記者でなくても、ちょっと分析すれば、それぐらいのことはすぐに分かるだろう。だから、「ヒット」か「四球」に張るのが一番勝てる確率が高い——馬鹿な。不謹慎な考えを捨て去るために、私は頭を振った。

「特定のチームが勝つか負けるかを賭けの対象にしても、胴元はコントロールできない。でも、選手レベルなら何とでもできるんですよ」

「例えば、多くの参加者がヒットに賭けていて、胴元の関係者が三振に賭ける。選手がわざと三振すれば、儲けは何倍にもなる」

「そういうことです」牧村が、音を立てて手帳を閉じた。「賭けの項目は全て把握していますが、どういうわけか個々の選手では、花井翔太の出現度が一番高い」

「それは……彼は注目の選手だからじゃないですか」

「注目される選手は、他にもたくさんいましたよ。去年の甲子園は、豊作でしたからね」

「それとこれとは関係ないでしょう。栄耀高校の生徒がシステムを作っていたなら、花井翔太が多く出てくるのは普通じゃないですか。あのチームで一番のスター選手なんだし」

「ログの解析から、八百長があった可能性が高まっているんです」牧村がまた両手を組み合わせた。「花井翔太の打席が対象になった賭けのうち、七割で、掛け率が低い方が当たっているんです。胴元はここに賭けていたと見られます。七割ですよ？」

「統計学的には、サンプル数が少な過ぎるのでは？」無駄かもしれないと思いながら反論する。私の苛立ちは、頂点に達しようとしていた。

「これは学問ではなく、捜査です。疑わしいと思えば調べるだけです」

「で、保安課では、花井翔太が八百長にかかわったと見ている？」

牧村が首を横に振る。否定だろうと考えて私は胸を撫で下ろしたが、彼はそれほど甘い男ではなかった。「分からない、というのが当初の段階での感触です」と告げる。

「それで、今は？」

「正直に申し上げて、疑っています。花井翔太は、何故姿を消したんでしょうね。我々の捜査が本格的になるタイミングでいなくなったのは、おかしいと思いませんか」

「それは――」反論しかけて、私は自分が何の材料も持っていないことに気づいた。ゆっくりと口を閉じ、牧村を睨みつける。

「今の段階では、花井翔太が八百長に関与しているとは断言できません……本人の口から事情を聴くまではね。ところが、肝心の本人がまだ行方不明だ」

「仕事が遅くて申し訳ないですね」思わず皮肉が口を突いて出た。

「失踪課さんの仕事のやり方に関しては、私は素人ですから何も言えません。今日はお願いに来たんです。花井翔太を見つけ次第、こちらにも連絡して下さい。すぐに事情を聴きたいんです」

「先に家族に会わせますよ。捜索願が出ているんですから」

「それは後にしてもらえませんか」表情も口調も変えずに、牧村が言った。「証拠湮滅が怖いんです」

「それは分かるけど、相手は高校生だ」

「犯罪にかかわっているとしたら、年齢は関係ありません」

「そんなに、派手な事件をまとめて宣伝したいんですか」

私の皮肉にも、牧村はまったく動じなかった。本音を感じさせない表情のまま、うなずく。

「賭博は違法行為です。しかも、なかなか実態を摑めない。それがネットを舞台にしていると、ますます捜査しにくくなるんですよ。こういうことが広がらないようにするためには、一罰百戒が一番です。そのためには広報対策も大事でしょうね」絵に描いたような官僚答弁。

「問題なのは、胴元の連中が賭博を開帳したことではないんですか。八百長があったかどうかは、二義的な問題でしょう」私はむきになって反論した。

「よろしくお願いします」私の問いには答えず、牧村が頭を下げた。「上の方からは正式にお願いすることになりますが、それより先に、現場から現場へお伝えすることが礼儀かと思いまして」

言い返せない。自分たちの評判を上げたいという野心があるにせよ、保安課の仕事は何一つ間違っていないのだ。翔太を疑ってかかっているのは気に食わないが、もしも逆の立場だったら、私も同じように考えただろう。

この件、広報はどのように発表するつもりだろう。まさか、いきなり翔太の名前を出すことはあるまいが……「ドラフト一位で指名された高校球児がかかわっていた」と漏らすだけで、マスコミは食いつくだろう。翔太の名前を割り出す記者も出てくるはずだ。

「マスコミ向けには、絶対に花井翔太の名前を漏らさないで欲しい」

「そのつもりは毛頭ありません……現在のところは」

今はその言葉を信じるしかない。脅し、説得し、要求を呑ませるだけの力がない自分の情けなさを、私は強く意識した。

　牧村は最後まで礼儀正しく帰って行った。一度も声を張り上げることすらなかったのには感心したが、それでこちらの気持ちが穏やかになるわけではない。真弓は「少しむきになり過ぎね」と、私に対する短く鋭い批判を残して室長室に引っこんでしまった。取り残された私は、安斉に電話をかけ、広報部としての対応を確かめた。

「今、保安課長が会見しています」

「花井翔太の名前が出るようなことがあるんだろうか」

「それはちょっと……会見でどういう質問が出て、課長がどう答えるかは、こちらとしては把握していませんから。コントロールできることでもないですし。後で、会見に出ているうちの部員に確認しておきますよ」

「何度も手間をかけて申し訳ない」

「いえいえ」安斉が愛想よく言って電話を切る。

　私は一つ溜息をつき、椅子に背中を預けた。ぎしぎしという嫌な音を聞きながら、天井を見上げる。名案が浮かんでくるわけではなく、気持ちだけが急いた。外を回っている連中を呼び戻すべきだろうか……いや、仕事の邪魔をする必要はない、と判断する。保安課の仕事は、私たちに直接は関係ないのだ。もちろん、翔太を見つけ出せば話は別だが、こちらへ呼び戻してだらだらと打ち合わせをしている間に、捜す時間が削られてしまう。

「参ったな」

「確かに参ってますね」

公子が新しいお茶を淹れてくれた。一口啜り、「過去の野球の試合結果を調べる方法、ありませんかね」と相談した。

「醍醐君にでも聞いてみたら？」

「聞き込みの邪魔をしたくないんですよ」

「じゃあ、ネットで」

「何でもかんでもネットって言われてもね……」首を振り、顎を擦る。公子まで、ネットの万能性を信じているのだろうか。

「文句を言う前にやってみればいいじゃない」にやにや笑いながら公子が言った。「パソコン、使えないわけじゃないでしょう」

まったく……文句を押し殺しながら検索をかけた。「高校野球　成績」「高校野球　結果」などのキーワードを打ちこんで調べる。何ということはない、スポーツ新聞のサイトで、去年の夏の甲子園の全試合結果を掲載したコーナーを見つけた。手帳を広げ、栄耀高校の試合をチェックしていく。

一回戦、長野代表・千曲川《ちくまがわ》高校戦。第一打席から、ライトフライ、ショートゴロ、センター前ヒット、四球、レフトへのホームラン。この時点で三打席連続出塁だ。

二回戦、札幌常盤《ときわ》高校戦。四球、レフト前ヒット、四球、四球、レフト線への二塁打。敗れた三回戦の長崎清栄《せいえい》学院戦ではセンターへのホームラン、四球、ライト線へ流し打って二塁打と、ここまでで十一打席連続出塁を果たした。最後はライトフライ。記事によると、深く守っていたライトが、フェンスにぶつかりながら辛うじてキャッチする大飛球だったらしい。

どこが賭けの対象になっていたのか……打者として八百長をやりやすいのは、わざとアウトになることだろう。そうであるなら、初戦の第一、第二打席、三回戦の最終打席が対象になる。しかし三振ならともかく、バットに当てて、なおかつ確実にアウトになるのは、狙ってヒットを打つのと同じぐらい難しいのではないか。また四球は、賭けの対象になりにくいだろう。翔太は、地方予選での打率が六割を越えている。勝ちを強く意識すれば、ピッチャーはこんな打者とまともに勝負をする必要はない。卑怯《ひきょう》だと罵られようが、クサいところを突いて歩かせるのも作戦のうちだろう。そう考えると、賭けても儲けは少なかったはずだ。

しかしこの件に関しては、やはり醍醐の意見を聞きたい。高校球児が甲子園で八百長をやるとしたら、どんなケースが考えられるか……あいつはむきになって「あり得ない」と否定するかもしれないが、冷静に考えて欲しかった。例えば弱みを握られて誰かに脅されていたとか。本人ではなく、家族や恋人が、実質的に人質に取られていた可能性もある。……水穂だろうか。彼女が色々問題を抱えていたのは間違いなく、何かトラブルに巻きこまれていたかもしれない。このシステムを作った栄耀高校の生徒たちがそれに気づいて、胴元に連絡していたとしたら——まずい。考えが、どんどんマイナス方向に向いてしまう。

私が今心配しているのは、保安課が先に翔太の居場所を捜し出してしまうことだ。連中は、躊躇せずに翔太を取り調べるだろう。その結果何か出てきたら……出てこなくても、スキャンダルに巻きこまれたら……私たちの仕事は、あくまで失踪人を捜し出すことだが、捜査しているうちに対象に感情移入することはままある。将来有望な若者を守らなければ、という保護意識は、今回は特に大きかった。

電話が鳴り、私は真夏の甲子園から一月の東京へ引き戻された。溜息をついて、目の前の受話器に手を伸ばす。醍醐だった。

「定時連絡です」

「こっちは悪い連絡だ」

「何ですか」醍醐の声が強張る。簡単に事情を話すと、いきなり爆発した。「八百長なんて、あるわけないでしょう！」

私は思わず、受話器を耳から離した。気持ちは分かるが、私に怒鳴っても何にもならないではないか。

「落ち着けよ。そうと決まったわけじゃないんだから」

「保安課に殴りこみますか？」

「やめておけって」先ほど真弓に同じようなことを提案したのを忘れ、私は慌てて醍醐の暴走にストップをかけた。「否定する材料があるならともかく、今の段階じゃどうしようもないぞ」

「じゃあ、その件を聴いて回りますよ。試合中に何か様子がおかしかったら、チームメートだったら分かるでしょう」醍醐はほとんど自棄《やけ》になっていた。

「よせ」私は慌てて言った。「学校にも捜査が入ってるんだ。今頃は大騒ぎになってるはずだぞ。何も、お前がそれに輪をかけて騒ぐ必要はない」

「……分かりました」爆発した時と同じように唐突に、醍醐の怒りが引いた。「でも、そんなことはまずあり得ませんから」

「そのことは……」置いておこうと言いかけて、私は言葉を呑んだ。失踪の原因として、頭の片隅に置いておいた方がいいだろう。「もう一つ、情報がある」

「何ですか」

「花井翔太は、怪我をしていた可能性があるんだ」

「間違いないんですか」

「あくまで可能性だ」まだ怒っているのか……醍醐はこちらの話をちゃんと聞いていない。

「この線は調べた方がいいな。チームメートの方に回るなら、その件を中心に調べてくれ」

「オス」

「くれぐれも内密に。学校側は神経質になっているはずだ」

「オス」

電話を切って、溜息をつく。あいつはこの件に関して、個人的な感情が入り過ぎているから、学校に対する捜査からは外すか……頭を抱えて考え始めると、「何やってるんですか」と声をかけられた。いつの間にか部屋に入って来た愛美が、不思議そうにこちらを見ている。私は状況を手短に説明した。

「何か、どんどん訳が分からなくなってるんですけど」愛美が首を捻る。

「そうだな……ところで、秋庭香織の方は、結局駄目だったんだな」

「隠している感じじゃないと思います。もしもそうなら、そもそも私にスマートフォンは渡さないと思いますよ。いつ電話がかかってきたり、メールがきたりするか、分からないじゃないですか」

「ああ」

「友だちにも話せない事情なんですかね」

「そういうことなんだろうな」歯切れが悪いことしか言えないが、仕方がない。「取り敢えず、これから千葉へ行こうと思うんだ。怪我のことについて、家族や中学時代のチームメートに話を聴いておきたい」

「一緒に行きましょうか？」

「そうするか。会う人間は何人もいるから」

私は椅子の背に引っかけてあったコートを持って立ち上がった。愛美も急いでコートを着こむ。席が暖まる暇もなかったな、と申し訳なく思う。電話が鳴ったので受話器を取ると、安斉だった。会見の様子を伝えてくれたのだが、保安課では栄耀高校の名前や、関与を疑われる生徒の名前を一切出さなかったという。それで少しだけほっとして、丁寧に礼を言った。

さあ、ようやく動ける——出かけようとした瞬間、携帯が鳴り出した。少し待つように愛美に目で合図してから、相手を確かめもせずに電話に出る。

「ああ、俺だけど」捜査一課にいる同期の長野《ながの》だった。声が暗いのに気づき、私は動転した。常にテンションが高いこの男が落ちこむなど、前代未聞である。

「どうした、風邪でもひいたか」

「いや……今ちょっと情報が入ったんだが」

「ああ」

「お前、昨日、荻窪の火事の現場にいただろう」

「いたよ」まさか、高井が放火したとか？　私は携帯をきつく握り締めた。「それがどうかしたのか」

「今朝から現場検証をやってたんだが、地中から遺体が見つかった。場所から見て、基礎工事をしている最中に埋められたんじゃないかと思う」

「何だって？」思わず甲高い声を上げてしまった。愛美が驚いて私の顔を見る。「身元は」

「まったく分からない。完全に白骨化していた。ただ……子どもみたいなんだ」

私は、全身から力が抜けるのを感じた。全ての矢印が、ある一点を指している。まさか……あり得ない。

あり得ないと信じたかった。

「遺体はどこにある」かすれた声で私は訊ねた。

「所轄だ。だけど、お前は来るなよ」鋭い口調で長野が釘を刺した。

「どうして」

「とにかく、来るな。俺に任せろ。来てもお前には遺体は見せないからな」

「何のつもりだ」

「まだ何も分からないんだから。いいな？　お前は自分の仕事をしてろよ」最後は叫ぶように言って、電話を切ってしまった。

最悪の想像が勝手に走り、椅子にへたりこんでしまう。すぐに立ち上がろうとしたが、体に力が入らない。愛美は無言で私の傍らに立ち尽くしていた。気づくと、公子と真弓も側に来ている。

「高城君、どういうこと？」

真弓の質問に、私は長野からの電話の内容を説明した。ぽつりぽつりと。言葉を発すること自体が苦痛で、喋っているうちに明確な吐き気がこみ上げてくる。実際、吐くのではないかと思った。慌てて今日二回目の胃薬を喉に放りこむ。真弓がそれを見て、顔をしかめた。愛美は無表情で私を見ている。

「とにかく、所轄に……」

「待って。ちょっと待って」それまで見たこともない慌てた様子で、真弓が両手を広げる。「とにかく、もう少し待って。五分でいいから」右の掌を広げて見せ、真弓が室長室に引っこむ。私はその姿をぼんやりと見ながら、視界が霞《かす》むのを感じていた。

沈黙。さすがの愛美も、かけるべき言葉を失っているようだ。公子も同様。私の想像はますます悪い方に進み、この場で自分を傷つけ罰したいという気持ちが膨らんでくる。あんなに家に近い場所で……何故気づかなかった？

真弓が部屋から出て来る。いつものきびきびした調子を取り戻していた——あるいはいつも以上に。手帳を片手に、極めて事務的な声で告げる。

「所轄に確認したわ。遺体は、焼け跡を調べている時に偶然発見されたんだけど、完全に白骨化していて、衣服も残っていない。身元を表す物は何もないし、性別も不明。年齢も推測しかできないわ」

「何歳なんですか」

「五歳から八歳ぐらい。でも、体格には個人差があるから——」

「分かってます！」叫んで、私は拳を腿に叩きつけた。そんなことをしてもどうにもならないと分かっているのに、自分の体に痛みを与えざるを得ない。

「DNA鑑定をすることになるけど、少し時間がかかりそうね」

「そうですか」

「高城君、これからの予定は？」

「もちろん、遺体の確認に——」

「それは駄目。この話を聞く前、どうするつもりだったの？」

「千葉へ行くつもりでした。花井翔太の実家と友人たちに事情聴取する予定でした」

「そのまま行って。明神も一緒に」

真弓が愛美に目配せする。愛美がどう反応したかは、私には見えなかった。何に助けを求めていいのか見当がつかず、自分がどうするべきかも分からないまま、私は椅子から一歩も離れられなかった。

「所轄には、私が行きます」真弓が静かな声で宣言した。「何かあったらすぐに連絡するから」

「しかし、せめて近くにいた方が……」

「すぐには分かりません」真弓がぴしゃりと言い切った。「DNA鑑定は、今すぐというわけにはいかないわよ。だから今は、やるべきことをやって。明神？」

何かが肩に触れた。振り向いてみると、愛美の小さな手が乗っている。温かみを感じるわけではないが、右へ左へと大揺れしていた気持ちが、少しだけ真ん中へ向かって落ち着いていく。私はデスクに左手をついて、何とか立ち上がった。何か重い物でも背負ってしまったように、体の動きが鈍い。何とか歩き出してみたが、両膝に添え木でもしているようにぎくしゃくしてしまう。

「高城さん」

辛うじて振り向くと、愛美が車のキーを放って寄越した。右手を伸ばしたが取り損ね、あたふたしながら何とか左手を膝の辺りまで伸ばしてキャッチする。不思議なことに、それで自然に動けるようになった。

公子がこちらを凝視しているのに気づき、目を合わせようとしたが、視線を逸らされてしまう。何か恐ろしい物でも見たかのように――気持ちは分かる。

駐車場まで出ると、愛美が当然のように助手席側に回りこんだ。俺に運転しろというのか？　無理だ。この状態でハンドルを握っても、周りの光景すら目に入らないだろう。愛美は心中覚悟で助手席に座るつもりなのか。

「運転、お願いします」

私はルーフに両手をついた。簡単に言うな……両手がかすかに震えているのが分かる。

「死にたいのか」顔も上げずに訊ねる。

「サイドブレーキ、ずっと握ってますから」

「どうして俺に運転させたい？」

「何があったと思ってるんですか」愛美が急に、怒ったように言った。「まさか、あんなところに綾奈ちゃんがいたって思ってるんじゃないでしょうね？　あり得ません」

「どうしてそう言い切れる？」

「あんな近くにいたら、高城さんが気づかないわけないでしょう」

死んでいたら、分かる訳がない。死者に声はない。だが私は、「死」という言葉を口に出せなかった。

「だいたい、あの頃、燃えた家はどうなってたんですか」

「建築中だった」

「基礎工事中？」

「……だったと思う」

「それなら、何か埋めたりすればすぐに分かるでしょう。高城さんが見逃すわけがありません」

それとこれとは話が違う、と思いながら、何故か私はうなずいてしまった。とにかく今は何も分からない……分からないことだけが分かっている。

私は黙って、運転席に体を滑りこませた。

14

いっそのこと、覆面パトカーのスカイラインがマニュアル車ならよかったと思う。首都高はカーブが多く、走らせるのに気を遣う道なのだが、それに左足でクラッチを踏み、左手でシフトノブを操作するという煩雑《はんざつ》な動きが加われば、雑念を完全にシャットアウトできただろう。

それでも、所々が渋滞しているので、余計なことはあまり考えずに済んだ。レインボーブリッジを抜けて湾岸《わんがん》線に入っても、渋滞するほどではないが依然として車は多く、運転には気を遣わざるを得ない。スピードが落ちたので煙草をくわえると、愛美が鋭い声で「高城さん」と忠告し、ダッシュボードに貼られた「禁煙」――私専用だ――のプレートを指差した。仕方なく、煙草をパッケージに戻す。

彼女は、努めて日常を演じようとしており、私はそれに乗ることにした。小言や小さな怒りさえ、今の私には正気を保つための大事な要素なのだ。

アクアラインを通り、再び千葉県へ。二日ぶりだが、もうずいぶん昔のことのように思える。考えてみれば私はあの時、怯《おび》えていた。遺体が見つかったという連絡を受けて駆けつける度に感じた、心臓を鷲摑《わしづか》みにされるような恐怖。

コンクリート壁と、オレンジ色の照明――延々と続く同じような光景が、少しだけ捩《よじ》れた。気づくと、愛美が身を投げ出してハンドルを握っている。真剣だが、怒っている様子ではなかった。

「しっかり運転して下さい」

「ああ」右の掌をズボンの腿で拭い、ハンドルをしっかり握り直す。目を瞬かせて、前方の光景を――はるか先までトンネルが続いているだけだ――見渡す。それからは、とにかく車を真っ直ぐ走らせることだけを意識した。こんなところで事故を起こして、愛美を巻き添えにするわけにはいかない。事故の後始末に真弓が奔走する様子を考えると、自然に背筋が伸びた。

海ほたるのところで海上に出る。先日の朝の光景と違い、今日は夕日で空が赤く染まっていた。容赦《ようしゃ》なく車内を突き抜ける夕日に我慢しきれず、サンバイザーを下ろす。

「怪我の件、どこまで本当だと思いますか」いつもとまったく変わりない口調で、愛美が切り出す。

「何とも言えない」

「賭博とのかかわりは、本当にあるんですかね」

「保安課も、色々言ってるけど、確証を持っているわけじゃないと思う。醍醐は絶対に違うと言っている」

「醍醐さんは、思い入れが強過ぎるんですよ。高校球児が全員、聖人ってわけじゃないでしょう。うちの高校の野球部なんか、学校で一番柄が悪い集団でしたよ」

「本当に？」

「そこそこ強かったんですけどね。スポーツの実力と人間性は、一致しないと思います」

そんなものかもしれない。スポーツが上達する、強くなる第一条件は、エゴの強さではないだろうか。誰かに負けたくない、相手を蹴落としてやりたい――実生活ではともすればマイナスに捉えられがちなそういう感情が、選手の尻を蹴飛ばす力になるはずだ。ということは、いい選手ほどエゴが強いという理屈になる。

「花井翔太はどうかな……周囲の人間の観察だと、そんなことはしそうにない」

「それ、どういう理屈ですか？」

「仮に高校球児が甲子園で八百長をやるとして、どんな動機が考えられる？　金のため？　それとも何か弱みを握られて脅された？」

「ただ面白いから、かもしれません。そういうノリの人、いるでしょう」

「翔太は違うんだ。彼はたぶん、求道者タイプだよ。自分の腕を上げるために、ひたすら練習に打ちこんで、他の事には見向きもしない」

「日本人が好きなタイプですよね……でも彼、女の子と逃げてるかもしれないんですよ」

「ああ」

どうも、今回の自分の推理には穴が多過ぎる。観察が鈍いのか、考え方が甘いのか。右手で顔を擦って気合いを入れ直し、アクセルを深く踏みこんだ。緩い下り坂で、両側に海が広がっているのが見える。愛美が息を呑む気配が感じられた。この光景は確かに、黙って見るだけの価値がある。

「東京湾って、狭いですよね」

「二十分で、川崎から千葉だ」

「それでも、心理的な距離は遠いです。富津から東京へ出て来るのには、結構大変な決心が必要だったんじゃないですか」

「そうかもしれない」

多くの地方出身者が、十八歳で独立する。親元を離れ、都市部で進学したり、就職したりするためだ。だが、それより三歳若い段階で実家から出るには、相当強い意志が必要だろう。自分で進学先を決め、三年間を乗り切った翔太の精神力は、同年代の若者に比べてずっと強いはずだ。賭博などに巻きこまれるとは考えたくない。そんな誘いを受けたら、黙って相手をぶちのめすタイプではないだろうか。

車が――変な言い方だが陸上に戻ると、助手席で愛美がかすかに体を伸ばすのが見えた。普通に走っているだけとはいえ、長大なトンネルに続いて長い橋を渡ってくると、それなりに緊張するものだろう。私は慎重に、スカイラインを制限速度内で走らせることに集中した。千葉県側に入ると高速道路はがらがらで、どうしても意識が運転から離れがちになる。

「今、何時だ？」ダッシュボードの時計を見れば済む話だが、私は敢えて愛美に訊ねた。ただ会話を成立させるためだけに。

「四時半です」

「微妙な時間だな」

「最初にどこへ行くんですか」

「父親に会いたいんだけど……勤め先が地元の信用金庫だから、ちょうど仕事が終わる頃に、向こうへ着くことになる」

「家で摑まえればいいじゃないですか」

「母親と父親で、ちょっと温度差があるんだ。できれば、引き離した状態で話を聴きたい」

水穂の存在を母親は知らなかったが、父親は知っていた。息子との距離は、父親の方が近かったのでは、と思える。野球という共通言語もあることだし。

「とにかく、信用金庫に行ってみたらどうですか。そっちにいなければ、改めて家へ行けばいいでしょう。父親と母親を切り離して話を聴きたいなら、私が母親の方を引き受けますよ」

「そうだな」てきぱきと話す愛美の態度に、私ははっきりと安堵感を覚えていた。日常――部下に仕切られるぐらいが、私に相応しい日常なのだ。

五時十分過ぎ、私たちは父親が勤める信用金庫に到着した。裏手に職員用の駐車場があるので確認すると、彼のプリウスがまだ停まっている。まだいるようだ、とほっとして待機に入った。私は一度車の外へ出て、煙草を吸った。煙と一緒に吸いこむ空気は冷たく、肺に鋭い針を刺されるような感じがする。狭い道路を歩いている人の姿はなく、時折車が通り過ぎるだけ。夕方の買い物で人が多くなる時間帯のはずだが、この街ではそういうことはないようだ。

煙草をくわえたまま、両手をコートのポケットに突っこむ。寒さで、自然に背中が丸まってしまった。翔太が歩き始めた道のりの、はるけき長さを思う。この田舎町《いなかまち》から荻窪に出た時点で、彼は間違いなく軽いカルチャーショックを感じたはずだ。それが今度は、プロ野球という未知の世界に飛びこむ。いずれは、大リーグ挑戦も、本気で視野に入れているかもしれない。そうなったら、彼の人生は回り回って田舎に戻っていくのではないだろうか。まずキャンプ。大リーグのキャンプ地など、この街よりはるかに田舎で、見渡す限り地平線が広がるような場所で行われるはずだ。

そういう大きな変化が、これからわずか十年ほどの間に起きる可能性がある。翔太は、それら全てを受け入れる覚悟ができているのだろうか。仮に、最終目標を大リーグに置いているとしたら、一瞬たりとも立ち止まることは許されない。女の子と一緒に姿を消しているような場合ではないのだ。この出来事が、いずれは大きな染みになって、自分の人生に影を落とすことになる、と考えていないのだろうか。誰に聞いても思慮深そうな男なのに。

「高城さん」

愛美が鋭く呼ぶ声が聞こえた。慌てて駐車場に戻ると、父親の信也がプリウスのドアに手をかけたところだった。

「花井さん」

声をかけると、信也が驚いたように目を見開いて振り向く。私の姿を認めると、急に目を細めて険しい表情を浮かべた。私と愛美が近づくまで、ドアに手をかけたまま固まっている。

「何かあったんですか」訊ねる声は硬い。

「そういうわけじゃありません」

一度肩を上下させ、吐息を吐き出す。寒さのせいではなく、耳が赤くなっていた。

「脅かさないで下さい」

「緊急にお耳に入れたいことがあったら、電話しますよ。今、ちょっと話して大丈夫ですか」

「ええ」

「寒いですね……こっちの車に乗りませんか」

「構いませんけど」不満気に私の顔を見る。取り調べを受けるように感じているのかもしれない。

愛美が運転席に腰を下ろし、私と信也は後部座席に並んで座った。信也は明らかに緊張しており、肩が盛り上がっている。

「翔太君は、怪我をしていませんでしたか？」

「はい？」まったく予期していない質問だったようで、声が裏返る。

「怪我です。例えば、肩とか」

「いや……何でそんなことを聴くんですか」

私は簡単に事情を説明し、あくまで推測に過ぎない、とつけ加えた。ちらりと横を見ると、信也は腕を組んで難しい顔をしている。

「どうですかねえ」自分の言葉に自信がなさそうだった。

「分かりませんか？　一番よく知っているのはお父さんだからこそ、聴いているんですよ」

「少なくとも、本人の口からそういう話は聞いていません。怪我しているなら、素直に話すはずです。一人で抱えていると心配になりますからね……今までも、何度か怪我はあったんですよ。捻挫とかはしょっちゅうですし、一年生の秋には、左足の肉離れで、一か月ぐらい練習ができなかった」

「そういう時は、必ず話したんですね」

「ええ」

だったら二つに一つ——怪我をしていないか、逆に親にも打ち明けられないほどの重傷、ということだ。その推理を口にすると、信也が即座に否定した。

「そんなに大変な怪我をしていたら、絶対に隠しておけません。見ていれば分かります。どこかが痛いと、そこを庇って体の動きがおかしくなるんですよ」

「それはあるでしょうね」

「正月休みに見た時には、そんなことは一切ありませんでした」はっきりと言い切る。

「仮に肩の怪我だったら、分かりますか？」下半身を怪我していれば、歩き方がおかしくなるから誰にでも分かるだろう。だが肩は？　それこそボールを投げてみなければ分からないはずだ。そして翔太は、正月休み、ボールを握っていない――握っていないは大袈裟かもしれないが、投げてはいない。

信也は何も言わなかった。急に自信がなくなったようで、目が泳いでいる。

「正月に、キャッチボールをするところを見ましたか？」

「いや」短く否定する。

「それなら……もしも肩を故障していたとしても、分からないんじゃないですか」

「それはまあ……否定できないですけど。でも、怪我していたら、絶対に私に言ってます」

しかし、言えないほどの重傷だったら。

父親がどれほど翔太に期待を寄せ、鍛えてきたかは私にも想像できる。そしてガールフレンドのことを母親ではなく父親に話すぐらいだから、親子の関係は良好だったと考えていいだろう。だからこそ、言えないのではないか。父親に心配をかけたくない、と考えるのは自然だ。

「とにかく、気づかなかった、ということですね」

「ええ」非難されたと思ったのか、父親が重苦しい調子で相槌を打つ。「何かあったら、話さない子じゃないですから……それより、一緒にいる女の子はどうなんですか。見つからないんですか」

「今のところは」

「その女の子に、そそのかされたんじゃないんですか」父親の口調に、急に熱がこもり、明白な怒りが伝わってきた。「息子は野球ばかりで、そういうこと……男と女のことに関しては疎《うと》いから。その子は、息子が活躍して有名になったから、近づいてきたんでしょう。そういう子は信用できない。見つけたら、何かで罰することはできないんですか」

「息子さんの方で、被害者であるという自覚がない限り、難しいでしょう。十八歳なら、当然自分が何をやっているかは分かっているわけですし……」

「息子のせいだっていうんですか！」父親が声を張り上げる。「あいつには野球しかないんですよ。変な女に騙されて、遠回りするわけにはいかないんだ。私、その女の親に会いますよ。一言言っておかないと、気が済まない」

「待って下さい」私は信也の腕に手をかけた。「二人が一緒にいると確定したわけではないんです。今の段階でそんなことをしても、話がこじれるだけですよ」

「しかし……」反論しかけたが、上手い言葉が浮かばないようで、信也は黙りこんでしまった。背中を丸めると、体が小さくなったように見える。

会話が途切れ、車中に沈黙が満ちた。信也は顎に手を当て、何事か考えている様子だったが、ほどなく遠慮がちに口を開く。

「あの、さっき、ちょっと変なニュースを聞いたんですけど」

「何ですか」

「高校生が野球賭博にかかわっていたという話。あれ、本当なんですか?」

「詳しいことは私も知りません。部署が違うので」背中を冷や汗が伝い始める。嘘をつくと、いつもこうなるのだ。

「栄耀高校の生徒じゃないかっていう噂があるんです」

「そんなこと、どこで聞いたんですか」

「私にもネットワークがあるんですよ。野球好きの仲間の……本当なんですか? まさか、翔太がそれに絡んでいるなんてことはないでしょうね」

「息子さんは、どんな人ですか」

「え?」信也がぽっかりと口を開ける。

「野球が好きなんでしょう? 好きというレベルじゃなくて、息子さんにとっては神聖な物じゃないんですかね」そして絶対に裏切らない対象。練習すればするだけ、自分の思う通りにプレーできるようになる。

「それはそうです」

「それを汚すような真似をすると思いますか? 大好きで、崇《あが》めていると言ってもいいような対象なんでしょう」

「……ええ」うなずいたが、決して納得している様子ではなかった。

そして私は、今の言葉は父親に向けた物ではなく、自分を安心させるためだった、と意識した。

「怪我って、人に知られないように治療できるものなんですかね」信也が車で走り去ると、愛美がぽつりと言った。

「肩なら……何もしなければ、怪我しているかどうか、分からないんじゃないかな。普段の生活には困らないけど、運動する時だけ痛いというのもあるらしいし」

「そうですか……次、どこへ行きます？」

愛美がエンジンをかけた。自分で運転したかったが、代わってくれ、というのも不自然な気がする。それに今は、翔太のことで頭が一杯になっていた。

捜査はいつでも、最良のリハビリになる。

「中学時代にバッテリーを組んでた子がいるんだ。一番花井翔太のことを知っていると言っていい。その子に会いに行こう」

だが、泰治は家にいなかった。家族に確かめると、受験の準備で木更津の予備校に行っているという。帰りは遅くなるようだ。どうやら泰治は、野球の腕を生かすのではなく、普通に受験して大学に進むつもりのようである。仕方なく、他のチームメートに当たることにした。

富谷聖《とみやさとし》。中学時代は一塁手で、私は前回も話を聴いている。いかにも一塁手という夕イプの、すらりと背の高い男で、どこかぼうっとした表情を浮かべていたのが印象に残っていた。それなのに、声はやけに甲高い。

聖は家で夕食中だったようだ。口を動かしながら玄関まで出て来たが、しばらく言葉を発せない。喉が上下すると、ようやく「どうも」という言葉が出てきた。私のことは覚えているようだった。

「一つ、聞かせて欲しいんだ」玄関先で立ったまま、私は訊ねた。「花井君は、怪我してなかったか?」

「は?」脳天から突き抜けるような高い声。「何すか、それ」

「正月に自主トレにつき合っただろう? その時何か気づかなかったかな」

「いやあ、別に」聖が首を捻る。

「ボールを使ってなかっただろう。自主トレはずっとそんな感じだったのかな」

「そうすね。走るのとストレッチ、それに筋トレぐらいで」

「筋トレはどこで?」

「中学校を借りました。あそこ、結構ちゃんと道具が揃ってるんすよ」

「こう……」私は両手を耳の横で揃え、上下させてみせた。「肩を鍛えたりする運動、あるだろう?」

「ショルダープレスとか？」聖も同じような動きをする。

「そういうのはやってなかった？」

「ああ」聖が短く笑った。「あれね、無意味なんすよ。肩に筋肉をつけ過ぎると、野球選手は駄目なんです。特にバッターは体幹っすよ、体幹。遠くへ飛ばす力の源泉は、腕とか肩じゃないんです」自分の腹を叩いてみせる。ジャージを着ていても、板のように平たいのは分かった。

「じゃあ、腹筋とか」

「そうすね。あいつ、昔から腹筋は得意だから。百回一セットで五セットとか、平気でやってましたよ」

一気に五百回か。腹周りが気になる私としては、素直に感嘆せざるを得ないが、これでは彼が怪我していたかどうか、分からない。

「肩を庇ったりとか、そういうことはなかった？」

「自分が見てた限りじゃ、ないっすね。走るのも普通にやってたし、ストレッチも」

「そうか……」故障というのは、山尾の勝手な思いこみだったのだろうか。これだから新聞記者という人種は……それを信じて千葉まで走ってきた自分の間抜けさを呪う。それでもまだ、怪我説にしがみつきたかった。そうでなければ、八百長説を本格的に検討しなければならなくなる。「何か、愚痴を零したりとかは？」

「ないっすよ。元々そういうこと、言わない奴だし」

「でも、愚痴の一つぐらい言いたくなるんじゃないか？　不安な気持ちだってあるだろうし」

「いや、何もないですって」繰り返される質問に、さすがにうんざりしてきたようだった。唇を尖らせたまま、黙りこむ。が、ふいに何かを思い出したように、ジャージのポケットからスマートフォンを取り出した。「それより、栄耀高校で野球賭博って話、本当なんすか？」

「詳しいことは知らない」こいつも知っているのか……噂が流れるスピードは速い。

「何か、選手が八百長してたって話もあるみたいなんですけど」

「そんな話、どこで聞いた？」私は顔から血が引くのを感じた。

「ああ、掲示板で」聖が、ネットの巨大掲示板の名前を挙げた。

またあそこか……適当に受け流すべきなのに、真に受ける人間がいるから困る。

「あそこに書かれていることを頭から信じてると、まともな大人になれないよ」

「書き込みしてるの、ほとんど大人だと思いますけどね」

「分かった、分かった」こんな話は不毛だ。「それより、この辺でどこか、飯の美味い店はないかな」

「どうっすかね。この辺、田舎だから」まばらに髭の生えた顎を撫でながら、聖が言った。

「コンビニぐらいですかね」

　それで夕食を済ませるわけにはいくまい。公園の方に戻って、何か魚でも食べるか……あの辺で、何軒か建ち並んでいた店を思い浮かべる。観光地だから営業時間は短いはずだが、まだ開いている店もあるだろう。腹ごしらえをしてから、もう一度泰治を訪ねることにする。会えるまで粘るつもりだった。

　こんな時なのに、食べることを考えてしまう自分に驚いた。

　日常。


「そういう物、頼むから……」愛美が眉をひそめた。

　そういう物——海鮮かき揚げ丼。愛美はあなご丼だ。

「頼むから、何だ？」

　私は煙草に火を点けた。この料理屋は昼間の営業がメーンのようで、私たち以外に人はいない。小上がりに座卓が二つ、テーブル席が八つ。壁には、地元の少年野球チームの選手募集のビラが貼りつけてあり、新聞と週刊誌は一通り揃っている。典型的な、観光地の定食屋だ。値段も観光地仕様で、かき揚げ丼は千三百円もする。

「少しは体のこと、考えたらどうですか」愛美が怒ったように言った。

「考えてもどうしようもない」

「健康診断、ちゃんと受けてないでしょう。今はどんな病気でも、早期発見できれば簡単に治るんですよ」

「面倒臭いんだよ」

「子どもじゃないんだから……注射が怖いとか言わないで下さいよ」

私は黙ってうなずき、煙草をアルミ製の灰皿に押しつけた。長年使われているせいか、底はぼこぼこで、上から押さえると音を立てて揺れる。今夜の彼女は、いつにも増して攻撃的だが、それは意図的な物だと分かっている。最近は呆れてしまったのか、私がやることに一々口を挟まなくなっているのだ。

「それより、ネットの方が心配だ」

「それは、放っておくしかないんじゃないですか」愛美が首を振る。髪に当たる照明の角度が変わり、艶々と輝いた。「噂が流れるだけで、そこから何か問題が起きるとは考えられません。私たちが対策を考えるようなことじゃないですよ」

「いや、いずれ、名前が出るかもしれない。そういうのが残ると、後々面倒じゃないか。一度流れた情報を消すのは難しいだろうし」

「ああ」愛美が渋い顔をした。「そうですね。否定するのは、実質的に不可能かもしれません」

「仮に誰かが『関係ない』と公式声明を出したとしても、逆にそれを勘ぐる奴も出てくるからな」

「陰謀論、ですか」

「陰謀論は楽しいんだよ。いかにも自分だけが、全ての秘密を知っているように思えるから」思わず皮肉な笑みを零してしまう。

「分かりますけど、陰謀論を信じる人は幼稚なんですよ」

会話を断ち切るように愛美が立ち上がり、新聞を取ってきた。ぱらぱらとめくり、後ろの方のページで目を留める。「うわ」と悲鳴とも何ともつかない声を出した。

「どうした」

「これ」テーブルの上に新聞を広げて見せる。全国紙の地域版で、見開きの左ページ、その左肩に翔太の写真が載っていた。「飛翔」というタイトルがついているので、今年活躍しそうな地元の人を紹介する、この時期の特別企画だろう、と判断した。翔太はジャージ姿で肩にバットを担いでいる。顔は笑っていない。至って真面目な表情だった。カメラマンに「笑って下さい」と要求され、翔太が硬い表情で拒否する様子は簡単に想像できた。「バットを握っている時は笑いません」とか。

自分の力　試したい

パイレーツドラフト1位　花井翔太選手（18）　東京栄耀高校（富津市出身）

昨夏、甲子園を沸かした強打者が、今年はプロのグラウンドでの活躍を誓う。花井選手は、ドラフト1位という結果に満足せず、レギュラー取りを宣言した。

「プロに入るからには、1試合でも多く出たい。開幕から試合に出られるようにキャンプで体を作りたい」

182センチ、79キロという体格は、筋骨隆々ではない。しかし無駄な筋肉がなく柔らかな体は、ボディコントロールに優れている。冬休みの間も走りこみ、筋トレを続けて、体を作り上げてきた。体力的には、プロにもついていける自信がある。

「最初の段階で、どこまでやれるか早く見極めたい。練習にはついていけると思います」

小学生の時から、地元のチームで野球を始め、夜は父親の信也さん（46）がつきっきりでトスバッティングにつき合った。中学卒業までにバッティングケージを二つ壊してしまうほどの猛練習。それが今の花井選手の基礎になっている。

——等々。何とも間の悪い記事だと思う。栄耀高校にガサが入るその日の朝に、掲載されるとは……しかも翔太本人は行方不明。記者もそんなことは予想していなかったはずだが。もしも何か情報を摑んでいれば、掲載を見送ったかもしれない。

「でも、凄いですよね、こうやって新聞に載ってるところを見ると、実感します」

「これから毎日、スポーツ紙の一面に載るかもしれない」無事に戻れば、だが。

料理が運ばれてきたので、愛美が慌てて新聞を畳んだ。私は自分の丼を見て溜息をついた。いくら何でも大き過ぎる……かき揚げがこんもりと盛り上がり、丼の縁から五センチほど上空にまで達しているのだ。これでは飯まで辿りつけない。皿を一枚頼み、かき揚げをそちらに移すと、米は予想より少なかった。それだけかき揚げが大きいということか。

「まさかそれ、全部食べる気じゃないでしょうね」愛美が肩をすくめる。

「ガキの頃から、食事は残さないように教育されたんだ」

「胃薬、持ってますか？」

「食べ過ぎの胃薬はないな」

私の持病である胃痛の原因は、明らかにストレスに起因する胃酸過多だ。消化を促すような薬を飲んでいたら、胃が溶けてしまう。まあ、頑張るしかないだろう……幸運だったのは、かき揚げが予想以上に美味かったことだ。これだけ大きいと、中まできちんと火を通すのは難しいはずだが、しっかり揚がっている。しかも軽い食感なので、何とか胃もたれせずに済みそうだった。中にごろごろと入っているのは、海老にイカ、それにこの辺りの名物のアサリ。食べ進むうちにさすがに口中が油にまみれ、漬け物の助けを求める機会が増えてくる。愛美が食べているあなご丼は、見た目うな丼のようだが、それよりずっとさっぱりしているだろう。そちらにしておけばよかった、と後悔しながら何とか最後まで食べ終え、シジミの味噌汁で口の中を洗った。少なくともシジミは、酒呑みの体には優しいはずだ、と自分を慰めてみる。

煙草に火を点け、お茶のお替わりをもらう。早くも胃もたれがしてきたが、愛美の手前、泣き言は呑みこんだ。愛美はわざとゆっくり食べているようで、煙草の煙が漂い出すと、露骨に嫌そうな表情を浮かべて手を振る。ま、煙草もいい加減にしないと……そう思って揉み消そうとした瞬間、携帯が鳴り出す。泰治だった。

「布施泰治だ」

告げると、愛美が口中の物を呑みこみ、うなずく。意外だ、とでも言いたげに、首を傾げた。

「向こうもいろいろ心配してるんだろう」

私は通話ボタンを押し、煙草をくわえたまま店を出た。夜になって風が強くなってきているようで、背広だけでは寒さが骨身に染みる。

「高城です」

「すみません、電話して……名刺に携帯の番号が書いてあったんで」

「ああ、それは構わない。で、どうかしたかな？　予備校に行ってるんだよね」

「今、ちょっと抜け出したんです。あの……今日、聖のところに行きましたよね？」

「ああ」

「あいつから連絡貰ったんですけど」

「花井君の怪我のことか？　何か知ってるのか？」やはり、翔太を一番よく知る泰治は何か掴んでいるのか。私は携帯をきつく握り締めた。

「いえ、それは分からないんですけど、賭博の話、ありますよね。賭博っていうか、八百長」

変な噂に振り回されるとろくなことにならないぞ、と忠告しようとしたが、泰治は私が予想もしていなかったことを言い出した。

「翔太が、甲子園で八百長したっていう話があるんですけど」

「どこで聞いた？　ネットで見た話とかじゃ、信用できないぞ」

「違いますよ」泰治が慌てて説明した。「甲子園の時、もう噂になってたそうです。俺は、千葉から出場した高校の選手から聞いたんですけど……」

「間違いない？」

「聞いたのは間違いないです」

「その相手は？」

「いや、名前は知らないんですけど……顔は知ってます。試合したこと、あるんで」

ネタ元は特定できないかもしれない。だがここは、泰治からできるだけ情報を引き出しておくべきだ。

「これから会えないか？　予備校まで迎えに行ってもいい。家へ送る間に話ができるだろう」

「いや、もう帰りますから」

「じゃあ、直接家へ行く。待ってるよ」木更津から帰る泰治よりも、私たちの方が早く着くだろう。何時間でも待つ覚悟はできていた。

電話を切り、慌てて店へ飛びこむ。財布を抜いて千円札を三枚取り出し、店員を大声で呼ぶ。食事を終えてのんびりとお茶を飲んでいた愛美が、呆気《あっけ》に取られた表情で私を見る。

「八百長の件、本当かもしれない」

弾《はじ》かれたように、愛美が立ち上がった。


泰治は九時半過ぎに家に帰って来た。暗い道をとぼとぼと歩いて来る姿が街灯に浮かび上がったが、いかにも元気がない。秘密を抱え、その重みに押し潰されそうになっているのだろうか。

私たちが車を降りると、ドアの音に気づいてはっと顔を上げ、表情を強張らせる。街灯に照らされた顔は蒼白く、今にも泣き出しそうだった。

「家の人にはもう話をしてある。車の中で話そう」

「いや、でも……」先ほどの電話での様子と違って、やけに弱気だった。こちらへ戻って来るまでに、「余計なことを話してしまった」と後悔し始めたのかもしれない。私は彼の腕を取り、「連行」と見なされない程度の強さで車まで引っ張って行った。途中、泰治が露骨に溜息を漏らす。後部座席に座っても落ちこんだままで、言葉も発しない。

「元気がないな」

「いや……考えてみたらショックで」

「それは分かる。で、君はそれを信じたんだな？」

「だって、現場にいた人間の話ですよ」泰治が急に顔を上げる。「何もなければ、そんな噂にならないでしょう」

　私は手帳を取り出した。それを見て、泰治がまた顔を引き攣らせる。まるで、自分の言葉が記録されるのを恐れているようだった。もちろん今のところ、書きつけるべき言葉は何もないが。

「その話を聞いたのはいつなんだ？」

「甲子園が終わってすぐです。馬鹿馬鹿しいと思って、忘れてたんですけど……話を聞いた千葉花園《ちばはなぞの》高校の連中、一回戦で負けて、苛々している様子だったし。誰かの悪口でも言いたかったのかな、と」

「それを、どうして今になって思い出したんだ？」

「聖から連絡が来たから」

「で？　八百長っていうのは、どういう内容だったのかな」

　私は、日中に記録してきた翔太の甲子園での打撃結果を見返した。アウトになった打席が疑わしい。だが、泰治の言葉は、私の予想を上回るものだった。

「一回戦、第一打席の二球目、空振り」

　顔を上げ、彼の目をまじまじと見る。泰治は極めて真面目な表情だった。

「二回戦、第二打席の初球を見送り」

「話が細かいな」

「俺、賭けのことはよく分からないけど、それだけ細かい話だと、ばれにくいんじゃないですか？　それに、試合には直接影響ないし……監督の指示は無視することになるかもしれないけど、たぶん、あそこの監督も、翔太に対しては一々サインを出してないと思う。肝心なところだけで」

「それだけ信頼されてたってことか」

「だってあいつ、自分で状況を読んで打てるから。流し打ちもあるし、セーフティバントもするんです」

「あれだけのバッターが？」

「あれだけのバッターだから、そういうことができるんですよ」

かめようもない。
「そうか」それだけ細かい話だと、本人に聴いてみるか、スコアブックを見ない限り、確
「本当にやったんですかね」不安そうに泰治が訊ねる。
「それは本人にしか分からない」
「そうですか」泰治が唇を嚙む。
「しかし、そんな噂が流れていたとはね」保安課は、早い段階から情報を摑んでいたのか
もしれない。そもそもこれが発端だった可能性もある。「花井君は、そういうことは絶対
にやらないイメージがあるんだけど、君はどう思う」
「俺ですか」泰治が自分の鼻を指差した。「俺は……分からないですね。やってないと思
いたいけど、何があるか、分からないでしょう?」
「その通りだ」残念ながら、泰治の言葉は真実を突いている。人は、意図するしないにか
かわらず、罪を犯すものだ。些細なことだと軽く見て、過《あやま》ちに手を染めてしまう。翔太は
落ち着いた、おそらく同年代の高校生に比べればずっと大人びた考え方をするイメージが
あるが、人生経験は絶対的に足りない。
　嫌な予感が膨れ上がる。あまり聞きたくない話だったが……警察官をしている以上、避
けて通れないこともある。そういうことの方が多い。
　泰治を見ると、膝の上で握り締めた拳が白くなっていた。一瞬目が合いそうになったが、

逸らしてしまう。緊張のあまりか肩は盛り上がり、全身が強張っているようだった。

15

レインボーブリッジを渡り終えたところで、渋滞に摑まった。首都高はいつもこうだ。深夜や日曜の早朝でない限り、合流地点は必ず渋滞の先頭になる。頰杖をつき、煙草を恋しく思いながら、片手でハンドルを操る。

「署へ戻ったら引き上げてくれ」

「高城さんはどうするんですか？　今日はちゃんと帰って下さいよ」

「ああ……」しかし、家に一人でいるのが怖い。暗い可能性を心に抱えたまま、まんじりともせずに夜を明かすのに、耐えられそうになかった。

電話が鳴り出す。背広の胸ポケットから引き出し、手を伸ばして愛美に渡した。彼女が思い切り嫌そうな顔をしてみせてから、電話に出る。

「はい――室長」

ちらりと私の顔を見る。自分でも、目の下が引き攣るのが分かった。

「いえ、高城さんは運転中です。今、署に戻る途中で……あと三十分ぐらいかかると思います。ええ、はい……」愛美は前を凝視したまま、相槌を打っていたが、すぐに電話を切ってしまう。丁寧に携帯を畳んで、私に返した。

「結論から言えば、まだ分かりません」作ったように丁寧な声だった。

「そうか」唾を呑む。固形物を無理矢理呑み下したように、喉が痛んだ。

「やっぱり、ＤＮＡ鑑定にはかなり時間がかかるようです。ただ、検視で死因はある程度特定できています。頭蓋骨《ずがいこつ》に大きな骨折痕があって……頭を強打しているのは間違いありません」

「強打した、じゃなくて殴られた、じゃないのか」

「そうかもしれませんけど、骨折痕だけじゃ何とも言えません。解剖しても、結論は出ないんじゃないでしょうか」

白骨死体に「解剖」もないものだが、と皮肉に思う。ただ、詳しく調べれば、さらに死亡時の状況がはっきりするはずだ。

「確定していませんが、女の子らしいです」愛美が低い声でつけ加える。

また、喉の奥で何かが詰まるような感覚が襲ってきた。こんなことが続いたら、そのうち窒息してしまうかもしれない。「ああ」と答える声がかすれる。

「それだけです。室長も、今夜はもう引き上げるそうです」

「分かった。ありがとう」
苦しみは引き伸ばされるだけなのか。綾奈がいなくなってから、既に十年以上の歳月が
流れている。その先にあるかもしれない、最悪の結末。今すぐにも手が届きそうなのに
……しかし、そんな結末は欲しくない。私は、綾奈が生きている様々な可能性を頭の中で
転がしたが、全て一瞬で否定されてしまうのだった。
愛美を署の前で下ろし、車を駐車場に戻した。失踪課に戻ると、当然無人である。また
ここで一晩過ごす……当直の人間がいるから、所轄署はどんな時間でも無人にならず、人
の気配がする。今は何よりもそれにすがりたかった。誰かの——誰でもいいから人の気配
を近くに感じていたい。
だが、椅子に腰を下ろして煙草に火を点けた途端、やるべきことに気づいた。壁の時計
を見ると、午後十一時。何かを始めるには遅過ぎる時間だが、夜を一分でも短くするため
には、動き回っている方がいい。
急いで署を出て、山手線に乗った。酔っ払いに占拠されたような新宿《しんじゅく》駅で乗り換え、
自宅のある武蔵境ではなく荻窪で降りる。体が絞られるような寒さの中、早足で火災現場
に急いだ。
燃え残った部分には、ブルーシートがかけられている。現場検証は既に終わり、あとは

残骸を処分するのを待つばかりだ。そういえば、高井はこのことを知っているのだろうか。自宅の下に遺体が埋まっていたと知ったら、ショックを受けないわけがない。何らかの責任を感じる可能性もあり、私は彼と顔を合わせたくなかった。気まずい、というレベルでは済まなくなる。

まだかすかに焦げ臭さが残っていて、鼻を刺激してきた。あれだけ高井が手間暇かけた家が、こんな風になってしまって……胃をぎゅっと握られるような不快感が襲う。背を向けて家の残骸から離れ、公園に入った。冷たいベンチに腰を下ろすと、木々の隙間から、家を覆うブルーシートがかすかに見える。

ここにいても、何ができるわけではない。だが何故か私は、ベンチから腰を上げられなかった。煙草を二本灰にし、寒さに耐えながらひたすらブルーシートを見詰め、その奥にある家の残骸に思いを馳せる。

十年以上前のことを、必死に思い出してみた。建て替えでうるさくなるからと、わざわざ挨拶に来た高井。私の家とは、公園を挟んで反対側なのに……やがて古い家が取り壊され、基礎工事が始まった。そうこうしているうちに綾奈がいなくなり……上棟式はその少し後だった。高井は何かと忙しいのに、捜索に加わったり、ビラ配りをしてくれた。

あの頃私は、多くの人の厚意に支えられていた。高井や長野のような、警察内部の知り合い。近所の人たち。学校の関係者。しかし私は暗い世界に落ち、お礼もできないまま、この街を去った。今思えば、これ以上失礼なことはない。

三本目の煙草に火を点けようとした瞬間名前を呼ばれて、落としそうになった。振り返ると、高井が立っている。昨日会ったばかりなのに、一日でずいぶん年を取ってしまったように見えた。腰まである、濃い灰色の中綿入りのコートを着て、顎はマフラーに埋もれている。それでも寒さは防ぎ切れないようで、ポケットに両手を突っこんで背中を丸めていた。

私は久しぶりに立ち上がった。寒さのせいばかりではなく、体が強張っている。

「どうしたんですか、こんな時間に」てっきり、息子のところに身を寄せているとばかり思っていたのだが。

「気になって、眠れなくてね」

「今、どこにいるんですか」

「近所の人にお世話になってるんだ。小野田《おのだ》さん……」

「ああ、覚えてます」昔町内会長をやっていた人だ。あの当時でも七十歳ぐらいだったはずである。今は何歳になるのか。何かと面倒見のいい人で、綾奈の捜索でも先頭に立ってくれた。

「遺体が出てきた話、聞いた」

高井がベンチに腰かけた。私は少し距離を置いて座る。高井が煙草をくわえたので、私もならってすぐに火を点けた。短い時間で三本目なので、さすがに吐き気がこみ上げる。

「こんなことがあるんだな」

「何でも起こりえますよ。それが犯罪なんです」

「これも犯罪なのか？」

「遺体が勝手に土に潜るとは思えません」

「ああ」決まり悪そうに高井が言った。ようやく煙草に火を点け、煙を宙に漂わせる。ニコチンが欲しいというより、何かしていないと落ち着かない様子だった。「正直、ショックなんだ」

「分かります」

「何年も、あそこで暮らしていて、どうして気づかなかったんだろう。基礎工事をしている時に、分かりそうなものだけど」

「確かにそれは不思議です」

ふと、記憶が鮮明になった。綾奈がいなくなった翌日から三日ほど、雨が降り続いたのだ。そのことを指摘すると、高井も大きくうなずく。

「そうだ……しばらく工事が停まってたんだな」

「雨が降っている間は、工事の人も現場に近づかなかったんですから、何かあっても分からないと思います。それに雨で地面が洗われて、様子がだいぶ変わったんじゃないですか」

「不運だったか……いや、決めつけちゃいかんと思う。まだ何も分かってないんだろう？」

「ええ」

「きっと、違う」

根拠はない。だが、高井の言葉はありがたかった。単なる慰めに過ぎないのだが、そうやって言ってもらうだけで助かる。

「そうであることを祈ります」

「祈るなよ。祈っても誰も助けてくれない。でも、信じるんだ」高井の声に力強さが宿った。「信じなくなったら、そこで終わりだからな」

「ええ」

「私にできることがあったら、何でも言ってくれ。協力するから」

「高井さんは……今はそれどころじゃないでしょう」

「幸い、怪我はないからな」高井が大きく両手を広げた。「いろんな物が灰になったけど、何とかなるよ。この年になると、生きていくのにそんなに多くの物は必要ないから」

高井が携帯灰皿で煙草を揉み消し、膝を叩いて立ち上がった。「冷えるな……風邪を引かないようにな」と言い残して去って行った。

もしかしたら彼の邪魔をしてしまったのではないか、と悔いる。高井は一人、愛した家に別れを言いに来たのかもしれないのに。優しい男だから、この場で見かけた私に一声かけずにはいられなかったのだろう。今の段階でより大きなショックを受けているのは、間違いなく彼の方なのに。

体はすっかり冷え切っていた。酒が呑みたい。誰かに側にいて欲しい。時計を見ると、とうに十二時を回っている。「秀《ひで》」に顔を出したい、と強く思った。三鷹《みたか》にある、古い知り合いの伊藤哲也《いとうてつや》がやっている店だ。一人息子を殺された後、彼の生きがいはその店と、犯罪被害者の会の運営に集中している。私は、彼の息子が殺された事件の捜査で知り合い、その後綾奈が行方不明になった一件では、逆にこちらが世話になった。彼の暖かい励ましと美味い料理に、どれほど慰められたことか。だがこの時間、店はとうに閉まっている。

中央線の終電は行ってしまったか。

どうしていいか分からず、取り敢えず荻窪駅に向かって歩き出す。何千回と歩いた道程だ。こんな遅い時間にふらふらしていたことも少なくなく、この街の夜の表情もよく覚えている。昔から若者が多い街で、騒がしいがそれほど危険な臭いはしない。どこかの店に入って時間を潰すか、と一瞬考えたが、そのアイディアに強く惹《ひ》かれたわけではなかった。結局、何がしたいのか、自分でも分からない。

駅前まで出て、タクシーを拾う。気づくと、武蔵境の自分の家への道順を運転手に告げていた。

人の精神状態は、簡単には説明できないものだ。

朝、目覚めると同時に、私は皮肉に考えた。今の自分の行動を説明できる心理学者がいるなら、紹介して欲しい——綾奈が死んでいるかもしれないと分かった翌朝、私は快適に目覚めたのだ。さすがに睡眠十分というわけにはいかなかったが、いつまでも愚図愚図と布団の中で煩悶することもなかった。昨夜に続いてもう一度シャワーを浴び、眠気を洗い流す。まだ髪が少し濡れた状態で、家を出た。

歩きながら携帯電話をチェックする。昨夜のうちに、誰かが連絡してきた形跡はなかった。気になるのは、賭博事件の捜査である。私にとって最悪の結末は、保安課が先に翔太を見つけ出してしまうことだ。もちろん、見つかるに越したことはないのだが、主に面子《メンツ》の問題が引っかかる。失踪課など、警視庁の中ではまったく重みを持たない部署だと分かってはいるが、中にいる人間にはそれなりの意地もあるのだ。行方不明の人間を捜すエキスパートだ、と自分たちでは信じている。それなのに出し抜かれたら、深く頭を垂れて反省するしかない。

家族にも合わせる顔がない。

ラッシュの電車——井の頭線の先頭車両に乗るには、相当の精神力と体力が必要だ——に揉まれて渋谷駅に着いた時には、いつもの安堵感を覚えていた。いつまでこんなことを続けなければならないのだろう、と少しだけ嫌な気分になる。勤め人にとって通勤はつきものだが、いい加減うんざりしていた。こんなこともあと十年ほどだ、と意識したが……その先のことなど、考えられない。

まだ時間に余裕があった。いつも通るルートの途中――モヤイ像の前の小さなカフェが目に入る。そこへ寄って、エスプレッソを頼んだ。店内は、コートを着たまま朝の一杯を楽しむ人たちで満員で、私は二人の女性に挟まれて肩身の狭い思いを味わうことになった。向こうも鬱陶しく思っているだろうが……ふと視線を横に向けると、女性が広げている新聞の見出しが目に入る。

「野球賭博　強豪校生徒が関与か」

社会面のトップだ。昨日はよほどニュースがなかったのか……いや、栄耀高校が舞台だと分かっていれば、これぐらいの扱いは当然だろう。

私は荷物を置いたまま席を離れ、店の向かい側にある売店に足を運んだ。署に行けば新聞などいくらでも読めるのだが、取り敢えず東日新聞――事件には一番強いと思っている――を買い、席に戻る。ちょうどエスプレッソが運ばれてきたところで、私は放置したまま新聞を広げた。

図解つきで長い記事が載っている。

昨年夏の高校野球を舞台に、大規模な野球賭博が行われていたことが分かり、警視庁は十日、関係箇所の一斉捜索に乗り出すと同時に、関係者の事情聴取に乗り出した。容疑が固まり次第、逮捕する。

ということは、まだ逮捕者は出ていないわけか。昨日の段階で胴元を「呼んでいる」と言っていたはずだが、保安課は案外手間取っているのかもしれない。妙にほっとしながら、私はエスプレッソを一息で飲み干した。苦味が喉を通り過ぎて意識が鮮明になった瞬間、ふと昨夜の記憶が蘇る。

泰治。最後に私は、かすかな違和感を覚えていた。きつ過ぎるほど握り締められた、泰治の拳。あまりにも緊張して、全身が凍りついてしまったのではないかと思えた。

あれは何だったんだ？　友人が野球賭博に関与していたかもしれないと思い、精神的に追いこまれてた？

そうではないかもしれない。

金を払って店を出た。この店は何度か使っているが、ひどく割高だ。一口で飲み干せるエスプレッソが五百五十一円。しかし今の私には、不当とも言える値段に文句を言っている暇はない。渋谷中央署まで、ここから歩いて五分弱。その間に考えをまとめることができるだろうかと、そればかりが不安だった。

愛美は先に失踪課に到着していた。顎をしゃくって面談室に誘う。昨夜はほとんど車だったので、面と向かって喋るのは、ずいぶん久しぶりな感じがした。

「昨夜は帰ったんですね」

「帰ったよ」私は髪を撫でつけた。

「それなら結構です。で、何ですか？」早々に説教モードから離れたようだ。

「昨夜なんだけど……布施泰治の言っていること、どう思った？」

「証言の内容自体ですか？　それとも彼の態度ですか？」

さすがに愛美は鋭い。普通は、「内容」のことだと思うだろう。おそらく彼女も、疑いを抱いていたのだ。

「俺と話している時、バックミラーで顔が見えてたよな。どんな感じだった？」

「緊張してましたね。ただ、警察官と話していたからなのか、内容のせいなのかは分かりません」

「不自然ではなかった？」

「緊張するのは普通でしょう。ただ……」愛美がすっと唇を結ぶ。一瞬うつむき、すぐに顔を上げたが、目つきが少しだけ険しくなっていた。「緊張し過ぎてましたね」

「というと？」

「高城さん、彼と会うのは二回目でしたよね」

「ああ」

「最初の時、どんな感じでした？」

「普通だったな……普通に喋って、普通に花井のことを心配してたよ」

「基本的に、あまり緊張しないタイプだと思うんですよ」愛美が指先を弄《いじ》った。爪は短く切り揃えられ、マニキュアもしていない。「図々しいというか、図太いというか、そういうタイプに見えました」

「最初に会った時には、俺もそう思った」

「それに一回会っている相手なら、二回目はもっと緊張が解《ほぐ》れるでしょう？」

「だけど、事が事だぜ？　それに、言葉は悪いけど、仲間を売ろうとしたことにもなる」

「それは大袈裟ですけど……」愛美がまた爪を弄った。「それでも緊張し過ぎですよ」

「嘘をついていた可能性もあると？」

「ええ」愛美がうなずいた。「でも、本当にそうかどうかは、証明できるんじゃないですか。突っこめば、耐え切れないと思いますよ。ただ、それをやるべきかどうかは、私には分かりません」

「そうだよな……」白状させることはできるだろうが、時間はかかる。今はそれにかかわっている場合ではないし、白状させることに意味があるとは思えなかった。

「嘘をついていたとしたら、動機が気になりますけどね」

「分かった」私はうなずいた。何かがしたかったわけではないのだ。単に、自分と同じ疑問を持つ人間がいると確かめたかっただけで……ただし、それで安心してはいけないと思う。私と彼女は、つき合いも長い。一緒に多くの事件の捜査をするうちに、考え方が似てきてしまうのは仕方がないことなのだ。本当は、同じ事件を表と裏から見られるようになれば一番いいのだが……そのためには、つかず離れずの関係を保っておくのがベストだ。自分ではそれができていると思っているのだが、同じ時間を共有しているうちに、人の考え方はやはり似てきてしまうのだろう。

部屋へ戻ると、醍醐が難しい顔で受話器を耳に当てていた。話しているというわけではなく、相手の言い分に一方的に耳を傾けている様子だった。クレームか、と一瞬考える。警察にはいろいろな電話がかかってくるもので、単に因縁をつけるためだけのようなものも珍しくない。だが彼は、クレームの電話に特有の苛立ちは見せていなかった。

私に気づくと、慌てて「ちょっと待って下さい」と言って送話口を手で塞ぐ。助けを求めるように、私の顔を見た。

「どうした」

「パイレーツの杉山スカウトです」

「こんな朝早くに？」

「賭博の件で電話してきたんですよ」

「何でうちへ」私は思わず眉をひそめた。

「他に警察官の知り合いがいないからじゃないですか」

醍醐の言葉には、「どうして自分が」という被害者意識が透けて見えた。それこそ彼の言うように、杉山にすれば、他に聞くべき相手がいないのだろうが……私は右手を差し出して、「代われ」と言った。醍醐を信用していないわけではないが、怒ると何を言い出すか分からない。

自席に回された電話を取る。最初の言葉を発する前に、一つ深呼吸をした。杉山は心配しているだけなのだ、と自分に言い聞かせる。自分が発掘した大事な選手なのだから。

「お電話代わりました」

「はい、あの……」

「先日、学校の前でお会いしましたね。高城と言います。醍醐の同僚です」

「ああ、はい」

あの時私は名乗りはしなかったが、存在は認識してもらえていたようだ。

「ご用件は？」用件など、とうに分かっている。人は、話を繰り返すと疲れるものだ。私としては、それで彼の追及の矛先を鈍らせる狙いだった。

「栄耀高校のことなんですが……賭博の関係です」

「栄耀高校と書いている新聞はないはずですよ」

「だけど、うちにもいろいろ情報は入ってきますから」杉山の声には、明らかな焦りが感じられた。

「それで、何を心配されているんですか？」

「まさか、花井が関係しているということはないでしょうね？」

「私は新聞で読んだだけですけど、彼の名前はまったく出ていませんよ。それとも、何か具体的な話でも聞いたんですか？」

「いや、そういうわけじゃないですけど」杉山の口調は歯切れが悪い。「心配になるじゃないですか」

「賭博の件はどうなんですか？　前から噂が流れていたとでも？」

「……そういう話は聞いたことがあります。うちとしては、どうしようもないことですけどね」

「ああ」

彼の戸惑いは、私にも合点がいった。野球を食い物にする人間がいる——そう考えると不快になるのも分かる。言ってみれば野球界は被害者のようなものだが、世間は「野球賭博」というと、野球選手が主体的に賭博をしたようなイメージを抱く。

「気にすること、ないんじゃないですか」

「そうはいっても、気になりますよ」杉山が食い下がった。

「お気持ちは分かりますけど、私には何も言えません。うちが捜査しているわけじゃないですし、捜査は始まったばかりで、まだ何も分かっていないと思いますよ」

「そんなものなんですか？」杉山が疑わしげに言った。

「そんなものです。警察だって、百まで分かってから強制捜査を始めるわけじゃないですからね。色々調べて、これから全容が分かるんです……それより、どうして花井選手の名前が出てくるんですか？　彼の名前が、どこかで噂に挙がっているとか？」

「まさか。ただ、栄耀高校ということになれば、どうしても花井じゃないですか」

彼はどこまで知っている——噂を聞いている？　気になって、私は一歩踏みこんで話を進めた。

「賭博といえば、インチキな世界ですよね？　八百長が絡んだりとか。花井君が八百長をやったとでもいうんですか？」

「それはあり得ません」それまでにないほど強い口調だった。「花井に限って、そんなことは絶対にない」

「噂も聞いていないんですか」

「高城さんこそ、何か聞いているんですか？」

「いやいや」私は意識してくだけた口調で言った。一度会っただけの人間、それも警察官に対して、こんなに厳しく突っこんでくるのは、彼が焦っている証拠だ。少しリラックスさせてやらないと。「そんなはず、ないでしょう。こういう状況になると、色々噂が流れるものですよ。何か聞いているなら、こっちが教えて欲しいぐらいです。うちが捜査するわけじゃないけど、情報は大歓迎ですから」

「いや、何も聞いてないですよ」

「これは、ここだけの話なんですけど」会話が危険水域に入りつつあるのを意識しながら、私は続けた。「去年の夏の甲子園で、八百長があったという噂があるでしょう？　今朝の朝刊にも、そんな感じの話が載ってました」

「花井がそれに関係していたとでも言うんですか？」杉山の声は悲鳴のようだった。

「そういうわけじゃありません」

「じゃあ、どういうわけなんですか」杉山が嚙みつくように言った。

「噂は噂です。検証はできません」

「それなら、適当なことは言わないで下さい。警察の人が適当なことを言ったら……そんなことで花井の評判が落ちたら、私は腹を切りますよ」

大袈裟過ぎるか？　人は演技すると、つい言葉や動きが大袈裟になってしまうことがある。だが杉山の場合、そうではないと思いたかった。彼は単に、翔太に対する思い入れが強過ぎるのだ。身内を侮辱されたように感じているのだろう。

「そういうことで何かあれば、あなたの耳には入りますよね。人と会ったり、観察したりするのが仕事なんでしょう？」

「ええ」息が荒い。

「逆に知らなかったら、スカウト失格じゃないですか」

「まあ、そうです」憮然とした口調だった。自分が責められているように思ったのかもしれない。

「で、甲子園での八百長の話は聞いていない？」

「そんな話は、聞いたこともありません」

いきなり電話を切ってしまった。怒らせたのはまずかったかな、と思ったが、おかげで私は一つ、確信めいた気持ちを抱いた。

翔太は、八百長には関連していない。

関連しているというのも、単なる噂に過ぎないわけで、関係者が具体的な証言をしない限り、完全には肯定も否定もできない。そして今、それらの情報は、保安課が一手に握っている。面会して、翔太のことをもう一度確かめるべきか……だが、決して友好的ではなかった先日の話し合いを思い出すと、気持ちが鈍る。

「すみません」嫌そうな顔をして、醍醐が頭を下げた。

「いや、大丈夫だ」私は首を振った。「彼も心配してるんだよ」

「金をかけた大事な選手だから？」

「おいおい」私は目を見開いた。「夢も希望もないことを言うなよ。自分が入れこんだ選手だからだろう？　金の心配をするのは、ＧＭやオーナーの仕事だ」

「まあ、そうですけど」不満気に、醍醐が唇を尖らせた。「でかい金が動く世界なんですよ」

「俺の夢を壊さないでくれよ」私は肩をすくめた。「オヤジは誰でも、野球に夢を持ってるんだからさ」

誰かがくすりと笑う声が聞こえた。見ると、隣の席で愛美がうつむいて肩を震わせている。

「笑うところじゃないんだけど」

「高城さん、オヤジだっていう意識はあるんですか」愛美が笑いを嚙み殺しながら訊ねた。

「十分過ぎるほどあるよ」そう答えるしかない。

会えないだろうと思っていた人間に会えるとなると、かえって焦るものだ。半ば諦《なか》めていたのを、改めて気合いを入れ直さなければならない。だが今日の私は、いつもと違うと自分でも意識していた。気持ちはフラット。

しかし、意外だ。今日の平野は、絶対に面会を拒絶するだろうと確信していたのだ。本人が何かしたわけではないが、学校が大きな渦に巻きこまれている。本人も保安課から事情聴取されているかもしれないし、もしもそうなら、警察の人間に会う気になどなれないだろう。

　予想に反して、目の前の平野はまったく平然としていた。煙草の吸い方が忙しなくなるわけでもなく、言葉が乱暴になることもない。狭い監督室は、私と彼が吸う煙草の煙で真っ白になっており、醍醐は迷惑そうな表情を隠そうともしなかったが、二人の間では、煙草が一種の緩衝材《かんしょうざい》になるのだ。申し訳ない、と心の中で醍醐に謝りながら、話を始める。

「参りましたよ」さほど参っていない様子で頬を撫でながら、平野が言った。「うちの学校、すっかり悪者扱いですからね」

「警察――保安課から事情は聴かれたんですか?」

「私は聴かれてません。学校側では、担任と校長が事情聴取されてましたよ。校長は、責任問題になるでしょうね」

　私はうなずいた。その辺は、私立の方が厳しいだろう。校長は今頃、責任を問われて馘《くび》になるのを恐れ、貯金の残高でも確認しているかもしれない。

「賭博にかかわっていた生徒さんは、ご存じなんでしょう?」

「いや」平野が唇を舐めた。「私は直接関係していないので、顔も知らないんですよ。大きい学校ですからね」

「とんだ迷惑ですね」野球部はあくまで被害者、という態度を私は貫こうとした。

「まったくです」平野が煙草を灰皿に押しつけた。全面禁煙の校内で、ここだけが特別な場所なのだろう。かなり大きなガラス製の灰皿は既に一杯で、今朝から彼が強いストレスにさらされていたのが分かる。「こんな、足元でねえ」

「ひどい話です……ちなみに、八百長の噂はご存じですか」

新しい煙草を引き抜こうとした平野の手の動きが止まった。ゆっくりと手を引っこめ、両手を組み合わせる。

「まさかそんなこと、信じてるんじゃないでしょうね」

「信じるだけの材料を持っていませんから、私には何も言えません。うちが捜査する話でもありませんし」

「だったら、今日の用件は何なんですか？」不思議そうな目つきで、平野が私を見た。

「八百長に選手がかかわっていた、という噂についてはどうですか？」

平野がいきなり立ち上がる。顔は一気に土気色になっていた。唇は真っ白で、かすかに震えている。

「冗談じゃな……」

怒りを噛み潰したせいか、語尾が曖昧になった。私は黙って、彼の次の言葉を待った。しかし平野は一言も発しないまま、力なく椅子に腰を下ろしてしまった。

「何か聞いてるんですか」

「何が言いたいんですか」鸚鵡返《おうむがえ》しのように質問をぶつけてくる。

「もしもその『選手』の中に花井君がいたら、私たちにも関係してくるからですよ」

「まさか」平野が首を振った。首がもげそうな勢いだった。「それだけはあり得ない……いや、翔太だけじゃないです。うちの選手が八百長なんかするはずがない」

「悪意がなくても、巻きこまれることはありますよ。例えば、今取り調べを受けてる子たちが、花井君と友だちだったらどうなります？　頼まれて、つい引き受けてしまうこともあったと思います」

私はその場面を想像した。場所は教室の一角……昼食後のだらけた時間だろうか。

『あのさ、ちょっと内輪で賭けをしてるんだけど』

『賭け？』

『悪いけどさ、一試合目の第一打席の一球目、空振りしてくんない？』

『何でそれが賭けになるんだよ』

『予想して賭けるんだ……別にアウトになるわけじゃないから、いいだろう？』

いかにもありそうなシチュエーションだが……私は頭を振って、その想像を追い払った。

だいたい、翔太にそんなことを気軽に話せる友だちがいたかどうかも疑わしい。野球漬け、それこそ野球部のチームメート以外に、親しく話す相手はいなかったはずだ。

いや、いる。高嶋水穂。この件も確かめなければ、と私は頭の中にメモした。話が流れていくと、肝心なことをつい聴き逃してしまう。

「花井君に、学校の中で親しかった友人がいるでしょう」

「今回問題になっている連中と接触があったとは考えられませんね。クラスも違うし、一緒になる機会はなかったはずだ。三人いるんですけど、全員中学からの内部進学でしてね」

「他の生徒とは違うんですか？」

「私が言うのも何だけど、壁はあるようですよ」平野が肩をすくめる。「内部進学は、そんなに数が多くないんです。妙な特権意識があるようで……」

「何となく分かります」

「野球部には、内部進学の子はいませんしね。接点があったとは考えられない」

「そうですか……ちなみに花井君には、ガールフレンドがいたんですね」私は意識して質問を変えた。相手のペースを乱して本音を引き出すための、引っかけ。

「それは、ガールフレンドぐらいは……」

「恋愛禁止、ではなかったんですか」先日とは言っていることが違う、と気づく。あの時は、明白に否定していたはずだ。

「高校はどこでも、そういうことには煩いですよ」

「でも野球部では、特に煩く言ってたんじゃないですか？　監督なら、その辺、厳しく指導しているイメージがありますけど」

「翔太に特定のガールフレンドがいたかどうかは知りませんよ」平野がどこか慌てた様子で訂正した。

「その彼女と一緒にいるかもしれないんですが」

「まさか」平野が鼻で笑った。「そんな、突拍子もない……」

「花井君のガールフレンドも、同じ日に行方不明になっているんです。二人が一緒にいると考えるのが自然だ」

「あり得ない」平野が力なく首を振った。「あいつが、そんな無責任なことをするわけ、ないでしょう」

「男女のことになると、人間は途端に責任を忘れますからね」私は肩をすくめた。「それは高校生でも、ドラフト一位選手でも、変わりませんよ」

「しかし、考えられない」平野が椅子に深く体を沈めた。「そんなこと、翔太に限ってあり得ません」

「今、その線を探っています。残念ながら、まだ手がかりはありませんが。それとも一つ、花井君が怪我をしていたという情報があるんですが、それについてはどうですか？

一番近くにいる監督なら、怪我していれば分かるはずですよね」

「それはない」平野が断言した。「仰る通りで、怪我していればもちろん分かりますよ
……いや」急に暗い声になって前言を翻す。

「今は、いつも練習を見ているわけじゃないですからね。翔太の練習は、あくまで自主トレだから。私は、二年生と一年生の面倒を見なければならないし」

「じゃあ、分からないんですね？」

「ただ、怪我していれば必ず私に言います。今までも細かい怪我は何回もありましたけど、その度にすぐ報告してきましたから。責任感の強い男なんですよ。黙っていて、いつの間にか悪化することもあるでしょう？」

「ええ」

「そうなると、皆に迷惑をかけるぐらいのことは、分かってますよ。だから、少しでも体調が悪ければ、絶対に私に報告します」

「昔のように指導していなくても？」

「あいつは、今でも私の選手です」断言する平野の口調に、迷いは感じられなかった。

「分かりました」

私は醍醐に目配せした。不満な時の癖で、目を糸のように細めている。しかし、質問を

つけ足す気はないようだった。

立ち上がり、軽く一礼して監督室を出る。外にいる人間から見たら、私たちと一緒に煙草の煙が吐き出されたように見えるだろう。醍醐が、辺りの空気を震わせるように大きな咳をする。私は首を無理に傾げて自分の肩の臭いを嗅《か》ぎ、染みついた煙草の悪臭は何とか我慢できると判断してコートを着た。

今日もよく晴れ上がって寒い一日になった。二人とも、何となく背中を丸めて歩き出す。休み時間なのか、ふと校舎に目をやると、寒さも気にせずベランダに出ている生徒たちが何人もいる。こちらにまで聞こえてくるような甲高い笑い声は、高校生に特有のテンションの高さだ。それが何だか耳障りで、歩くスピードが自然に速くなる。何だか、無言で「帰れ」と圧力をかけられているようだった。警察が学校内をうろついていることは、当然生徒たちも知っているだろう。不快になるのも当然だ。追い出されるいわれはないのだが、生徒たちの気持ちも理解できる。

それが自分の中にわずかに残っている若さのせいなのか、警察官として積み重ねてきた経験の賜物なのかは分からなかった。

16

車に乗りこむと、ようやく一息ついた。ハンドルを握る醍醐に訊ねる。

「どう思った？」

「不自然でしたね」

醍醐の答えに満足しながら、私はうなずいた。確かに不自然な感じだったが、その原因が分からない。

「あの監督、大袈裟なタイプですよね。声も動きも大きいし……高校生を指導するなら、あれぐらいが普通なんだろうけど、それにしたって大袈裟です。元々そういうタイプかもしれないけど」

「ああ」

「八百長に選手がかかわっていた、と話した時に、いきなり立ち上がったでしょう？」

「ああ」

「あれが、あの人の普通の反応だったと思うんですよ。でも、水穂のことや、翔太の怪我の話が出た時には、あまり驚かなかった」

「そうだったな」醍醐が感じた「不自然さ」の正体が理解できた。そう言えば醍醐は、最初から監督の態度が冷静過ぎると指摘していた。「彼にしてみれば、そっちの話も大変なことだと思うけど」

「でも最初から、この件に関しては、あまり熱心じゃなかったような気がするんですよ。選手が行方不明になったら、普通、家族と同じかそれ以上に、監督も焦るはずじゃないですか。でも、最初に相談に来た時から、妙に落ち着いた感じがしていましたからね」

「お前が不自然だと思うぐらいに？」

「ええ。ずっとそう思ってたんですけどね」醍醐がハンドルに掌を打ちつけた。「高城さんも、そう思いませんか」

「確かにそんなところがある」うなずき、今まで彼と交わした言葉の数々、観察した態度を思い出す。こと野球に関しては情熱的な男だと分かっていたが、翔太本人のことに話が及ぶと、冷静だった記憶がある。少なくとも、感情を露にした場面はほとんど見ていない。意識して、激昂《げっこう》しないように気をつけていたのかもしれないが……家族の痛々しい態度とは対照的だった。

　ふいに、嫌な予感に襲われる。

　先ほど、決定的な質問は三つあったはずだ。

野球賭博――八百長のこと。

翔太のガールフレンドのこと。

翔太が怪我をしていたこと。

最初の一点にだけ激しく反応し、残る二点についての反応はそれなり。何となく、翔太のことはどうでもよく、野球賭博の問題だけが、どうしても触れて欲しくないことだったかのように。

「まさか、監督本人が賭博に関係しているってことはないよな」

つぶやくと、一瞬間を置いて醍醐が反応した。

「いや……あの、自分も同じことを考えてました」

「高校野球は神聖なんじゃないか」

からかったが、醍醐の口調は真面目だった。怒りもせず、冷静に話し始める。

「野球は神聖ですよ。プレーする選手にも、聖人であって欲しい。だから時々、他の選手に迷惑をかける奴がいると、本当に頭にくるんです」

醍醐の言葉に、私は無言でうなずいた。不祥事――喫煙や万引き、後輩への暴行が時々明るみに出た時に待っているのは、高野連によるチームへの処分だ。一人か二人の不届き者のせいで、対外試合ができなくなるというのも、よくある話である。仲間のことを思えば、聖人でいなければならない――醍醐の考えもよく理解できた。

「でもねえ、高校野球っていうのは、選手のためだけのものじゃないんですよ」醍醐が溜息をついた。「必ず大人の利害が絡むんですよね。学校側の思惑から始まって、親の欲目、プロ野球側の狙い……賭けなんて、大袈裟なものでなければ、珍しくもないですしね。たぶん、どこの職場でも、甲子園の優勝チームを当てる賭けぐらい、やってるんじゃないかな」

「そうかもしれないけど、今回の件は許されないぞ」

「俺は別に、賭けは許してませんよ。内輪の賭けだって駄目です。自分たちは真面目にプレーしてるのに、それに金を賭けられたら、って考えたら、たまりませんよね」

「分かるよ」自分のプレーを見て欲しい、という願望は、どんな選手でも持っているだろう。そういう欲望が、プレーを向上させる推進力にもなるはずだ。だが、誰かが自分を金《かね》儲《もう》けのための道具としてしか見ていなかったら……いい気分はしないだろう。競走馬のようなものだから。競走馬に意識があれば、むしろ割り切っているかもしれないが。

「だけど大人には、いろいろな思惑があるんですよね」

「お前だって十分大人だろうが」

「気分はまだ高校生なんですよ……プレーする側の立場から離れられないんで」

「ああ」

その純粋さが、醍醐の魅力でもあり欠点でもある。だが私は、積極的に評価したいと思った。誰でも、少年時代の夢をいつまでも持っていてしかるべきだと思うからだ。それを表に出すか出さないかは別にして。

「監督が、本当に賭博にかかわっていると思うのか？」

「花井翔太に命令できる人間が、世の中に何人いるでしょうね。実際に言うことを聞かせられる人間が」

「……ああ」泰治は、監督も翔太にはサインを出さないのではないか、と言っていた。いかにもありそうな話ではあったが、それはあくまで泰治の想像に過ぎない。

「例えば監督が『待て』のサインを出したら、選手は従わざるを得ないでしょう」

「あの監督、そんなに積極的に試合をコントロールしたがるタイプなのか？」

「ピッチャーにも、一球ずつサインを送ってるみたいですよ」

「選手は、それで楽しいのかね」あまりに極端なやり方に、私は啞然とした。「スポーツなんて、自分で考えてあれこれやるのがいいんじゃないのか」

「何でもいいから勝てれば、選手は監督を信頼しますよ。それが采配ってもんです。そうじゃなければ、野球の監督なんて、先発メンバーを決めたら仕事は終わりじゃないですか」

「まあ、な」むきになって言い張る醍醐の言葉を、私は受け流した。

もしも平野が八百長に絡んでいたら。

事態はもっと複雑になる。翔太が、友だちから頼まれて軽い気持ちで同意していたら、罪に問われる可能性は低い。だがそこに監督が介在していたら、チーム全体の責任が問われることになる。刑事責任云々《うんぬん》の問題はさておいて、極めて大きなスキャンダルになるのは間違いない。それこそ平野は飛ばされ、チームは対外試合一年禁止などの処分を下される可能性が高い。平野も翔太も、後輩たちに巨大な負債を残してしまうことになる。

そして私には、もう一つ気になっていることがあった。

泰治は何故、翔太が八百長にかかわっているという噂を私に話したのだろうか。泰治と翔太が特別な関係にあるのは間違いない。中学時代の三年間、苦楽を共にし、今でも翔太の自主トレにつき合う仲なのだから。自分も大学受験で忙しい中、わざわざ時間を割くのは、翔太を心から応援している証拠だろう。かつての仲間がプロ入りする――それは眩《まぶ》しい経験であるはずだ。まるで自分の一部が高みに上っていくような。

そんな関係だったら、むしろ知っていても口をつぐんでしまうのではないだろうか。何も、仲間を貶《おとし》めるようなことをわざわざ言わなくても……私たちが絞り上げて、耐え切れなくなって喋ってしまうなら分かる。だが彼は、自分から口火を切ったのだ。

まるで仲間を売るように。

何かがおかしいが、高校生の頭の中がどんな風になっているかは分からない。想像が及ぶ世界ではないが故に、本格的に泰治を調べる必要があるのではないか、と私は思った。

まずは、彼が話を聞いた相手が誰なのか、割り出さなければならない。「名前は知らない」と言っていたが、どこの高校の人間かは分かる。今年甲子園に行った選手一人一人に尋問していけば、噂の出所は分かるはずだ。

だがそれは、私たちの仕事ではない。保安課に面倒な仕事を押しつけてやるか、と私は少しだけ意地悪な気分になっていた。


署に戻ると、法月とばったり出くわした。疲れた様子で、いかにも体調は悪そうだ。

「大丈夫ですか？　顔色、悪いですよ」心臓に病を抱える法月の場合、無理は禁物なのだ。

「お前さんに心配されても、別に嬉しくないぞ」

にやにやしながら言った。笑顔に変化はなかったので、まだ元気だろう、と判断する。この男の魅力は、相手をつい油断させる、邪気のない笑顔だ。

「例の件……落ち着きましたか」私は具体的な言葉を避けて訊ねた。署の入口付近は、主に交通課に来る人たちでざわついている。余計な情報が漏れるのは避けたかった。

「何とかね。新聞にも載ったけど、見たか？　小さい扱いだったよ。世間的には、これで終わりだろう」

記事にはまったく気づかなかった。まさに「小さい扱い」だったのだろう。警察的には当然、そうである方がありがたい。警官の拳銃自殺はそれほど珍しくもないのだが、現場はほとんど交番の中である。許可なく外へ拳銃を持ち出したのは大問題だし、撃てば流れ弾の心配もある。近所の人たちが騒ぎ出してもおかしくないが、その辺はマスコミを上手くコントロールした、ということか。あるいは、地域課総出で頭を下げて回った——口封じをしたのかもしれない。

「マスコミは騒ぎそうですけどね」そもそも、若い警官が銃を持って消えたというだけで大問題だ。よく情報漏れを押さえたものだが、今後問題視するメディアが出てきてもおかしくない。つまり、事実そのものではなく、情報隠しに対して。私が気にすることではないかもしれないが、責任の一端はある。失踪課も捜索に参加していたのだ。

「ま、マスコミ対策は上がちゃんとやるだろう。それより、お前さん……」

法月の言葉が消えた。私はうなずくだけで、言葉は不要だ、と伝えた。法月の基本は優しさであり、それは言葉によって発現される。しかしその彼にして、言葉では伝えきれないこともあるのだ。

「俺は大丈夫です。まだ何も分かってないんですから」

「そうか」

「すみません、気を遣わせてしまって」軽く頭を下げる。

「俺で役に立ちそうなことがあれば、何でも言ってくれ」

「ありがとうございます」

我ながら他人行儀な態度だと思う。だが、一番近い人間の一人である法月にすがらないことで、私は何とかまともな精神状態を保ちたかった。親しい人ほど、実は人の心を壊してしまう。何も言わずとも理解してくれるが故に、言葉にして自分の気持ちを説明する必要がなくなるからだ。その結果、論理的に考え頭を整理することができなくなる。

もう一度頭を下げてから、その場を辞去する。法月がこちらを凝視している気配がしたが、振り返らない。彼の思いを断ち切るように、私は少しだけ歩幅を広めた。

全員が聞き込みに出払っていて、失踪課にいたのは真弓だけだった。本当は全員でブレーンストーミングをしたかったのだが、仕方がない。真弓と醍醐に手伝ってもらって、これまでの状況を整理した。とはいっても、実質的にはほとんど手がかりはないままだ。わずかな証言があるだけで、翔太が水穂と一緒にいる証拠さえない。

何も分からない。

翔太が八百長にかかわっていたかどうか。

翔太が怪我していたかどうか。

「最悪の想定も必要ね」一通り話し終えたところで、真弓がきつい口調で言った。

「どういう想定ですか？」

「花井翔太が、誰かに拉致されている可能性」

「例えば賭博の胴元、とかですか」

険しい表情で真弓がうなずき、「ああいう連中は、警察の動きに敏感に気づくでしょう」と言った。

「弱い奴ほど、周囲をよく見てますからね」私は皮肉を吐いた。

「仮に花井翔太と何らかのトラブルになっていたら、拉致する可能性もあるわね」

「いや、それはない……ないと思いたいです。花井翔太は、連中にとって金ヅルになる可能性があるんですよ。泳がせておいて、プロ野球で稼がせれば、また自分たちのところに金が回ってくるかもしれない。傷つけたりすると、連中も金を稼げなくなる」

「それはそうね」

「だから、その線の可能性は低いと思います。胴元は半グレの連中だそうですけど、あの連中は普通のヤクザとは違う。何より優先するのは経済効率です。自分たちが損をするようなことは、絶対にしない」

「だから、花井翔太を傷つけるようなことはない、か」真弓が顎に手を当てた。「それにその推理だと、女の子が一緒にいるのが不自然になる。いくら何でも、二人を同時に拉致するのは難しいわね」

「そうなんです」

沈黙。ここまで情報が少ない案件も珍しい。本人がその気になって姿を消してしまえば、痕跡を消すのは難しくないのだが、高校生にそんなことができるだろうか。誰かが入れ知恵して……私はまた、平野が賭博にかかわっていて、何らかの理由で翔太を逃亡させたのではないか、と疑った。それこそ、プロ入りの障害にならないように、賭博事件のほとぼりが冷めるまで姿を隠しているように、とか。

あり得ない。入寮は来週だし、賭博の捜査は緒《ちょ》に就いたばかりである。捜査が進んで、仮に翔太の名前が取り沙汰されるようなことになれば、彼の入寮を取材するのは運動部ではなく社会部の記者になるだろう。そもそもそんなことになったら、パイレーツの方で何らかの処置を取るはずだ。プロスポーツのチームは、何よりもスキャンダルを嫌う。人気商売だから当然なのだが……。

面談室のドアが開き、公子が顔を覗かせた。ひどく真剣な表情である。

「どうしました？」

私の問いに、公子が一枚のメモをひらひらと振ってみせた。

「花井翔太がカードを使ったみたいよ」

メモを受け取る。よりによって神保町《じんぼうちょう》？　こんな都心部で？

賑やかな神保町界隈《かいわい》も、靖国《やすくに》通りから一本入ると、喧騒《けんそう》が嘘のように人気が少なくなる。古い建物がまだたくさん残っており、その中の一軒がかなり年季の入ったスポーツ用品店――実際には野球専門店だった。

店に入ると、途端に革の臭いが強烈に襲いかかってくる。入口に近い辺りに、グラブが陳列された棚があるのだ。気づくと、険しい視線に迎えられていた。そんなに怪しく見えるのかと訝りながら、私はレジに近づいた。店主は六十絡みの体のがっしりした男で、身長は私と醍醐の中間ぐらい。髪の毛は薄くなっていたが、よく焼けた顔は健康そうに張りがあった。

「警視庁――」

「警察の人が何の用ですか」

用件は伝わっているはずなのに。店主は怒りを隠そうともせず、カウンターに両手をつき、身を乗り出した。万引き犯でも見つけたかのように、顔が真っ赤になっている。

「あ」醍醐が突然、間抜けな声を出した。店主に向けて大きな笑みを向けると、「どうも、醍醐です。醍醐塁です」と告げた。

「ああ？」

「そこに、サインが」

店主の顔の横辺りを指差す。振り向いた店主が、しばらく無言で壁を見詰めていた。やがて手を伸ばすと、ピンを抜き取って一枚の色紙をはがした。少し紙が茶色くなっているが、間違いなく醍醐のサインがある。馬鹿丁寧に「醍醐塁」。サインではなく署名のようだった。私は無言で醍醐の顔を見て、説明を求めた。

「昔、ここにはよくお世話になってたんですよ。卒業してプロ入りする選手は、サインを書いていくのが決まりで。今でもそうなんですか？」

「もちろん」急に打ち解けた様子になった店主の顔には、笑みが浮かんでいた。

「バットのオーダーとか、いろいろ細かい注文も聞いてもらえるので」醍醐がつけ加えた。

「プロになった時も、最初のバットはここで作ってもらったんですよ」

「あんたも、残念だったね。怪我さえなければねえ」当時の様子をすっかり思い出したのか、店主が渋い表情で言った。

「いや、ああいうのは運なので」

醍醐が苦笑しながら言った。ふと、彼の中で、この件は単なる思い出になっているのだろうか、と疑問に思う。人生において、決定的な失敗を経験する人間は意外と少ないものだが、醍醐はその中に入る。私と同様に。そして私は、綾奈の件を思い出にはできない。今も続く苦悩だ。そう考えると、また火災現場に意識が行ってしまう……慌てて首を振り、意識を現実に引き戻した。

「で、話は？」店主がまた、カウンターに両手を突いた。先ほどと同じポーズだが、今度ははっきりと歓迎している。「電話で聞いたけど、花井君のことだって？」

「そうなんです」

醍醐がカウンターに寄りかかった。古馴染みに対する、気楽な態度。この方が店主も気安いだろうと、私はそのまま二人のやり取りを見守った。

「ここへ買い物に来ましたよね？　それも今日」

「ああ、来た来た。でも、買い物じゃないよ。修理したグラブを引き取りに来たんだ」

「新調じゃないんですか？」

「違うよ。あの子は、物を大事にするからね。高校の時に使ってたのを、そのままプロでも使うつもりらしい。相当酷使してたけど、新品同様にして返したよ」

「で、金はカードで払って」

「デビットカードだよ。高校生はクレジットカードを持てないからね」

「何時頃でした？」醍醐が腕時計を見た。本当は全て情報は頭の中に入っているのだが、店主に言わせて確認するつもりなのだろう。

「十一時……そうね。十一時ちょっと過ぎだったな。開店してすぐだったから」

私も腕時計に視線を落とした。今、午後一時半。二時間半の差で、翔太を逃がしてしまったことになる。

「どんな様子でした？　何か話はしましたか？」

「まあ、軽くね」

「どんな話でした？」

「いや、そんな急に言われても」店主がすっと身を引いた。体の大きい醍醐がぐっと迫ってきたら、誰だってびくびくするだろう。

私は醍醐の肩に手をかけ、交代を告げた。醍醐が不満そうに目を細めたが、仕方なく横に引く。

「顔色、悪くなかったですか？」

「いや、普通だったけど」思い出したように、店主がにやりと笑った。「だいたいあの子、いつも表情が変わらないんだ。笑わない、怒らない、泣かないの三無《さんむ》主義だからね」

「ああ、分かります。そんな風に聞いてますよ」

「何だか高校生っぽくないんだよ」店主がにやっと笑った。前歯の金歯が二本、覗く。

「それがいいところなんだろうけど……今日も馬鹿丁寧に挨拶していってね。これからもよろしくお願いしますって」

「横浜のチームですから、ここも近いですよね……ちなみに今日は、何を着てましたか？」

「服？　何だったかな……トレーナーにダウンジャケットとかじゃなかったかな。そんなにお洒落な格好じゃないよ。契約金をもらうと、急に金のネックレスなんかしてくる馬鹿野郎もいるけどね」

店主が声を上げて笑った。ちらりと横を見ると、醍醐が申し訳なさそうな表情を浮かべている。こいつも金のネックレスを買った口か……今の醍醐は、そんな物はまず縁がなさそうだが。

「荷物は？　大きなバッグとかを持ってませんでしたか？」

「手ぶらでしたよ。財布だけ持って出て来た感じじゃない？」

ということは……どこかに泊まっているのは間違いないだろう。荷物を置いて、ここまで来た。おそらく、すぐ近くにいるのではないだろうか。東京には、ホテルなどいくらでもある。

「ここにどれぐらいいました？」

「五分ぐらいかな。グラブを取りに来ただけで、他に買い物もなかったし」

「前もって電話とかは？」

「いや。出来上がりの日は分かってたわけだし……三日前だけど」

だったら何故、今日になって取りに来た？　特別な事情でもあったのだろうか。首を傾げてから、私は質問を続けた。

「態度もいつも通りで？」

「そうそう」

「どこか、体調が悪そうにしてませんでしたか」

「いや、別にそういうことは……いや、うーん……」急に店主の歯切れが悪くなる。

「何かあったんですか」先ほどの醍醐と同じように、私もカウンターに身を乗り出す。

「右手」

「ええ」私は掌を広げて右手を店主に見せた。「右手がどうしました？」

「荷物、左手で持ってたね」

「荷物ぐらい、どっちの手で持っても同じじゃないですか」

「違う、違う」店主が顔の前で手を振った。「あの子はね、左手で絶対に荷物を持たないの。二つある時でも、右手で一緒に持つんだから」

「どういうことですか」私は眉をひそめ、身を引いた。翔太は右利き。利き腕を庇って、そちらでは荷物を持たない、ということは考えられる。神経質なピッチャーなら、それぐらいのことはしそうだ。彼の場合、状況が逆だ。

「鍛えてたんですよ。彼は右利きだけど、左の握力も強くてね……バットを押しこむ力を鍛えるのに、もう少し右腕の力が欲しいって。日常生活も全部トレーニングだって考えちまうんだから、大変だよね。それぐらい高い意識がないと、あれだけの選手にはなれないのかもしれないけど」

「それが今日は、左手だったんですね」怪我をしているのは右手？　右肩？　肘かもしれない。翔太の性格からいって、「右手で持つ」と決めたら、絶対に左手は使わないような気がする。その原則を破るのは、怪我した時ぐらいだろう。

「あれって思ったんだけど、わざわざ聞くことでもないしね」

うなずき、私はまた醍醐と選手交代した。醍醐がさらに細かく、しまいには店主がうんざりするような調子で質問を続けたが、それ以上新しい事実は出てこなかった。

店を出て、寒風に背中を追われながら歩き出す。少し静かなところで考えたい……そういえば昼飯がまだだった。昼食に誘うと、醍醐はすぐに飛びついてきた。

「腹減ったですよね」

「ああ」食事は、腹が膨れればそれでいいのだが、静かに話ができるところがいい。ところが神保町は、全体に「静か」とは縁が薄い街で、どの店を覗いても、サラリーマンや学生でざわついている。ふと、以前一度だけ入ったことのある喫茶店を思い出した。やたらと狭く急な階段を上ったビルの二階にある店だが、中には、神保町らしからぬ落ち着いた広い空間が広がっていたはずだ。

駿河台下《するがだいした》の交差点を右に折れ、ＪＲ御茶ノ水《おちゃみず》駅方面へ上がって行く。長い坂の途中に、ともすれば見逃してしまいそうな狭い階段を見つけ出し、醍醐を引き連れて上がる。

「いい店ですね」ドアを開けた途端に醍醐が囁《ささや》く。

私たちは奥のテーブル席に落ち着き、メニューを点検した。都心部の古くから続く喫茶店にしては、コーヒーは安い。だが食物は、ケーキやサンドウィッチの類しかなかった。朝から液体以外口にしていないと思い出すと、急激に空腹を覚える。醍醐も同じようだったが、不満を口にしないだけの常識は持っていた。

仕方なく、二人ともホットサンドとコーヒーを頼む。中年の男二人の昼飯としては寂しい限りだが、仕方がない。とにかく、他に客がいない贅沢《ぜいたく》な空間だけは手に入ったのだ、と自分を納得させる。それに、出てきたホットサンドもコーヒーも、味は上等だった。なおかつ煙草も吸える。私にとって、これ以上条件のいい店はない。

「彼は、間違いなく怪我してたな」ホットサンドをさっさと食べ終えると、私は結論を口にした。

「右手で荷物、の話ですね」

「ああ」

「俺もそう思いました。あの子なら、それぐらいはするでしょう」

「怪我ねえ……」これまでこの推測を裏づける証言をした人間が、何人いたか。記者の山尾と、スポーツ用品店の店主だけだ。要するに、部外者二人。素人とは言えないが、野球関係者とも言えない。彼らの観察眼や推理を信じていいのか。こういう場合、「ない」より「ある」方に食いついてしまいがちなのだが……。

「怪我だと思います」

「そうだとして、それがどうして失踪につながるんだ？」

「それは……バツが悪くなって、寮にいられなくなったとか？」

「ちょっとおかしいな」

私はもう一つの考えにすがった。翔太がほとんど荷物を持っていなかったという話。つまり、どこかすぐ近くにいるのではないか。

「ちょっと足を使うか」

「今も使ってますけど？」

「今以上にだ」私は煙草を揉み消した。「この付近のホテルを虱潰《しらみつぶ》しにしよう。高校生が一人で——二人かもしれないけど、泊まっていたら、目立つからな」

「やりますか」醍醐が溜息を吐き出した。

「溜息つくなよ。いつでもやってることじゃないか」

「だけど、いつまで経っても慣れないんですよね。特に今回は……」

醍醐が体を捻って、尻ポケットから財布を抜いた。私はそれを制して、二人分の金を財布から取り出した。最近、金が減らない。車を買い、ガソリンを消費している分、財布は軽くなりそうなものだが……以前より呑まなくなっているのは間違いないわけで、今までどれだけの金が私の中を通り過ぎていったのか考えるとぞっとする。

「戻って、担当を割り振ってくれないか。室長にも説明してくれ」

「高城さんはどうしますか？」

「俺はちょっと、やることがあるんだ」

嘘を見抜く。一番難しいことだが、これをやっておかないと、翔太の失踪の動機を絞りきれない。この対決は——対決ではなく共同作戦と言うべきか——面倒だが、避けては通れないことなのだ。

17

短い距離だが、神保町から警視庁まではタクシーを奢った。走り出して、まず保安課に電話を入れる。牧村は、こちらから電話がかかってくることなどまったく予想していなかった様子で、最初は警戒感を隠そうともしなかったが、私が下手に出ると、最初に会った時と同じような丁寧な口調に切り替えてきた。

「つまり、花井翔太が本当に八百長にかかわっていたかどうか、証言できる人間がいるわけですか？」

「まず、その証言が本当かどうか、確かめる必要がある。それは、我々ではなくそちらがやった方がいいでしょう。その件で、相談させてもらっていいですか？」

結局牧村は、私の提案を受け入れた。状況や個人的な感情がどうあれ、捜査に役立ちそうなことなら何でも受け入れる、というタイプのようだ。この間口の広さは私にはない、と反省する。今さら反省しても、これからの警察官人生で何かが変わるわけではないだろうが。

保安課に顔を出すのは初めてだったかもしれない。事件の最中でざわついているかと思ったが、実際には、デスクは半分以上が空いている。捜査の舞台が、所轄になっているせいだろう。私たちは空いているデスクを使った。刑事同士の、普通の打ち合わせ光景。牧村は、茶色いネクタイの先を、ワイシャツの胸ポケットに入れている。

「中学の同級生ですか」

「ああ」

「信用できる?」

「分からない」

牧村が首を振った。渋い表情で、ネクタイをポケットから出す。

「高校生の言うことだから?」

「かつてのチームメートが、一人だけ別のレベルに進んでしまったら、昔の仲間はどう思うだろう」

「そういう意味で、ね……」牧村は素早く、私の言葉の裏側を読んだようだった。

「悔しいだろうな」

「でしょうね。で、私にどうして欲しいと?」

「そいつを調べてもらいたい。保安課にも、必要な情報だと思うんだ。もしも、花井翔太が八百長に絡んでいたら……」卑怯な手だと思ったが、短い時間ではっきりさせるためには仕方が無い。「俺はもう、彼には二回会ってる。向こうにすれば顔見知りだ。改めて取り調べをしても、緊張しないと思う」

「ある種、尋問ということですか」牧村が苦笑した。「しかし、やるなら徹底してやりましょう。場所はどうします？　こっちへ呼びつけますか？」

「そこまでする必要はないと思います。呼びつけるだけでも時間がかかるから」ふと思いつき、内房中央署の名前を挙げてみた。向こうは殺人事件の捜査も一段落したのだし、場所だけ貸してくれと言えば断らないだろう。

「これは一つ、貸しですよ」牧村が人差し指を立てた。「そちらの捜査の手伝いをするようなものですから」

「もしかしたら本当かもしれない。そうしたら、そちらの捜査に役立ちます」

「可能性は？」

　私は何も言わなかった。この話を支えているのは、勘だけである。牧村が話に乗ってくれたことに感謝しつつ、細かい打ち合わせをする。電話を借りて内房中央署に連絡を入れ、桜田経由で刑事課長に話を通した。考えてみれば、私は内房中央署に面倒をかけてばかりなのだが、刑事課長も快く承知してくれた。もちろん、取調室を貸すぐらいは何でもないことなのだが。どうせ警察署には、二十四時間誰かがいるわけで、どれだけ遅くなっても、刑事課の連中が居残っている必要もない。

私は一旦、渋谷中央署へ帰ることにして、現地へは、別々に向かった。さすがに、千葉まで牧村と同じ車中で過ごすのは気詰まりである。事件以外で共通の話題があるとも思えなかった。

短い期間に三回目のアクアラインか……昨日もここを往復したばかりで、さすがに海上の道を走る感動も薄れてくる。淡々と運転を続けているうちに、いつの間にかスピードが上がっているのに気づいた。アクアラインを出たところで、百三十キロ超……焦ることはないのだと自分に言い聞かせ、右足から力を抜いて、百キロまで落とした。

泰治が通う予備校に押しかけ、強引に連れ出す。その段階で、泰治は既に相当腰が引けている様子だったが、私は一言も発さず、彼が牧村たちの車に押しこまれるのを見守った。助けを求めるような視線を向けてくるのには気づいたが、無視する。

ビビッているのは、牧村が同道してきた刑事のせいだ。丸太をイメージさせるようにがっしりした体形で、丸刈り。一見、刑事ではなくその筋の関係者に見える。未だに警察にはこういう男がいるからな……と私は苦笑したが、この刑事と面と向かって話せば、精神的な拷問になる。もちろん、荒熊が来るよりはましだが。荒熊と相対するのは、素人には無理だ。あるいは玄人《くろうと》でも。

木更津の市街地から内房中央署までは意外に距離があるのだが、高速に乗ってしまえばあっという間だった。例によって走っている車はほとんどなく、三十分もかからずに署に到着する。その三十分は、泰治には地獄だっただろうが。

　署は夕方の当直交代時間で、ざわざわした雰囲気が流れている。刑事課で課長に挨拶し、すぐに泰治を取調室に押しこんだ。桜田を見つけて挨拶すると、露骨に渋い表情を浮かべる。迷惑だったのだろうと思ったが、彼は意外なことを言い出した。

「あれ、布施泰治でしょう？」

「知ってるのか？」まさか、内房中央署の手を煩《わずら》わせたことがあるとか？　そういう人間だとしたら、まったく別の対処をすべきだった。

「なかなかいい選手ですよね」

「君、野球ファンなのか？」

「千葉は野球王国ですよ」そんなことも知らないのかと言いたげに、桜田が唇を尖らせる。

「いや、それは分かってるけど、彼は甲子園に出たわけでもないだろう」

「そういうレベルだけを見てるのは、本当のファンじゃないですからね」桜田が自慢するように顎を上げた。「自分、非番の時は予選も観に行くんです」

　七月、梅雨明けの凶暴な陽射しが降り注ぐ球場で、頭にタオルを乗せながら試合を見守る桜田――何となくイメージしにくい。

「何でもないですよね」桜田が心配そうに念押しした。

「犯罪行為はないかもしれない——俺たちの捜査を混乱させたという点では、公務執行妨害になるかもしれないけどな」もっとも、自分たちがだらしないだけ、とも言える。騙されないのも警察の役目だ。

「お手柔らかに頼みますよ。将来のある子なんだから」

「普通に大学へ進学するみたいだよ。もう野球はやらないんじゃないかな——少なくとも本格的には」

「残念です」

この世の終わりが来るような厳しい口調で桜田が言った。「残念」というのは、野球をやらないことに対してなのか、それとも警察で取り調べを受けていることについてなのか。真意を聞きたかったが、もう時間がない。

「しばらく、邪魔するから」頭を下げ、取調室に入る。

取調室というのは独特の空間で、何とも言えない臭いが籠り、調べている方の人間ですら、いつの間にか圧迫感を覚えるものだ。飛び交う言葉が、さらに雰囲気を悪化させる。

今回は、泰治が一方的に責められていた——いや、責められているわけではないが、本人は間違いなくそう感じているだろう。対峙《たいじ》する刑事の後藤《ごとう》は、荒熊と同じように、座っているだけでも独特の迫力を発揮するタイプなのだ。この二人が向き合い、牧村は記録用のデスクに着いている。手帳は広げているが、ボールペンは動いていない。これが正式な事件であれば、きちんと記録するところだが、そうでないことは彼も分かっているのだ。

私はドアを背にして立った。それに気づいた泰治が、頰を引き攣らせる。逃げ場を失った、とでも思っているのだろう。落ち着きなく、体を左右に揺らし始めたが、私は何も言わず、腕組みをした。沈黙がプレッシャーを与えることもある。高校生に対して、ここまでの攻撃はやり過ぎかもしれないが……。

「その噂のことを、もう少し詳しく聴かせてもらおうか」後藤の声はドスが効いていて、風貌が生む迫力を補強していた。泰治が思わず身を引く。椅子が床を擦り、耳障りな金属音を立てた。

「あんたが話を聞いた相手だが、千葉花園高校の選手だよな？　春の甲子園出場も決まってるじゃないか。そういうチームの選手が、八百長の話をしてたわけか……いろいろまずいんじゃないかね」

「聞いただけなんで」泰治の声は消え入るようだった。

「聞いた相手の名前、教えてもらおうか」

「名前は知りません」

「だったら、チームの全員に事情を聴くしかないな。あんたにも立ち会ってもらって」後藤が大袈裟に溜息をついてみせた。「こっちは、この証言を重視してるんだ。あんたの証言は、捜査の重大なポイントになるんだぞ」

泰治の耳が赤く染まる。この時点で私は既に、泰治が嘘をついたのだと確信したが、どうしてそんなことをしたのかが分からない。まるで旧友を貶めるような台詞ではないか。

「その相手は、どうしてそんな話を始めたんだ？」

「それは……」

「そもそも、話を聞いた場所は？　予選が終わって、あんたは野球部を引退してただろう。対戦するわけじゃないし、接点はないはずだよな。名前も知らない人間だったら、友だちってわけでもない」

「いや、だから」少しむきになって反論しようとしたが、言葉が出てこない。がっしりした肩を丸め、視線をテーブルに落とした姿は、ひどく惨めだった。

「おかしいんだよなあ」後藤が両手を組み合わせる。体格に比例した大きな手で、毛むくじゃらだった。「俺たちは今まで、散々情報を集めてきた。高校生にも話を聴いてるんだよ。でも、具体的な話は一つも出てこない。噂だけなんだ。だからあんたの証言は、決定的な物になるんだよ。ここで全部思い出してくれると助かるんだがね」

泰治は無言だった。うつむいたまま、肩を震わせている。後藤の迫力に負けそうになっているのは間違いないが、それ以上に心の中で葛藤《かっとう》が渦巻いているだろう。高校生には酷なシチュエーションだと思ったが、私は口を挟まなかった。もしも彼に邪《よこしま》な気持ちがあったとしたら、反省は必要なのだ。

「どうなんだ？　はっきり言ってもらった方が、こっちも楽なんだがな。いつまでも愚図愚図やってる暇はないんだよ」腹の底から搾り出すような低い声。「言わないなら言わないで、こっちにも考えがある。あんたの高校……他のチームメートも、同じような話を聴いてるかもしれないな。全員を一斉に呼び出して、話を聴いてもいいんだ」

「やめて下さい！」泰治が叫んだ。目が潤み、涙が零れそうになっている。

「何をやめるんだ？」後藤の追及は鈍らなかった。

「だから……」

「何をやめるんだ！」

「すみませんでした！」

後藤の声に泰治の声が交錯する。その瞬間、私は一つの可能性が潰れたのを確信した。

「申し訳なかったね」

駐車場に出て煙草を吸いながら、私は桜田に頭を下げた。桜田は車のキーを手の中で弄りながら、苦笑していた。これから泰治を自宅まで送る、という。

「それは構いませんけど……布施は、何であんなこと、言ったんでしょうか」

「それはこれから聴いてみるけど、何となく想像はできる」

「ああ……」桜田が小さくうなずいた。「まあ、そうですね」

「ガキっぽい話かな」

「そんなこと、ないと思いますよ」真顔で桜田が言った。「幾つになっても、足の引っ張り合いはあるでしょう。男の方が嫉妬は激しいとも言いますし」

「意識するしないは別にしても」

「ですよね……あ、出て来ましたよ」

桜田が署の玄関の方に視線を向けた。牧村につき添われて——後藤の姿はなかった——うつむいたまま、今にも止まってしまいそうなスピードで歩いている。私は彼の正面に出て、立ち止まった。泰治がゆっくりと顔を上げる。唇から色が消え、目が細くなっていた。その目を真っ直ぐ見詰めながら、私は訊ねた。

「何であんなことを言ったんだ」

無言。足に根が生えたように、その場を動かなかった。一瞬冷たい風が吹き抜け、伸びた前髪を揺らす。

「花井君のこと、どう思ってるんだ」

「あいつは……」一瞬、強い言葉を叩きつけてきたが、すぐに黙ってしまう。

「中学の時は、仲がよかったんだよな。たぶん、花井君が一番信頼してたのは君だ。だから、冬休み中の自主トレにも誘ったんだろう」

「何で俺が、あんなことをしなくちゃいけないんですかね」

ぼそりと一言。本音が漏れた、と私は思った。うなずき、彼が自由に喋るのに任せた。

「あいつは確かに……すごい選手だ。俺たちとはレベルが違う。だったら、同じレベルの連中とつき合えばいいじゃないですか。俺たちはもう、これで終わりなんです。真面目にやる野球は、もう終わり」

「あまりいい印象がないようだな」

「変わったんですよ」泰治が溜息をついた。

「花井君の態度が？」

「俺たちの関係が」泰治がすぐに訂正した。「何かずれてきたっていうか……もう、昔みたいなわけにはいかないんです。あいつは甲子園にも行ったし、プロ入りも決まった。俺たちはもう、終わったんです。あいつは雲の上の人になった。だけど、今までと変わらないみたいに接してきて……自主トレの時も、凄く軽い調子で頼んできた。こっちは受験の準備もあるのに」

「断ればよかったじゃないか」

「雲の上の人に頼まれたら、断れないじゃないですか」泰治が皮肉っぽく言った。「いつまでも同じだと思ってたら、間違いなんだ。あいつはそれに気づいていない。無邪気で、中学生の時と同じみたいに……」

「だから貶めるようなことを言ったのか？　すぐばれる嘘だぞ」

その嘘を暴くために、保安課の助けまで引っ張り出してきた自分。少し大袈裟だったと思いながら、話を続けた。

「嫉妬か」

「そういうわけじゃないけど……友だちなんて、永遠に一緒にいるわけじゃないし」

「壁を作ったのは、君の方じゃないのか」

泰治がすっと顔を上げた。明らかな戸惑いが浮かんでいる。

「花井君は何とも思ってなかったんだろう。むしろ、君たちを必要としてたんじゃないかな。考えてみろよ。プロ野球っていうのは、特別な世界じゃないのか？　周りは本当に凄い人ばかりで、どんなに自信があっても、そこに飛びこむには大変な勇気が必要だと思う。その時、昔の友だちとつながっていたら、少しは気持ちを強く持てるんじゃないかな。いくら花井君が強い平常心の持ち主でも、一人で乗り切るのは大変だ」

泰治は無言だったが、私の話に真剣に耳を傾けているのは分かった。

「逆に、高校のチームメートには自主トレのつき合いも頼めなかったんだと思う。あのチームは、彼一人でもっていたようなものだろう？　プロ入りするのも彼だけだ。仲間の間に、やっかみのような気持ちがあっても不思議じゃない」

「分かってますけど……俺だって、もっと野球を続けたかったんだ」

「野球ならどこでもできる」

「そういう意味じゃなくて」泰治が苛立たしげに言った。「本当の野球。遊びじゃなくて……でも、自分にはここから先へ行くほどの才能がないのは分かってる」

「君は、一人の選手を潰すかもしれなかったんだぞ」

泰治の顔が一瞬にして蒼褪める。もちろん、そんなことはない。捜査が進めば、翔太が八百長にかかわっていないことなど、すぐに分かっただろう。だが、「そうかもしれない」と噂が流れただけで、翔太の将来は致命的なダメージを受けかねないのだ。

「……気持ちは分かるよ。嫉妬しない人間なんか、どこにもいないからな。俺も嫉妬ばかりの人生だ」

皮肉に笑って見せたが、泰治に言葉は届いていないようだった。何か、真剣に考えている。しばらく無言が続いたが、やがて口を開くと、もう一つの可能性を強く裏づける台詞を口にした。

「翔太は、怪我してました」

「右腕か？」

「右肩」泰治が左手で自分の肩を押さえてみせる。

「どうして分かった」

「直接聞きましたから。俺にしか言ってないと思うんだけど……去年の秋ぐらいからずっと痛みがあって、今はボールを投げるのもきついそうです。取材された後で、キャッチボールぐらいやってもよかったんじゃないかって言ったら、打ち明けてくれたんです」

「かなり深刻な状況なのか？」

「治らない怪我じゃないけど……手術は必要みたいです」

「手術？」言葉の重みに、私は嫌な予感を覚えていた。体にメスを入れるのは、どんな選手でも怖いだろう。絶対に成功するとは言い切れないし、手術が成功しても元通りにプレーできる保証もない。守備に入らず、打つだけが専門のＤＨならいけるかもしれないが、パイレーツが所属するリーグはＤＨ制を採用していない。

「今の手術は、そんなに大変じゃないですよ」私の考えを読んだのか、ようやく緊張を緩めて泰治が言った。「内視鏡で時間もかからないし、その分復帰も早いんです。うちのチームでも手術を受けた奴がいましたけど、一か月で練習に戻ってきましたからね。そいつの症状は軽かったけど」

　翔太の怪我の程度は、どれぐらいだったのだろう。手術が必要ということは、決して軽傷ではあるまい。ただ、程度による差は大きいはずだ。泰治のチームメートのように一か月で復帰できる選手もいれば、一年かかる場合もあるだろう。

「君の目から見て、症状はどうなんだ？」

「分かりません。キャッチボールしないのも、用心してるだけかもしれないし。普段は、そんなに痛そうにしていたわけでもないから」

だとしても、本人にすれば深刻な状況だったかもしれない。プロ入りを間近に控えたこの時期に……そして翔太の性格を思う。真面目。責任感が強い。そんな人間が怪我をしたらどうなるだろう。誰にも明かさず、自分の中で何とか消化しようとするのではないか。消化するだけでなく、具体的な対策も、人に——周りの大人に相談せずに決めてしまう。

「やっぱり、花井君は君のことを親友だと思ってるんだよ」

戸惑いながら、泰治が私の顔を見た。うなずきかけて続ける。

「他の誰にも、そんなことは言っていない。君だけなんだ。どうしてだと思う？　君を信用しているからだ。一番きつい部分、知られたくない部分を話せる相手は、君しかいないと思っているんだよ」

沈黙は、息が詰まるほど重かった。この嘘は、泰治の心に傷を残すだろう。だがそれを治すのは彼自身、そうでなければ翔太である。二人がわだかまりなく喋るチャンスを作ってやれないだろうか、と思った。警察の仕事ではないが、マニュアル通りに動くだけが優秀な警察官ではない。

もちろんそれは、翔太を無事に見つけ出した後の話だが。

泰治を乗せた桜田の車を見送った後、私は改めて牧村と後藤に礼を言った。強面《こわもて》の後藤が、実は非常に丁寧で礼儀正しい人間だと、その時初めて分かった。保安課では、取り調べ用に、そういう演技力を身につけるのかもしれない。

「しかし、保安課の時間を無駄にしてしまった」

「いやいや、捜査はこういうものでしょう」牧村が苦笑しながら言った。激怒してもおかしくない状況なのに。

「これで、花井翔太の容疑は晴れたと思っていいんだろうか」

「それはまだです」牧村が一気に表情を引き締める。「別筋の情報はあるんですから。それは、もう少し突っこんで調べます」

「いい筋だと思ってるんですか？」

「いや、それは……」牧村の目が泳ぐ。「実のところ、真面目に調べる価値があるかどうかは分かりません。私の勘では、他人にも責任を押しつけるために、適当に言ってる感じなんですよ」

「でも、潰さないわけにはいかない」

「それは、ね。もちろん、捜査の途中で完全に違うと証明できれば、本人に話を聴く必要もなくなりますけど」

「後藤さんにも、申し訳なかった」私は彼に向かって頭を下げた。「悪役みたいなことをやらせて」

「いやあ、元々悪役顔ですし」後藤がにやりと笑う。真面目な顔をしている時よりも、何故か迫力が増していた。

「お詫びかたがた、飯でも奢りますけど」

「いや」牧村が腕時計に視線を落とした。「ありがたい話ですけど、今も動いている連中がいるんでね。またの機会にしましょう」

そう言われると、引き止める理由がない。だいたい、この辺りで「飯を奢る」と言っても、それに相応しい店は見つかりそうにない。

二人が車で去るのを見送り、ふと迷う。一つの可能性が大きく浮上してきた。様々な小さい事実がつながり、あるシナリオが完成しつつある。だとしても、実際に翔太に辿りつくまでには、かなりの時間がかかるだろう。何か上手い方法はないか……。

ふと、作戦を思いついた。

車に乗りこみ、醍醐に電話して相談する。この作戦を展開するパートナーとして必要なのは、愛美ではなく醍醐だ。自分が除け者にされたと思うと不機嫌になるのが愛美の悪い癖だが、こればかりは仕方がない。適材適所ということだ。

午後六時半。これから何かしようとするにはぎりぎりの時間かもしれないが、この際そんなことは言っていられない。私は醍醐に、横浜で適当な店を探すように命じて電話を切った。一呼吸置いてから、以前調べておいたパイレーツの球団事務所に電話をかける。あちこちを飛び回っている相手なので摑まるかどうか分からなかったが、運よく話すことができた。理由は言わずに面会の約束だけを取りつけ、後でまた電話するとだけ言って、切った。向こうは不審感で一杯になったはずだが、電話では話せないこともある。

一つ溜息をつき、エンジンに火を入れた。とにかく今は、八時の約束に遅れないことだけが肝心だ。余計なことを考えず、一刻も早く戻ること。既に真っ暗になってしまった道路を、スカイラインのヘッドライトが切り裂き始めた。


パイレーツの球団事務所は、横浜の本拠地球場の中にある。その近くで静かに食事ができる場所ということで、醍醐は場所の選定に苦労したようだ。店はいくらでもあるのだが、静かに話せるところとなると限られてくる。

醍醐は、横浜駅の西口から歩いて五分ほどのところにあるカフェの前で立っていた。腕組みをしたまま、寒そうにその場で足踏みしているところを見ると、かなり前から待っていたようだった。失踪課三方面分室のある渋谷から横浜までは、東急東横《とうよこ》線で一本。意外に近い。

「杉山氏は？」

「まだです」腕組みしていた醍醐が、左腕を抜いて腕時計を見た。「約束の時間の五分前ですけどね」

「中へ入ろう。彼は、この店を知ってたよ」二度目の電話で、杉山はすぐに場所を了解した。

「何だ、そうなんですか」醍醐が気の抜けたような声を出した。

マンションの一階にある店は、広々として天井が高かった。いかにも若い連中が好みそうなオープンな雰囲気で――実際、外にも席がある――客が立てこんでくると、内密の話などできないだろう。たまたま今は、客がいないので静かだったが……リズムを強調したBGMが流れていて、それなりに声を張り上げないと話ができない。

メニューを検《あらた》めると、見たこともない料理が並んでいた。メーンは「ジャークチキン」……ジャマイカの料理らしいのだが、味が想像もできない。スパイシーなのだろうとは思うが、私の頭にある「スパイシー」は、焼き鳥に使う七味唐辛子止まりだ。

約束の時間ちょうどに、杉山が店に飛びこんできた。走ってきたのか息が上がり、顔が赤くなっている。今日はセーターにダウンジャケットというラフな格好で、マフラーを解きながら私たちの向かいに座った。

「すみません、遅れました」

「時間ちょうどですよ」私は自分の腕時計を指先で突き、笑みを浮かべた。「何か吞みますか？　ビールでも」

「私、酒は吞めないんです」

そう言う杉山に合わせて、三人ともコーラを選んだ。外がクソ寒い中でコーラというのはぞっとしないが、私は車だし、この会食も仕事なのだから仕方がない。一口ごとに、体が芯から凍りそうなコーラを飲みながら、お勧めの料理を杉山に訊ねた。やはりジャークチキン、ということだった。

「どんな食べ物なんですか？　聞いたことがないな」

「スパイシーなチキンのグリルです。でも、そんなに辛くないんで、食べやすいですよ。この店は、うちの若い選手たちも、よく来るんです」

お勧めに従い、三人ともジャークチキンを頼んだ。カレーも美味いというので、つけ合せのライスにかける小さなカレーも注文する。その間、杉山は私と目を合わせようとしなかった。明らかに警戒している。私は当面の会話を醍醐に任せた。野球関係者ならではの、選手の品定め。かつて一年だけだがプロ野球選手だった男と現役のスカウトの会話は、なかなか興味深いものだった。杉山にとって醍醐は、今でも「野球界」の人間であるようで、つい心を許して、明らかに部外秘の事情まで喋ってしまうようだ。

料理が運ばれてきた。ジャークチキンは確かにスパイシーだが、酒と煙草で鈍った私の舌では、どんな香辛料がメーンになっているのか、分からない。香ばしさが鼻に突き抜ける感覚は、確かに心地好かったが。小さな容器に入ったカレーの味わいにも驚く。独特の深みがあり、カレー専門店で出しても金が取れそうだった。

「美味いですね」素直に感想を口にする。「野球選手は、こういう味が好きなんですかね」

「誰が食べても美味いですよ、ここは。でもまあ、最近の選手は昔ほど食べなくなったかな」

　杉山は少しはリラックスしてきた様子だったが、食べ終えるとまた緊張して、口数が少なくなった。いつまでもこんな状況を引き伸ばすわけにはいかないと、私は本題に入った。

「都内で、スポーツ医学……特に手術の腕が確かな先生を教えてもらえますか？」

「何ですか、それ」杉山が不審気に目を細める。

「捜査の関係です」この一点で押し切ろう、と最初から決めていた。嘘ではないし、機密性が高いということで、余計な説明は拒否できる。

「それはつまり、スポーツ選手が本格的な治療を受けられるところ、という意味ですね」

「ええ。そういう専門家、いますよね」

「スポーツドクターですよね。日本ではまだ、少ないんですけど……」

「数は少なくても、専門家はいますよね」私は食い下がった。

「アメリカが本場なんです。相当重傷になると、わざわざ向こうへ行って手術を受けることも少なくない。うちにも何人か、経験者がいますよ」

「いや、日本なんです」翔太が出国していないことは分かっていた。

「そんなことがどうして気になるんですか」

「捜査ですから」

「まさか、花井の関係じゃないですよね」

「捜査ですから」杉山が感づいて食いついてきたので、私は一層声のトーンを落とした。もうぎりぎり、これ以上は言えない。利害関係者にこんなことを聴くのはやはり失敗だった、と悟る。

杉山はしばらく無言で、腕を組んだまま壁を見詰めていた。やがて私に視線を戻し、ゆっくりと確かめる。

「花井とは関係ないんですよね」

「捜査ですから何も言えません」この台詞を繰り返すしかないのか……胃がきりきりと痛み始め、私はバッグの中にある胃薬に想いを馳せる。

「花井は、私の夢なんですよ」杉山がぽつぽつと話し始めた。「途中で挫折した人間にとって、新しい才能は新しい夢なんです。自分ができなかったことをやってくれるんじゃないかって思うんですよね」

「分かります」醍醐が、しみじみとした口調で口を挟んだ。「俺も同じですよ」

「花井が、怪我でもしていると言うんですか」

私も醍醐も何も言わなかった。不吉な沈黙が流れる中、ＢＧＭだけが耳につく。その場の重苦しい雰囲気に相応しくない、能天気な明るいメロディだった。ミドルテンポのリズムが、次第に体に染みてくる。

「仮に、花井君が怪我していたらどうしますか」私は訊ねた。

「どうって……」戸惑いながら、杉山が顔を上げる。

「かなり重傷だとしたら、チームとしてはどうしますか？　まだ入団前ですけど」

「それは、怪我の程度によりますが」

「例えば、手術が必要だったら？　すぐにはプレーできないで、長期間のリハビリが必要なぐらいの怪我の場合」

「それは、本当に分かりませんよ。契約条項にも、そこまで詳しい話は盛りこんでいないんです」杉山の声に焦りが生じる。「怪我は多い業界ですから、予《あらかじ》めある程度はリスクを織りこんでいますけどね……花井が怪我したんですか？」

「捜査の関係です」

いい加減、こんなことを言うのが馬鹿馬鹿しくなってくる。いっそのこと、こちらの推理を全部打ち明けてしまおうか、とも思った。杉山は翔太のことを、自分の家族のように心配している。思い切って話し、協力してもらうのも手ではないか。球団の他の人間には内密にしてもらって……いや、それでは家族や平野監督の願いを裏切ることになる。彼らは何より、チームにこの事実が漏れるのを恐れていた。翔太の立場を考えれば、当然のことである。入団前にスキャンダルに巻きこまれれば、チーム側が「契約を見直す」と言い出してもおかしくはない。あるいは無事に入団しても、すぐに見切られるか。

「警察は、花井が不利な立場になるようなことはしませんよね」杉山が心配そうに念押しをした。

「今は何も保証できません」

「やっぱり何かあったんですか？」

「捜査なんです」

何度でも繰り返すしかない、間抜けな台詞――ぎりぎりの線だ。私たちは、細いロープの真上で、ふらふらとダンスを踊っている。これなら最初から、完全な作り話を披露すればよかった。嘘をつきたくないという気持ちが、自分を追いこんでしまっている。

だが、言えない。杉山はパイレーツの人間であり、いくら翔太に期待していても、最後はチームの利益のために動くだろう。たとえ、明確な処分の規定がないにしても。

「花井に何かあっても、俺は庇いますよ。守ります」

私は顔を上げ、彼の目を見た。少し潤み、瞳が光っている。

「俺が見つけ出した選手なんです。夢を賭けている選手なんです。何があっても花井を守ります。必ずきちんとデビューさせて、スターに育てますから」

決意は本物だ、と思った。それでも、正直に気持ちを話してくれる杉山の気持ちに応えられない。私は最初に戻って、質問を繰り返すしかなかった。

東京近郊で、腕の立つスポーツドクターは？

杉山を送り出し、車を停めた駐車場まで辿り着くと、醍醐が大きく伸びをした。どこか不満そうで、すぐには車に乗りこもうとしない。

「今さら手遅れですけど、きちんと言ってもよかったんじゃないですか」

「そういう手もあったな」

「どうして喋らなかったんですか？」

「家族や監督との約束があるから」

私は車のルーフに両手をついた。醍醐が真剣な表情で見返してくる。

「それは裏切れないんだ」

「でも、杉山は何か気づいたかもしれません。勘も鋭そうじゃないですか」

「そうだな」

私はドアのロックを解除した。醍醐はまだ動こうとしない。先に車に乗りこみ、彼を待った。しばらく——一分ほどしてから、醍醐が助手席のドアを開ける。冷たい風が吹きこんできて、車内の暖かい空気を押し流す。

「しょうがないですね」

「嘘も方便なんだ」

「とにかく、リストは手に入ったんだし、それでよしとしましょうか」

醍醐が手帳を広げた。大学病院から開業医まで、十人。当たる先はできたのだが、ここからの捜査がかなり難しくなるのは目に見えている。私たち公務員と同様、医者にも守秘義務がある。犯人を捜しているのだったら、協力を要請することもできるが、私たちが想定しているのは「患者」である。医者の方でも、翔太が手術を受けていても、不自然には思わないだろう。ドラフト一位の有望選手が、一刻も早く怪我を治すために手術を受けるのは、おかしくはない。

いや……おかしい。

手術というのは、そんなに簡単に受けられるのか？　翔太は未成年であり、親の同意書のようなものが必要ではないだろうか。しかし両親は何も知らないわけだし……一人の人間の顔が脳裏に浮かぶ。

今回の件では、恐らく誰も悪いことをしていない。少なくとも「悪い」という意識はないはずだ。それが普通の事件とは違う。警察的には処理が難しい問題で、仮に翔太が見つかっても、どういう扱いをしていいのか分からない。

しかしそれは、見つかってから考えればいいことだ。

「全員に召集をかけよう。明日からまた、方針転換だ」

「オス」

醍醐が携帯を取り出し、失踪課に電話を入れ始めた。私はそのまま、車を首都高に乗り入れる。この時間なら上りはがらがらで、渋谷まで三十分もかからないだろう。戻って九時半。それからあれこれ打ち合わせをするのだが、できるだけ早く済ませよう。今日は皆、疲れているはずだ。

失踪課に戻って顔を合わせると、予想通り、全員が疲れきっていた。これは、明日も相当難儀することになりそうだ。私は午後からの動きを簡単に説明した後、他のメンバーから報告を受けた。三十秒で終了。空しさを感じたが、大きな動きがなかったのだから当然だ。

「取り敢えず、リストにある医者を全部潰そう」

「明日、土曜日ですよ」疲れた口調で愛美が指摘した。

「それは分かってる。それでも何とか摑まえて、事情を聴きたい」

「守秘義務を盾《たて》に取られるかもしれないわね」真弓が指摘した。

「ええ。ただ、親から正式に捜索願が出されていますから、それで押し切りましょう」

私は全員を三つのグループに分けた。真弓も参加するというので――珍しいことだった――二人ずつのコンビにする。真弓と森田、醍醐と田口、私と愛美。私たちだけが、四人を引き受ける。

「じゃあ、今夜は解散しましょう。それぞれどういう風に動くかは、相談して決めて。明日の朝はここへ来る必要はないから、現場へ直行して下さい」真弓が話をまとめた。

全員が、そそくさと荷物をまとめて署を出た。私は最後になったが、愛美が同時だった。

一緒に署を出て、渋谷駅に向かう。

「飯、食ったか？」

「ええ」

「明日――土曜日に悪いけど、頼むよ」

「別にいいですよ……それより、花井翔太の怪我は、重傷なんですね」

「そうだな。ＤＨならともかく、守備はきついと思う」

「ＤＨって何ですか？」

私は思わず立ち止まった。そんなものは一般常識……そんなこともないか。

「ピッチャーは打席に立たないで、代わりに打つ専門の選手を一人、ラインナップに入れることができる」正確なルールは醍醐にでも聞かないと分からないが、私が知っているＤＨとは、そういうものだ。

「変なルールですね」

「ピッチャーは投げる方に専念して、打つのは専門家に任せるということかな」適当な解説だな、と思いながら説明する。「その方が、打ち合いになって、見ている方も面白いんだ」

納得したのかどうか分からない愛美と一緒に、井の頭線に乗る。愛美は、いつも乗り換える下北沢《しもきたざわ》で降りなかった。

「いいのかよ」どっと人が降りたので席が空き、私たちは並んで腰を下ろした。

「ちょっと、武蔵小金井《こがねい》の方で用事があるんです。吉祥寺で乗り換えますから」

「こんな時間に？」私は反射的に腕時計を見た。既に十時半。これから武蔵小金井まで行ったら、電車では帰宅できなくなる。

「友だちから相談を受けてるんです。離婚するらしいんですけど」

「大丈夫なのか？　明日も朝早いぞ」

「前からの約束なので」愛美が小さく肩をすくめた。「人生の一大事ですから、こっちの都合で約束を破るわけにはいきませんよ」

「まあ、そうだけど」私は本気で心配になった。「無理するなよ」

「別に、一晩ぐらい徹夜しても平気ですから」

「いつまでも若いつもりでいると、痛い目に遭うぜ」

「余計なお世話です」

　頬を膨らませて、そっぽを向いてしまう。遣り合うのにも疲れて、私は目を閉じた。どうせ井の頭線では終点まで行くのだ、居眠りしていても心配ない。

　だが、簡単には眠れなかった。様々な思いが脳裏を過《よぎ》り、眠気を遠ざける。翔太のこと、両親のこと、杉山のこと……全てが消え去った後に、綾奈の顔が浮かぶ。消えたあの頃、七歳の時のままの顔。結局今日一日、何の進展もなかった。ＤＮＡ鑑定には、まだしばらく時間がかかるだろう。動いている時には何も考えずに済んだのに、こうやってただ電車に乗っていると、嫌な想像が走り始める。

突然、愛美が田口の悪口を言い始めた。聞き込みに行ってもまともな質問ができない、疲れたと言ってはすぐ休憩しようとする、果ては食べ方が汚い——私は一々「まあまあ」と宥《なだ》めたのだが、彼女が本気で田口を嫌悪しているかどうかは分からなかった。そもそも田口のことなど、意識の中に入ってすらいないのではないかと思える。彼女も昔は、気に入らないことに一々かりかりしていたが、最近は無視する術を身につけたようだった。

吉祥寺で乗り換え、私は二駅。愛美はまだその先に行く。この時間でも中央線はまだ混んでいて、立ちっ放しだった。突然、愛美が携帯を取り出して画面を確認し、顔をしかめる。むっとした表情のまま携帯をバッグに戻し、大袈裟に溜息をついた。

「どうした」

「キャンセルでした」

「それはひどい」この時間になって、キャンセルとは……。「で、どうするんだ」

「帰りますよ。武蔵境で上りに乗り換えます」

「ご愁傷様、としか言いようがないな」私は肩をすくめた。

「しょうがないです。友だちだから、怒るわけにもいかないし」

私たちは揃って電車を降りた。上りのホームへ行くには、一度階段を降りてコンコースへ出なければならない。並んで階段を降り、上りホームの方を指差してやった。

「あっちだ」

「どうも、お騒がせしまして」

むっとしながら言って、愛美が頭を下げる。私はうなずき返し、北口の改札へ向かった。ふと振り返ると、彼女は上りのホームへ向かわず、コンコースの中で突っ立っていた。まさに「突っ立つ」という感じで、両手を脇に垂らし、じっと私を見ている。

それで初めて私は、友だちとの約束など最初からなかったのだ、と気づいた。愛美は、私のことを心配していたのだ。家まで付いて行くわけにはいかないが、せめて駅までは……と考えたのだろう。

心配してもらえるような人間じゃないんだぜ、と思いながら、私は駅から出た。お礼を言っても、彼女は「何のことですか」と惚けるだろう。無益な会話を交わさず、黙って好意を受け止めることにする。大人ならば、そうするべきなのだ。

18

翌土曜日、私と愛美は最初に、新宿にある大学病院を訪ねた。土曜日だが、午前中は診察がある。それを確認して一安心したが、しばらく待たされることになった。患者を差し置いてまで、警察とは話せないということか。確かに、緊急性を考えれば……しかし、訪ねた医師、安部《あべ》の専門は整形外科である。すぐに対応しなければ死にそうな患者がいるとは思えなかった。

私の苛立ちに気づいたのか、愛美が待合室の隅にある自動販売機で飲み物を買ってきた。自分には缶の紅茶。私にはパックの……イチゴミルクだった。

「何だ、これ」私は顔の前で、淡いピンク色の箱を振って見せた。

「どうせ朝御飯、食べてないんでしょう？　少し糖分を取った方がいいですよ」

「まあ、それは……」甘い物を飲めば、取り敢えずは腹が膨れる。エネルギーにもなる。そう思って我慢して流しこんだが、歯が溶けそうな甘さに言葉を失った。

愛美は何度も立ち上がり、あちこちに電話をかけていた。約束の時間の五分前に、ようやくベンチに腰を落ち着ける。

「他の病院にも話をしました。目白の大学病院の方は、教授は今日は出て来ません。電話では住所は教えてくれませんでしたけど、行けば何とかなりそうな感じです。クリニックの方ですけど、大久保の方は今日は休みで、留守番電話になっていました。中野の方は、来れば話はすると、院長本人が言ってました」

「了解」今の時間で全部根回しを終えたのか……自分はぼうっとしていただけではないか、と反省する。

愛美がベンチを暖める暇もなく、事務室から声がかかった――実際は、放送で呼び出された。名前を呼ばれたのだが、事務の人間には、「警視庁の」とつけないだけの良識はあったようだった。土曜日だが待合室は一杯で、「警視庁」の名前が出れば、患者の心に不安を呼び起こすだろう。

診察室に通されるのかと思ったが、安部は事務室での面会を選んだ。人が多く、ざわざわしているので話しにくいが、何とか意識を集中させる。

「お忙しいところ、すみません」

「三十分しか時間が取れないけど、いいですか」これ見よがしに、安部が腕時計を見た。

銀縁の眼鏡《めがね》のせいもあり、冷たそうに見える。年齢は三十代の後半か……白衣の下は、ワイシャツにネクタイ姿だった。

「お時間は取らせません。イエスかノーかだけ、聴かせて下さい」

「これは、何だか怖いですね」安部がおどけたように言って、ソファに背中を預ける。

「先生は、スポーツ医療で実績を残しておられる」

「まあ、日本ではまだ専門家も少ないですからね」持ち上げられ、口調にかすかな自信が漂った。

「当然、手術もされますね」

「内視鏡がほとんどですよ。あれで、手術を受ける側の負担が減ったんです。選手は、早い時期にリハビリに入れますしね」冷たそうな外見とは裏腹に、話好きな男のようだった。

「野球選手の手術をしたことは？」

「もちろん、ありますよ。特にどのスポーツが専門ということはないですから」

「高校生は？」

「数は少ないけど、あります。高校生でも、トップレベルになると、怪我との戦いですからね。レベルが高くなればなるほど、無理をするようになる。気持ちに体がついていかなくなって、怪我をするんですよ」

「なるほど」

私が一瞬黙った隙を突いて、愛美が割りこんだ。

「花井翔太君に関しては、どうですか？　東京栄耀高校の野球部の選手です」

「花井……いや、それは言えません」

一瞬の沈黙は、「守秘義務」か、「思い当たる節が無い」ということだろうと私は判断した。翔太が何らかの治療を受けているとしたら、ここ数日間のことだったはずである。いくら担当する患者が多くても、忘れるはずがない。それにこういう医者は、患者から詳しく事情を聴くはずだ。怪我をした状況を知らないと、治療も上手くいかないだろう。

「患者の秘密は明かせない、ということですか」私は言った。

「守秘義務ですからね」

「実は、親御さんから捜索願が出されています。失踪しているんですよ」

「ああ、それで、ね」安部が私の名刺を改めた。「しかし、言えないものは言えないですよ」

「この子なんですが」愛美が翔太の写真を見せる。監督の平野から借り受けてきたもので、去年の夏、撮影されたものである。野球帽を被り、バットを肩に担いだ姿だが、顔は判別できる。丸坊主だったこの時に比べれば、髪は伸びているだろうが。

「パイレーツのドラフト一位です」愛美がつけ加えた。

「そうですか」

「捜しているんです。彼にとって、大事な時期なんですよ」愛美が食い下がった。「来週には寮に入って、プロ選手としてスタートするんです」

「そんな時期に手術というのは、あり得ない」安部が首を振った。

「そうなんですか？」私は突っこんだ。

「どこを怪我したにせよ、リハビリにはそれなりに時間がかかりますよ。キャンプインの直前に手術ということは、普通は考えられない。チームと相談するでしょうけど、簡単には結論は出せないいんじゃないかな。もちろん、最近怪我したというなら、話は別ですが」

安部が腕組みをして黙りこんだ。ふと、彼のワイシャツの胸ポケットが膨らんでいるのに気づく。医者には、意外と喫煙者が多いのだ。

「先生、ちょっと煙草を吸いませんか」

「ここは禁煙ですよ」

「どこかに吸える場所があるでしょう。駐車場の片隅とか」

「まあ……」

「ちょっと行きませんか？」私は右手を口元に持っていった。「今日は忙しくて、朝の一服がまだなんですよ」

「そうですね……行きますか」安部が膝を叩いて立ち上がった。

誘いに乗ってくるとは思わなかったが、これはチャンスだ。喫煙者は、今は数少ない同志なのだから。

喫煙所は駐車場の片隅にあった。赤いペンキ缶に足をつけ、中に水が溜まっている。土曜日の午前中だというのに、既に吸殻が何本も浮き、水は茶色くなっていた。安部のライターを借りて火を点ける。火の貸し借りはまた、喫煙者同士の絆を強める。愛美は少し離れた所に立って、煙を避けていた。

「守秘義務は重要ですよね」私は切り出した。

「それは、ね。患者さんを守るのが第一ですから」

「警察の捜査に対しても言えないことがある、と」

「正式な書類でもあれば別ですけど……そうじゃないんでしょう？」少し安心したような口調で安部が言った。

「残念ながら」

「その子、親に無断で家を出たんですよね」

「ええ。だから捜索願が出ているんです」

「ということは、手術するにしても、親の承諾書はないわけだ」

「そうなりますね」

「うちの病院は、未成年の場合、親の承諾がないと絶対に手術はしません。スポーツ障害で、すぐに命にかかわるようなことは少ないですけど、手術の成否の確率、後遺症のことやリハビリ期間などについても、親御さんに十分考えて判断してもらいたいですからね」

「親以外の大人の承諾では？」

「親だけです。うちは、その原則は変えません」安部が首を振った。「親の承諾なしの手術はあり得ないんです。それで分かってもらえますか」

明確ではないが間違いない否定だ。この男は翔太を治療していない。私はうなずき、煙草を深く吸った。

「一般論で聞かせて下さい……右肩の負傷なんですが」

「といっても、いろいろありますからね。関節部分なのか、腱をやられているのか……野球で多い怪我は、肩関節唇損傷《しんそんしょう》や腱板《けんばん》断裂などです。例えば腱板というのは、肩甲骨から二の腕の骨につながる腱なんですが、これが切れるのは、比較的よくある症状ですよ」

「痛そうですね」私は肩をすくめた。

「いや、日常生活には影響がない場合もあります。ただ、野球でボールを投げる動きというのは、端で見ているよりもずっと負荷が大きいんですね」

「治療はどうするんですか」

「腱が切れると、そこがばさばさになるんです。ちょうど、古くなった箒《ほうき》みたいなものです。そこを削るクリーニングという方法と、もっとひどければ、切れてしまった腱自体を縫いつける修復手術が必要になりますね」安部が自分の右肩に左手を置いた。「肩っていうのは、非常に複雑なんです。だから手術も難しい。リハビリも、案外時間がかかりますよ。それこそ、ボールを握れるようになるまで一年とか」

「その子はバッターなんですけどね」

「バッティングにも影響しますよ。ボールを打つっていうのは、人間の基本的な動きに逆らうみたいな運動でしてね。あちこちの筋肉が複雑に絡み合うので、ちょっとした痛みが大変に影響するんですよ。痛みを我慢することはできるかもしれないけど、それを続けていたら、今度は他の場所を傷める可能性が高い」

「だから、このタイミングでの手術は不自然、ですか」

「いつ怪我したかにもよりますけどね。でも、高校生でドラフト一位で入団が決まっていて、この時期に手術というのは、だいぶ思い切ったんじゃないですか」

「球団は知らないんです」

口の前で煙草を浮かしたまま、安部が目を細めた。ゆっくりと首を振りながら否定する。

「それはあり得ない」

「どうしてですか」

「チームにとって、最大の財産は選手でしょう？　それもドラフト一位ともなれば、戦力としても当然ですけど、マスコミの注目も大きい。こんなタイミングで手術ということになれば、マスコミも騒ぐだろうし、本人にかかるプレッシャーも大変なものになりますよ」

「分かります」

「だからチームに知らせず手術した？　ちょっと考えられないな……後から知られたら、えらいことになるんじゃないですか。まだ高校生とはいっても、もうチームの管理下に入っているようなものですから」

確かに――本当にチームに隠して手術をしたとしたら、翔太は大きな賭けに出たのだ。手術を終え、入寮、自主トレ、キャンプインに間に合わせるために。しかし安部の説明を信じるとすれば、リハビリにはそれなりに長い時間がかかる可能性が高い。しかもキャンプが始まってしまえば、チームの首脳陣がそれに気づかないわけがない。

行動については想像できたが、「何故」という部分になると、私の理解を超えている。礼を言って安部と別れたが、釈然としない気持ちが残っただけだった。

愛美が事前に話を通していたので、中野でクリニックを開設している半田《はんだ》は、すぐに私たちを受け入れてくれた。ただしこちらも診察中とあって、しばらく待たされる。午前中がじりじりと潰れていくのを意識しながら、私は待合室でひたすら待機した。こちらは本当に個人経営のクリニックで、私はずっと昔、左手首を骨折した時に通った治療院を思い出していた。入院施設があるとも思えないのだが、ここで手術を受けた患者は、さっさと放り出されるのだろうか。アメリカ辺りなら、そういうのが普通だと聞いたこともあるが。麻酔から醒《さ》めたら、即リハビリ。

三十分ほど待たされた。診察室から、大柄な若者が松葉杖をついて出て来る。左膝をやられているようで、膝をわずかに曲げた状態で、足を完全に宙に浮かしていた。彼がクリニックを出て行くのを見送ってから、私たちは半田と面会した。

半田の顔の下半分は、灰色の髭で隠れていた。顔つきは私と同年代に見えるが、髪もほぼ白い。いかにも頼れるベテランの町医者という風体だった。普通の医院と違うのは、壁にたくさんのサインが飾ってあること。ほとんど読めないのだが、背番号らしき数字が書いてあることから、スポーツ選手の物だろうと推測できる。

「サインが凄いですね」

私が指摘すると、半田が豪快に声を上げて笑った。

「ああ、あれは宣伝ですよ」

「治療した選手たちのサイン？」

「そうそう。あの選手もここで治療したのかと思うと、皆安心してくれるからね」

話し好きなようだ。前置きが長くなると午前の時間が消費されると思い、私は早速本題を切り出した。

「こちらで、東京栄耀高校の花井翔太君が治療を受けませんでしたか」

「パイレーツのドラフト一位の？」

「ええ」

「ないです」半田が即座に断言した。「パイレーツの選手は何人か面倒を見たことがあるけど、高校生は、ねえ」

「間違いないですか」

「何だったら、患者の名簿を確認しますか？　お見せしますよ」むっとした口調で言って、半田が腕を組む。スポーツ選手とつき合いがあるせいだろうか、本人も相当鍛えている様子で、半袖《はんそで》から突き出た腕は太い。

「そこまでは必要ないと思いますが、守秘義務を持ち出す先生もいますからね」

それまで無言だった愛美が、翔太の写真を見せた。受け取った半田はしばらく凝視していたが、やがて首を横に振った。

「見たことがないね……いや、スポーツ紙の写真では見た記憶があるけど」

「そうですか」私は顎に力を入れた。

「彼がここで治療を受けていたら、私は証言を拒否するかもしれないけど、ないものはないと言える。そこで意地を張っても、無駄でしょう」

「ええ」

「それにあなたたちは、何らかの目的があってこの子を捜している」

「行方不明になったんです」

「何か事件に巻きこまれたとか？」半田の目が細くなった。純粋に翔太を心配する気持ちが透けて見える。

「それはまだ分かりません」私は首を振った。「事件ではないと信じたいんですが」

「親や学校の監督に隠れて、勝手に手術を受けている、と考えているんですか？」

「ええ」

「それは考えられないなあ」半田が首を捻る。安部と同じように、親の承諾なしでは手術は受けられないことなどを説明した。

「チームの関係者が承諾の印を押していたら、どうでしょう」

「それなら……」半田がぐっと身を乗り出した。「契約上はどうなってるのかな。一応まだ高校生だけど、年が明ければ、普通はほぼプロ野球選手として扱われることになるんじゃないだろうか。怪我の治療に関しても、球団側があれこれ口出ししてくるのが普通でしょう。その場合、まずはチームトレーナーに相談するだろうね。パイレーツも同じだと思いますよ」

その言葉は、私の心にある疑いを生んだ。もしかしたらこれは全て、パイレーツ側が仕組んだことではないか？　ドラフト一位の有望な選手に怪我が発覚したので、極秘に治療を受けさせることにした。表沙汰になって、他チームにばれると都合が悪いから、姿を隠させて――いや、あり得ない。極秘扱いは理解できるが、親や平野監督を騙してまで、というのは考えられなかった。少なくともごく近い人間には事情を説明し、口止めするだろう。そうでなければ、ばれた時に全てが滅茶苦茶になってしまう。

「仮に、肩にメスを入れた場合、リハビリにどれぐらいかかるでしょう」安部に訊ねたのと同様の質問をする。

「症状によるね。だいたい、最近は昔のような感じでメスは入れませんよ。内視鏡主体だから、ダメージは、実際に切った場合とは雲泥の差です」

「その、内視鏡による軽い手術だったら、どうですかね」

「まあ……それでも、軽い練習ができるようになるまでには、一か月や二か月はかかるんじゃないかな。それに、その程度で済むようなら、切らないで誤魔化して治す、という手もあります。患部周辺の筋肉を徹底的に鍛えて、それでカバーするとかね。ああ、でもこれはあくまで一般論ですから」半田が顔の前で手を振った。「実際に診てみないと、何も言えない。でも、大事を取って時間をかけるのが一般的でしょうね」

「一週間やそこらでトレーニングを開始するというのは？」

「それは、無理」半田が首を振った。「アメリカでは、手術の翌日にいきなり体を動かさせたりすることもあるけど、それは主に、患部の癒着《ゆちゃく》を避けるという考えからです。日本だと、主流じゃない。それにアメリカでも、いきなり体を動かし始めても、リハビリそのものには時間をかけますよ。肘の手術をした選手が、初めてボールを投げたのが半年後、ということもあるぐらいだから」

「他のトレーニングは？　例えば肩を使わないようなトレーニングもあるでしょう」

「ああ、それはもちろん」半田が自分の右膝をぴしゃりと叩いた。「野球選手は、結局は下半身と体幹だから。走りこみなら問題ないし、患部に影響がないような筋トレもＯＫですよ。その場合も、専門家のアドバイスは絶対必要だけど」

しかし翔太は、あと数日で入寮して自主トレを始める。一月もたたないうちにキャンプインだ。そこでボールを握らず、下半身だけのトレーニングというわけにはいくまい。もしも怪我したのが昨年で、その時点で手術を受けていれば、今頃は普通に練習できるようになっていた可能性もあるが、彼自身、症状を見極められなかったのではないか。いつか痛みが引くと思っているうちにどんどん悪化し、ついには手術にまで追いこまれた――というシナリオは十分に考えられる。

手術とリハビリに関する私の知識は少しばかり増えたが、肝心の翔太の手がかりは見つからない。かすかな疲労と空腹を感じながら半田のクリニックを辞去したところで、携帯が鳴った。牧村だった。

「念のためのお知らせです。胴元の三人を逮捕しました」

「そうですか」相槌を打ってから、私は深呼吸した。

「花井翔太は、今のところ関係ないと思います」

「間違いないんですか？」

「彼の打席が賭けの対象になっていたのは確かです。ただ、胴元連中は、特定の選手に接触したことはない、と断言してますんでね。もちろん、裏は取らないといけませんが」

「もしかしたら、栄耀高校の生徒たちが、勝手に動いていたかもしれない」

「いや、それもないようです。生徒の方は、身柄を取るかどうか微妙なところですが、全員ある種のコミュニケーション障害のようなもので……」

「どういうことですか？」

「選手に対して、そういうややこしいお願いをするほど、コミュニケーション能力が高くない、ということです。基本的に、コンピューターの世界にしか興味がないようですから。賭博もゲーム感覚ですよ」

「ああ」

「花井翔太との接点も見つかりません。だから、彼がこの賭博事件に関連して姿を消した、という線は考えなくてもいいでしょうね。もちろん、彼が個人的に賭けをしていた可能性は否定できませんが……自分のチームの勝ち負けに賭けたりとか」

「それはないでしょう」私は断言した。翔太の性格を考えると、自分を「売る」ような真似はしそうにない。過去に、自分のチームの試合に賭けていた大リーグの監督がいると聞いたことがあるが、それはまったく別の世界の話だ。その監督は、一種のギャンブル依存症だったのだろう。そもそも、自分のチームが勝つほうに賭けていたというから、悪質とは言えないのか……賭けで儲けるために全力で勝ちに行っていたとしたら、奇妙な話ではあるが。

「結局、全体的な構図はどういう感じなんですか。こっちは、新聞で読んだことしか分からない」私は訊ねた。失踪課としてはどうでもいい話だが、刑事としての興味がないわけではない。

「解明途中ですが、図式は難しくありません。栄耀高校の生徒……三人いるんですが、この連中が遊びで始めたことがきっかけなんです。去年の選抜の時に、ネット上で『優勝チーム当てクイズ』っていうのを開設しましてね。それは完全に遊びで、金も賭けられなかった。今回裏で糸を引いていた半グレの連中がそれを見つけて、高校生に接触してきたんです。それで、半分脅しのような格好で、新しいシステムを作らせた。もっと細かく賭けの内容も設定できるようにして、賭け金も対応させたんですね。もちろん、スマホでも可能に……今は、パソコンよりも携帯やスマホでネットにアクセスする方が気軽ですし」

「分かります」

「あとは、普通の賭博と一緒ですよ。ある試合を対象にして、胴元側が賭けの項目を設定する。前にも言ったかと思いますが、ある選手の特定の打席の結果や、その試合の投手成績などですね。そこで花井翔太の打席が多く取り上げられているのは間違いないんですが……実際に彼が賭けに絡んでいた証拠は、今のところはない」牧村の声は、少しだけ残念そうだった。

「高校生たちは、どう言っているんですか」

「システムを作って、少し分け前を貰っただけだと。小額課金システムを利用するには費用も必要だったんですが、それは半グレの連中が出していたようですね。一回あたりの賭け金の額は、百円程度なんです」

「それは低い」

「ただ、ネットなら数万人、数十万人を集めるのも簡単ですから。一応、払い戻しでそれなりに儲けた人もいるようです。そのために使っていた銀行の口座も押さえましたから、物的な証拠は十分ですね」

「高校生の方は、違法性を認識していたんだろうか」

「それは、分かっていたと思います。複雑なシステムを構築できるぐらいには、頭のいい子たちですしね。でも、金を貰って後ろめたい思いもしていたわけで、外に出せる話じゃない」

「八百長は……」

「今のところ、積極的に裏づける材料はないです。何かあればまた連絡しますが、あまり気にしなくてもいいかと」

「わざわざどうも。申し訳ないですね」

「いえ」

相変わらずの礼儀正しさ。社会人として、こういうやり方が賢いのかもしれない、と思う。ちょっと頭を下げておけば、その後の人間関係もスムースにいく。長野あたりには見習って欲しい方法だ。あの男は、自分が——警視庁捜査一課が全て、一番偉いと思っている。だから、他県警が絡む事件になると、相手を犬のように扱う。ああいう人間がいるから、警視庁は嫌われるのだ。

そうであっても、私は長野とのつき合いをやめはしないが。

電話の内容を愛美に説明する。彼女は少しだけ、元気を取り戻したようだった。

「こっちの仕事が無駄じゃないと分かってよかったじゃないですか」

「そうだな。次は……」

「目白ですね。大学ですけど、面と向かって話せば、教授の連絡先は教えてくれると思います」

「よし」私は腕時計を見た。もう十一時になっている。昼までには、この大学病院を当たることにしようと決めた。一件積み残してしまうが、それは後で考えればいい。

ＪＲ中野駅までの十分の道のりが、ひどく遠く感じられる。しばらく無言で肩を並べて歩いていたが、ふと思い出し、どうしても言いたくなった。

「昨夜、武蔵小金井で約束があったっていうのは、嘘だろう」

「何でですか」愛美がすました声で言う。

「だから、嘘をついて、わざわざ武蔵境まで来たんじゃないか」

「何のために？」愛美は真っ直ぐ前を見据えて歩いている。

「だから……俺を心配してとか」言ってしまってから、急に気恥ずかしくなる。

「馬鹿じゃないですか？」愛美がいきなり立ち止まり、私に罵声《ばせい》を浴びせかけた。「何で私がそんなことをしなくちゃいけないいんですか」

「いや、それは……」

「下らないこと、言わないで下さい。私は高城さんの奥さんでも何でもないんですから」

それはこっちから願い下げだがな、と思った。彼女と暮らす日々——それは地獄に近い毎日になるだろう。

気まずい雰囲気をどう消すかと考え始めた時、携帯電話が鳴った。田口だった。

「ああー、高城警部」いつものののんびりした口調。ゆったりした話し方は人をリラックスさせるものだが、この男の場合、苛立たしさを引き起こす。

「何かありましたか」

「花井翔太を見つけたみたいなんだけどね」

私は電話を耳に押し当てたまま、駆け出した。

田口と醍醐が担当していたのは、四谷にある個人経営のクリニックだった。ビルの一階に入っており、土曜日は午前中だけ診療していた。醍醐の説明によると、特に肩の治療に関して実績のある医師で、プロ野球選手も何人も世話になっている、という。

「医者はそんなに儲かるものかね」道路の向かい側からクリニックを観察しながら、私は吐き捨てた。

「儲かる人は儲かるんでしょう」醍醐がぽつりと答えた。

「それにしても田口さんがね……」私は、少し離れたガードレールに腰かけ、腕組みして目を閉じている田口に目をやった。仮眠しているのかもしれない。

「あの人、何もないけど、運だけはあるみたいですね」醍醐が肩をすくめた。

「そういう人間が近くにいる幸運に感謝すべきかどうか……」

「俺は別に、感謝しませんよ。それより、あと三十分です」醍醐が腕時計を見た。

四谷のクリニックを経営する医師の近藤《こんどう》は、捜査に協力的だった。すぐに翔太の手術をしたことを認めた後、今日の昼前にも診察のために訪れる、と明かした。手術は、今週の月曜日。その後、ここで水曜日まで過ごした後、退院した。それから初めて診察を受ける日なのだという。

「大変な手術じゃなかったんだな」私は言った。

「そうなんでしょうね。二晩だけで退院したんだから」醍醐が応じる。

「しかし、寮には戻っていない」

「そして、家にも連絡がなかったわけです。家族にも監督にも、隠しておきたかったんでしょうね」

「ああ……配置につこう」

「入るタイミングで押さえるんですか？」

「いや、診察は受けてもらう。お前、もう一回近藤先生に会って、余計なことは言わないように言い含めてくれ。その後で、表と裏で張り込む。裏口から逃げることはないと思うけど」

「オス」醍醐が、少し離れた横断歩道まで走って行った。信号が青になったタイミングで、一気にスピードを上げてダッシュする。

瞬く間に点になる姿を見送っていると、愛美が近づいて来た。何となく不機嫌そうで、渋い表情である。

「田口さんに先を越されたのが、そんなに悔しいか？」

「運だけで生きてるような人と比べないで下さい」愛美が唇を尖らせる。

「だけど、運だけは、努力しても身につかないからな」私は顎を掻いた。

「でも、運は戦力としては当てにできないでしょう？」

「仰る通り」私は肩をすくめた。

愛美のきつい言い方に嫌気がさして、周囲に視線を投げる。クリニックは新宿通り沿いにあるので、人通りは多い。見逃すことはあるまいが……いつの間にか、隣に真弓が来ていた。

「どうするつもり？」

「取り敢えず、状況を確認しないといけないでしょうね」

「家族への連絡は？」

「その後にします」

真弓がうなずいた。この案件は間もなく、単純な「家出」として片づけられようとしている。それはそれでいい。誰も傷つかないのだから……いや、最終的には翔太が傷つくかもしれない。そして私たちは、それを避けるために何かすべきなのか。ささやかな協力はできるが、そうすると他の人間に嘘をつくことになる。事件としてはどうでもいい――事件にもならない話だが、一人の人間の人生がかかっているかもしれないので、判断が難しいところだ。

「警察が口を突っこむ話じゃないわ」真弓があっさり言った。

「じゃあ、どうするんですか」

「説諭。そして今後の予定を確かめてから解放する」

「それでいいんですか？」

「私はいいと思うわ」

自信はなさげだったが、真弓は自分の台詞にうなずいた。失踪課で仕事をしていると、こういう、事件とは言えない事件にぶつかることもあるのだが、私も彼女も、未だに慣れていない。これが確かな事件なら問題ないのだ。私たちには法という後ろ盾があるし、事件を解決するためのノウハウも持っている。

ふと、法月に話を聴きたい、と思った。彼なら、こういう時にどうするべきか、いい知恵を持っているのではないだろうか。誰も傷つかず、八方丸く収まる方法を。だが彼は、あくまで部外者である。甘えれば応えてくれるだろうが、そんなことでは私たちはいつまでも成長しない。

この年になって成長する必要があるかどうかは分からなかったが。

電話が鳴った。

「準備完了です」醍醐だった。

「よし。お前は正面に回ってくれ。裏口にも人を配置する」

「本当に、治療が終わるまで待つんですか?」

「ああ」

「それでいいんですね?」醍醐が念押しする。

「手術後の診察と治療は必要なんじゃないかな。それを邪魔する権利は、俺たちにはない」

「……オス」

納得いかない調子で言って、醍醐が電話を切った。ここまで追い詰めて——と思っているのだろう。それに彼には彼で、野球界の後輩に言いたいこともあるはずだ。しかしそれは後回しである。

「誰か一人、クリニックの中にいた方がいいんですが」私は真弓に告げた。

「私が入ります」即座に反応した。

「了解……残りの人間で外を固めます」

うなずき、真弓が横断歩道に向かい始めた。その場に残っていた五人も後を追う。私は森田と田口を裏口に配し、正面は自分と愛美、醍醐で固めることにした。裏口の方は少々心許ない布陣だが、翔太が暴れることはあるまい。とにもかくにも怪我人なのだから、自分の体にダメージを与えるようなことをするとは思えない。

翔太は十二時五分前にやってきた。大きなスポーツバッグを左手に——やはり右肩を庇っているのか——ぶら下げ、大股でアスファルトを踏みしめながら、歩道を歩いて来る。視線は下向きだったが、全身から強い意志の力が感じられた。一人。水穂はどこにいるのだろう、と私は訝った。

腿の半ばまであるダウンジャケットにジーンズ、頭にはキャップという格好である。キャップはパイレーツのものではなく、紺地に白の「N」と「Y」を組み合わせたものだった。周囲を気にする様子もなく、ドアを開けてクリニックに入って行った。ほどなく携帯電話がメールの着信を告げる。真弓からで、件名さえなく、本文は「IN」のみ。素っ気ないにもほどがある。

治療にどれぐらいの時間がかかるか分からなかったが、三十分から一時間程度だろう、と私は読んだ。実際には翔太はその中間、四十五分で出て来た。彼に向かって一歩を踏み出すと同時に携帯が鳴ったが、真弓だろうと思って無視する。内容は「OUT」以外に考えられなかった。

私は翔太の前に立ちはだかった。極端に背が高いわけではないが、やはり体に厚みがあり、独特の威圧感を発している。バッジがなかったら、気圧《けお》されてしまうだろう。

「花井翔太君だね」

立ち止まった翔太が顔を上げ、困惑した表情を浮かべた。

「警視庁失踪人捜査課の高城です。君を捜していたんだが」

いつの間にか、翔太は囲まれる格好になった。私の横には愛美。背後に醍醐。さらに翔太の背中は真弓が取っている。彼は周囲を見回しもせず、相変わらず困惑の表情を浮かべていた。

「あの……何かあったんですか？」

翔太はまったく状況を把握していなかった。自分が行方不明になって大騒ぎになっていることも、私たちが必死で捜していたことも。あまりにも浮世離れした態度に思えて啞然としたが、野球一筋に考えている人間は、何かが抜けてしまうのかもしれない——それこそ、社会常識とか。

「ずいぶん捜したんだが」

「隠れていたわけじゃないですよ」

一瞬、翔太が顔を背ける。言葉と裏腹に、隠れていたという意識はあるのだ。周りの人間に迷惑をかけた自覚もあるだろう。

「親御さんから捜索願が出されてる」

「ええ？　大袈裟ですよ」翔太が両手を広げた。右肩を庇っている気配は……特にない。

「高校にも球団にも内緒で、治療を受けていたんじゃないか」

ふいに翔太の顔から血の気が引き、言葉が消えた。その時にはもう、田口と森田が背後の包囲にかかわっていた。周囲を見回し、事の重大さに気づいたのか、困ったように私に視線を戻す。

「とにかく、話を聴かせてくれ」

「警察へ行くんですか？」翔太が一歩引いた。

「まさか」私は少し大袈裟に笑ってやった。「何も悪いことはしてないんだろう？　飯を食いながらでもいいし、君が泊まっている場所へ行ってもいい。今、どこにいるんだ」

「……ホテルです」

「この近く？」

「市ヶ谷ですけど」

翔太は、簡単に打ち明けた。要するに彼は、ここ数日間、中央線沿線の狭い地域をうろうろしていたことになる。市ヶ谷に宿を取り、四谷のクリニックで手術を受け、神田近くのスポーツ用品店に顔を出す。

「そこまで行こうか」

「……ええ」困ったように顔をしかめる。

「誰が一緒にいるかは分かってるんだ」

「ああ、そうなんですか。まずいですかね」左手で思い切り頭を掻いた。

「俺は何とも思わないけど、学校がどう考えるかは分からないよ」

翔太の顔がまた蒼くなった。沈着冷静、常に態度が変わらない男だと聞いていたが、慌てる様子を見て、私はかえって好感を抱いた。野球においては平静を保つのが大事かもしれないが、私生活では感情を表に出すべきだ。ロボットのような大人になって欲しくない。

私はホテルの名前を翔太から聞き出し、すぐにタクシーを呼び停めた。翔太を先に乗りこませ、自分が横に滑りこむ。特に指示したわけではないが、醍醐が狭い助手席に無理に体を押しこめてきた。はっきりとした、怒りのオーラのような物が漂ってくる。この後の事情聴取は、できたら愛美をパートナーにしたい。醍醐は相当怒っており、暴走したら手がつけられなくなるだろう。

翔太が宿にしていたのは、小さなシティホテルだった。ここなら、一泊五桁もいかないだろう。それほど金の自由が利かない翔太は、この程度のホテルを宿にするしかなかったのではないか——誰かが金を出しているのでなければ。

翔太はさほど戸惑わず、私たちを部屋に案内してくれた。部屋に入る瞬間、醍醐に向かって首を振ったが、彼は強張った表情で、頭がちぎれそうな勢いで首を横に振った。どうしてもついてくる気か……仕方なく、同意する。私はドアを手で押さえたまま、真弓と配置について相談した。森田と愛美は、このフロアのエレベーターと非常階段の前に分かれて待機。さらに真弓と田口が、ロビーで待つことになった。まだ、翔太が逃げ出す可能性もある。

部屋に入って、まず驚いた。相当雑然としているのではないかと思ったが、綺麗に片づいている。翔太はダウンジャケットを脱いで、丁寧にクローゼットにかけた。荷物は、今日持っていたスポーツバッグと、それより一回り大きなバッグだけのようだ。それはクローゼットの前に、きちんとファスナーが閉まった状態で置かれている。

「イメージが狂うな」

私が言うと、翔太が不思議そうに目を細めた。

「もっと汚しているかと思った」

「ああ……そういうの、嫌いなんで」

「確かに、寮の部屋も整頓はされていたな」

翔太が耳を赤く染め、「見たんですか」と文句を言った。

「捜索願が出されたんだから、当然調べるよ。大リーグが好きなんだね」

「ああ」翔太がキャップを取った。硬そうな髪をかき上げ、部屋の中を見回す。「すみません、座る場所もないんですけど」

確かに。デスクに付属した小さな木製の椅子、一人がけのソファ以外に座る場所はなく、人数と合わない。醍醐に目配せすると、彼は無言でうなずいてドアに背中を預けた。私は翔太に、ソファに腰を下ろすよう、命じた。翔太が素直に従ったので、私は椅子を動かして、翔太の正面になるように座る。取調室と違い、テーブルを挟んでいないせいか、自分がひどく無防備に思えた。

翔太は特に動揺している様子ではなかったが、次第に居心地悪さを感じ始めているようだった。嘘をつくとは思わないが、私はしばらく沈黙を守り、彼の心がさらに揺れ動いて変化するのを待った。

「肩は重傷なのか？」

翔太の肩――左肩がぴくりと動いた。右肩は動かせないほどの重傷なのか？　私は胃がかすかに痛むのを感じた。

「手術、受けたんだよな」

「はい」

「最初に痛みを感じたのは、去年の秋ぐらいか」

「国体の時に……最初は大したことないと思ってたんですけどね。試合中に、牽制《けんせい》で一塁へ戻った時に滑りこんで、ずきっときたんです。それが段々、ボールを投げるのがきつくなって、そのうちバットを振っただけで痛むようになって。たぶん、その前から傷めていたんだと思います。投げる時に、引っかかる感じはずっとあったから」

「それで手術を決めたのか」

「肩関節唇損傷で……どこの医者へ行っても、手術が必要だって言われました」

「だけど、この時期に手術してどうする？　もうすぐ自主トレもキャンプも始まるんだろう？　間に合うわけないじゃないか」

「間に合わせます」翔太の口調が強張った。

「医者は間に合うと言ってるのか」

沈黙。無茶をしたのだ、と私は悟った。同時に、どうしてこれほど焦ったのかも想像がつく。

「遅れを取りたくなかったんだな？」

翔太が真顔で私を凝視する。一瞬後には、まるで認めたことを気づかれたくないように、素早くうなずいた。

「ドラフト一位。内野が弱いパイレーツなら、すぐにサードのレギュラーが取れるかもしれない。実際、チームの方からは、そういう風に期待されてたんじゃないか」

「あの、社交辞令かもしれないとは思ってますけど……そんな風に言われました」

「真面目過ぎるんだよ、君は」私は両手を大きく広げた。「レギュラー定着の期待に応えたい。だからどうしても、極秘に手術を受けてでも、怪我を治しておきたかった。だけど手術を受けるなら、もっと早い時期に決断すればよかったじゃないか。今は本当に、間が悪いだろう。素人の俺でも、それぐらいは分かるよ」

「迷ったんです。ずっと決断できなかったんです。内視鏡って言っても、一応手術なんだから……体を傷つけて、それで元に戻れるかどうか、心配だった」

「手術は上手くいったんだろう？」

「これ以上はないほどの成功だって、先生も保証してくれました」

おめでとう、と言っていいのかどうか分からず、私は言葉を切った。ふと心配になって醍醐を見る。相変わらず腕組みをしたまま、銅像のように固まっていた。表情は不機嫌極まりない。いつ爆発するかと冷や冷やしたが、翔太に話を聴きながら醍醐の機嫌を取るような器用な真似は、私にはできない。

「手術の件は分かった。問題は、どうして誰にも言わずに姿を消したか、だ」

「誰かに喋れば、漏れるかもしれないでしょう」

「いずれは分かることじゃないか。キャンプに入って、キャッチボールもできなかったら、チームの人間にはすぐばれる」

「そうなったら、手術を受けたってちゃんと言うつもりでした。でも、手術は成功しているんだから、それほど時間はかからないで復帰できるはずです」

「あのな……」私は額を揉んだ。翔太の真っ直ぐな気持ちは理解できるが、考え方があまりにも子どもっぽい。「勝手に手術をしたことがばれたら、チームだっていい顔をしないだろう。球団に、素直に相談すればよかったじゃないか。選手のケアについては、ちゃんと責任を持ってくれるんじゃないか」

「俺はまだ、パイレーツの選手じゃないんですよ」

「そうかもしれないけど、事情が事情じゃないか」

「俺はずっと、パイレーツに憧れてたんです」翔太が両の拳を握りしめる。「やっと夢が叶って、これからという時に怪我なんかしちゃって、チームに申し訳ないじゃないですか」

　君は幸運な一人なんだぞ、と私は羨ましく思った。子どもは誰でも夢を抱く。その夢は、職業として極めて間口が狭い物から、比較的楽に——努力さえすれば何とかなる物まで様々だ。しかし、十八歳で夢を叶えられる人間は、多くはない。だからといって、君は贅沢だ、とは言えない。スタート前にハンディを抱えてしまったのは間違いないのだから。この怪我が、プロ野球選手としてのキャリアにどの程度の影響を及ぼすかは、翔太にもチームの首脳陣にも分からないだろう。

「あの……俺、何か処分されるんですか？」急におどおどした口調になって、翔太が訊ねる。

「警察的には何もできない。俺たちの時間を無駄にした——つまり、税金を無駄遣いしたぐらいだけど、そういうことでは俺たちは文句は言わないよ。でも、他の人には雷を落とされると覚悟しておいた方がいい。まず親御さんには、ちゃんと事情を説明しないと」

「パイレーツには……」

「それは難しい問題だな」私たちがアドバイスできることではない。むしろ平野監督と相談すべきだろう。

　ふと、嫌な予感が芽生えた。この全てを、翔太が計画したのだろうか。身を隠し、極秘に手術を受けて、知らん顔で復帰する——子どもっぽい考えだが、ある程度の計画性、一貫性はある。後で、近藤医師に確認しなければならないことが一つできた。

突然、音を立ててドアが動いた。醍醐が慌てて背中を引きはがしたが、用心してドアを押さえ、細く開くだけにする。

「何してんのよ!」女性の怒声が響いた。翔太が慌てて立ち上がる。「どいてってば! 何で邪魔するの? 翔太は?」

私は溜息をつき、醍醐に向かって首を振った。醍醐が手を離して脇に身を引くと、一人の少女を先頭に、森田と愛美が同時に雪崩《なだれ》こんでくる。私は翔太の顔を見据えた。耳が赤くなり、目を伏せている。私は、怒りで肩を上下させている少女に目を向けた。すらりとした長身。一月の寒さも気にせず、薄手のスカジャンにショートパンツ、膝までのブーツという格好である。右手には、巨大なコンビニエンスストアの袋。黙って微笑んでいれば可愛い顔立ちなのだろうが、怒りで顔が真っ赤に染まり、その魅力は半減していた。

「高嶋水穂さんだね」

私が呼びかけると、水穂が口を引き結んだ。翔太は、両手をジーンズの腿に盛んに擦りつけている。私は翔太に向き直り、「どういうことか、説明してくれないか」と頼んだ。ほぼ想像通りだったのだが……本人の口から直接聴くまでは、納得できない。

「それは、手術だから……」翔太の耳がさらに赤くなる。

「怖かったんだ」

「当たり前でしょう!」水穂が私に嚙みついた。「選手生命の危機なんだよ! 誰だって不安になるでしょう。ついててあげて、何が悪いの！」

選手生命の危機、などという言葉をどこで覚えたのか。私は首を振りながら、言葉を捜していた。見つからない。十八歳の二人にかける言葉を捜し出せない、いい年をしたオッサンである私が……これまで十分過ぎるほどの経験を積んできたと思っていたが、世の中は常に変わるのだ。自分の経験だけでは対応できない事態は増える一方である。

そう思った次の瞬間、これはむしろ古典的な物語なのだと気づいた。

怯える患者と、献身的な看護婦。年齢もクソも関係ない。翔太は水穂にすがり、水穂は翔太の面倒を見たいと思った。それだけの話ではないか。

19

翔太は家に戻るのを渋ったが、このままだとさらに騒ぎが大きくなると説得して、醍醐と森田が千葉まで送って行くことにした。水穂は翔太以上に帰宅を嫌がったが、こちらは愛美と田口に任せる。残った私と真弓は、ホテルの一階にあるカフェで、遅い昼食を取っていた。二人ともオムライス。いい年をした大人が食べる物ではないが、何となく胃に優しい物が欲しかった。それは真弓も同じようだった。

真弓と二人きりで食事するのは久しぶりだった。何となく気まずく、スプーンを口に運ぶスピードが上がってしまう。

「それで、どうするつもり？」

「事件にはできませんね」

「だったらこれで終わりにする？」

「一つだけ、確かめなければいけないことがあるんですが」

説明すると、真弓がスプーンを皿に置く。彼女にしては珍しいことに、スプーンが金属音を立てた。躊躇っている。

「事件にならないなら、敢えてやるべきじゃないような気もするけど」

「刑事……警察官の仕事って何なんでしょうね」私はいち早く食べ終えた。煙草の時間だが、カフェは全面禁煙――忌々しい話だ。

「何よ、今さら」真弓が鼻で笑った。だが笑いは一瞬で引っこみ、真顔に戻る。「そんなことを考える年でもないでしょう」

「俺は失踪課へ来るまで、相手にするのは犯罪者ばかりでした。そういう人間とどういう風に対峙するかは、分かりますよね」

「もちろん」

「犯罪者は、処分されなくちゃいけない。きちんと裁かれて、然るべき罰を受けて、その後は……」私はでたらめに右手を宙に舞わせた。こんな話は建前だ。刑務所は懲罰《ちょうばつ》施設であると同時に矯正《きょうせい》施設の意味も持つが、実際には、矯正されないまま社会に戻ってくる犯罪者がいかに多いことか。「犯罪者は死ぬまで犯罪者」とは思いたくないが、「またあいつか」と溜息をつくような経験を、私は何度もしている。

「でも、花井翔太は犯罪者ではない」

「被害者でもありません。そもそも今回の一件は、我々向けの仕事じゃなかったですね。どうせ彼は、しばらくしたら、何食わぬ顔で寮に戻るつもりだったんですから。それが許されると思っていたら、甘いですけどね」

「今頃、醍醐君がたっぷり説教してるんじゃない？」

「いや、あいつは何も言えない——言わないと思いますよ」醍醐は、怪我で夢を断念した男だ。それ故、どうしても怪我を治して夢にしがみつきたいと願う翔太の気持ちは、十分過ぎるほど理解できるだろう——刑事ではなく、野球の先輩として。もしかしたら今頃は、二人で野球談義に花を咲かせているかもしれない。

「こういう人にどう対応すべきか、答えはないわね」

「ないです。ただ、彼には他の方法もあったんじゃないかと思う……彼一人では、こんなやり方は決められなかったはずですよね」

「その責任を追及する気？」

「追及するかどうか……それは、言われた方がどう感じるかによると思います」

真弓が肩を上下させた。笑おうとしたようだが、表情は硬く強張ったままだ。

「私たちがやるべきことじゃないかもしれない」

「個人的な気持ちです。刑事であるとかないとか、そういうことと関係なく……やっぱり変ですかね」

「今まで散々、変なことをしてきたじゃない」真弓がにやっと笑った。「今さら反省しても、遅いわよ」

「そうですね。そういう変なことが、失踪課の仕事かもしれない」

人が姿を隠す理由は、それこそ百人百様だ。単純化、統計化しにくいが故に、失踪人捜しのポイントは、その時々の勘に頼る部分が大きくなる。考えさせられることは多かった。捜査一課の時代よりも、自分がかかわる人の人生について考えることが増えたと思う。

今回は……一つだけはっきりしているのは、花井翔太という若者の将来を、絶対に潰してはいけないということだ。判断ミスは許されない。

土と石灰の臭い――ふと高校時代を思い出す。私の母校では、狭いグラウンドで野球部とサッカー部、それに陸上部が一緒に練習していて……もう三十年も前のことだ、と考えると苦笑してしまう。自分が過ごしてきた歳月の重みを肩に感じた。

それにしても、自分が高校生の頃とさほど様子が変わらないのには驚く。野球部の連中は相変わらず坊主頭だし、練習用の汚れた白いユニフォームも似たような物だ。グラウンドの中だけ、時間が停まってしまったようである。

今はシーズンオフであり、練習も控え目なのだろう。栄耀高校は秋の大会の成績が悪く、選抜出場は絶望的だから、目標は既に春の都大会に向いているはずだ。まずそこで勝って、夏の甲子園予選のシード権を取る。参加校が多い都市部では、一試合多いか少ないかで、選手の疲労もまったく違うはずだ。

土曜の午後遅く。おそらく朝から続いている練習は、既にピークを越えたはずだ。だいたい土曜ぐらいは、夕方に練習を切り上げるのではないか。下級生たち——アンダーシャツが白なのがそうらしい——が内野にトンボをかけ、上級生たちは思い思いの場所に散って自分たちの練習をしている。

私は広いグラウンドに視線を巡らし、平野の姿を捜した。見当たらない。監督室だろうか。

正門からグラウンドに入る。グラウンドの一番正門に近い部分に、ブルペンがあった。マウンドとキャッチャーが座る位置だけに、かまぼこ型の屋根がついている。そこから、白球がミットを叩く音、一球ごとにピッチャーがうなり声を上げて気合いを入れるのが、はっきり聞こえてきた。複数のピッチャーが同時に投げているらしく、時折、「ナイスボール」「低目、低目！」と鋭く叫ぶ平野の声が混じる。

勝手に見ていいかどうか分からなかったが、これは仕事なのだと自分に言い聞かせ、ブルペンを覗きこんだ。平野は二人のキャッチャーの後ろに立ち、二人のピッチャーの投球練習を同時に見守っている。一人はサウスポーのオーバースロー、一人は右のアンダースローだ。サウスポーのピッチャーは長身で、少しぎくしゃくとしたフォームから、小気味良い速球を投げこんでくる。しかし球速自体は、アンダースローのピッチャーの方が上だ。鳥が羽ばたくようなゆったりしたフォームだが、ボールをリリースする瞬間、手首がよく動いている。地面すれすれの位置から放たれたボールが、浮き上がるような軌跡でキャッチャーミットに吸いこまれていく様は、見ていて気持ちがいい。

平野が私に気づき、顔をしかめた。だがそれは一瞬のことで、軽く会釈をする。私も会釈を返したが、平野のところへ行くにはボールの軌道のすぐ側を通らなければならない、と気づいた。二人のピッチャーの集中力を削ぎたくなかったので、声もかけられず、動くこともできない。平野はあくまで指導に集中したいようで、一度私を見た後は、ピッチャーに意識を戻してしまっている。

私はその場に立ち続けることで、無言のメッセージを送り続けた。あんたに用がある、と。三分ほどが経った後、平野がピッチャー二人に「あと五十な」と声をかけ、こちらにやって来た。

私は静かに頭を下げ、「土曜日なのに大変ですね」と声をかけた。

「いやいや、今はまだ軽目です」平野がキャップを取って、髪をかき上げた。改めて見ると、結構白髪が目立つ。私よりずいぶん若いのに苦労しているのだな、と同情を覚えた。苦労も過ぎると、余計なことを考えがちになるのかもしれない。本来考えるべきことを無視して、まったく別のことに力を入れてしまう。

「花井君を見つけました」

平野がぽかりと口を開ける。しばらくそのままにしていたが、やがて目を瞬かせると、「あ、ああ……」と呻《うめ》くように言った。

「その件について、ちょっとお話ししたいんですが、よろしいですね？」お願いではなく確認。

「しかし、練習中なんですが」

「花井君が見つかったんですよ？　それよりも練習の方が大事なんですか」

「そういうわけじゃない……」

「だったら話をしましょう。あなたに聴きたいこともある。監督室で話しませんか」

「いいですよ」嫌そうにうなずいた。

「すみませんね。でも、ちょうど煙草も吸いたいので」それは嘘ではなかった。考えてみると、数時間も煙草を吸っていない。私にしては新記録かもしれなかった。だが今、煙草なしで話すのは難しい。本当はアルコールの助けが欲しいぐらいだ。

監督室には、相変わらず煙草の臭いが染みついている。他人の煙草の臭いは気に食わないんだよな、と思いながら、私は煙草に火を点けた。久しぶりの一服が体に染みる。もしかしたら、この感覚を味わうためには、煙草の本数を減らすべきかもしれない。数時間に一本だからこそ、感慨は深くなる。

平野はデスクにつき、浅く腰かけた。煙草は吸おうとせず、私を凝視する。

「あまり驚いていませんね」

「何がですか」

「花井君が見つかったんですよ。あれだけ心配していたじゃないですか」

「ああ」平野が両手で顔を擦る。「いきなりだったもので」

「見つかると思っていなかったんですか？」

「そういうわけじゃないです」平野が唇を尖らせた。

「もちろん、見つけるつもりでした。我々はプロですから。人を捜すのが仕事ですから
……あなたが高校生に野球を教えて給料を貰っているように」

「何が言いたいんですか」

私の言葉の皮肉な調子に反応して、平野の表情が固まる。右手で煙草のパッケージをき

つく握っていた。それじゃ煙草が折れてしまう、と心配になる。

「言いたいことですか？　たくさんありますよ」私は軽い怒りを意識しながら言った。この男のしたことは、犯罪ではない。だが私としては、どうしても合点がいかなかった。落ち着け、と自分に言い聞かせる。断罪のためにここへ来たわけではないのだ。「彼は、右肩の手術を受けていました」

　平野の顔が強張る。ゆっくりと、それこそ倒れるように椅子に背中を預けた。視線をそらし、煙草を一本引き抜いてくわえる。火を点けようとしたが、煙草の先とライターの炎が合わず、最後は諦めてしまった。煙草を口から引き抜き、デスクに転がす。

「手術を受けなければならないぐらい、重傷だったんですね。もう少し早く判断すべきだったんじゃないですか」

「翔太はどこにいるんですか」平野の目は血走っていた。

「今、実家に向かっています。捜索願を出したのは、ご家族ですからね。最初に会わせなければいけない」

「ああ……」平野が額に手を当て、椅子に体重を預けた。古いパイプ椅子が、ぎしぎしと嫌な音を立てる。

「怪我は、ご両親に知られたらまずいことですか？　家族は当然、知っているべきだと思いますが」

「余計な心配をかけたくなかったんだ」

「つまりあなたは、花井君の怪我を知っていた。最初から」

平野が口をつぐむ。喋れば全てが壊れてしまう、とでも思っているのかもしれない。だが私は、どうあっても全体像を摑むつもりでいた。捜査のためではなく、単に自分を満足させるために。そんな権利はないのだが、中途半端にしてはおけなかった。

「去年の秋、だそうですね。牽制で一塁に戻った時に、滑りこんで怪我した、と本人は言ってました」

「……そうです」

認めた。だが、犯人を落とした時のような快感はない。気持ちが腹の底に沈みこんでいく。

「その後も怪我は回復せず、むしろ悪化しました。トレーニングで追いこみ過ぎたのかもしれませんね」

「あいつの場合、言わなくてもやるけど、逆に止めるのが大変なんですよ」

「そのうち、どうしようもなくなったんですね。手術をしなければ、早急な回復は難しいところまで悪化してしまった。最終的に決断したのは彼ですが、あなたは当然、事情を全て知っていたはずです」

「私は……」

「クリニックに、あなたのサインが入った手術の承諾書がありました。本当は親がサインすべきなんでしょうけど、監督といえば親も同然ですから、担当の医者もそれで納得したんですね。そもそも、あの医者を紹介したのもあなたでしょう」

「腕は確かな先生なんだ」平野が顎に拳を当てた。「プロの選手も、何人もあそこでお世話になっている。あの先生なら、間違いなく成功させてくれるはずだった」

「実際、手術は成功だったようです。リハビリも短くて済みそうですね。自主トレには間に合わないけど、キャンプでは、バッティング練習には差し支えがないかもしれないという話でした」

平野が下を向いたまま、大きく息を吐いた。その辺に漂っている邪悪な物を、全て吹き飛ばしてしまおうかという勢いだった。

「そういう報告も、逐一《ちくいち》花井君から受けていたんじゃないですか？　つまりあなたは、最初から彼がどこにいて何をしているか、知っていた。だから最初から、花井君の捜索にどことなく乗り気じゃなかったんでしょう。花井君が見つかれば、当然怪我のことが明るみに出る。しかし親御さんの手前、知らんぷりをすることもできなかった。捜索願を出すのに同意したのは、仕方なく、だったんでしょう」

「本当は……どうなるかずっと不安だった。正直言って、あなたがここへ来る度に怖かったんですよ。事情を知られたら、話が外へ漏れてしまうかもしれない」

「それがそんなに大変なことなんですか？」私は身を乗り出した。「スポーツ選手に怪我はつきものでしょう。重傷か軽傷かは、その時々の運に過ぎない。どんなに優秀な選手でも、怪我は避けられないんですから」

醍醐のように。彼は運から見放された人間の一人だ。しかし今の生活を見ている限り、過去を引きずって虚無的になってはいない。ただ仕事と、子どもがたくさんいる生活に疲れているだけだ。

「スタートで躓《つまず》かせたくなかった」平野がぽつりと言った。

「それは、花井君も同じ思いでしょうね」

「パイレーツ側がどういう態度に出るか分からなかった。怪我のせいで、最初から不利な立場になることもあるんです」

「スタートが遅れる」

「最初に怪我して、それで消えてしまった選手はたくさんいるんですよ。あいつには、そんな風になって欲しくない」

たとえ野球の道が断たれても、それで人生が終わるわけではない。醍醐を見ろ——しかし今の平野に、そんな慰めは何の効果ももたらさないだろう。だいたい翔太は、これで駄目と決まったわけではないのだ。むしろ、手術は成功しているのだから、いい方向へ向かうはずである。

「無事な体でキャンプインさせたかった、ということですよね」

「そうです」

「手術は大きな賭けだったと思いますが」

「ここまで決断を引っ張ってしまったのは、私の判断ミスです。最初に手術が必要だと言われたのは、去年の十一月だった。その時点ですぐに手術を受けさせていれば、今頃は相当回復していたと思います。でも、ずるずると……まったく、私の責任です」

「肩を傷つけずに済めば、その方がよかったんですよね」

「もちろんです」平野が力強くうなずいた。「私自身、考えが古いのかもしれない。私が若い頃はまだ、肩にメスを入れるというのは大変なことだったんですよ。肩というのは人間の体の中でも複雑な部分で、開けてみないと分からない、ということもあったし……もっと勇気を持つべきでした」

「しかし花井君も、意外に度胸がないですね」私はわざと軽い口調で言って、煙草を携帯灰皿に押しこんだ。ほとんど吸わないまま、フィルター近くまで燃えてしまっている。すぐに新しい煙草に火を点け、深く煙を吸いこんだ。「結局、手術が怖かったんですね。ガールフレンドに一緒に来てくれるように頼みこんだんだから。それもあなたが手配したんですか」

「いや、その件は何も聞いていない」平野の顔が蒼褪めた。「部屋は手配したが……手術した後、しばらく安静にしている必要もあったし、何度か医師の診断を受けなくてはいけなかったから」

「なかなか、恋人思いの女の子でしたよ」愛美との罵り合いを思い出し、私は頬が緩むのを感じた。愛美にしてみれば、「教育的指導」のつもりだったのだろうが、水穂は平然と反発してきた。「何も悪いことしてないじゃん」と開き直り、最後は「おばさんは黙っててよ」と致命的な一言を投げた。

私は、口喧嘩で黙りこむ愛美を初めて見た。

「この件は……」平野が探りを入れるように言った。

「少年課的に見れば問題かもしれませんけど、そんなことに一々口を挟むほど、私は暇ではありません」

私が首を振ると、平野が溜息をついた。話し終えるまでに、彼は何度溜息をつくのだろう、と私は訝った。それだけ彼が、危ない橋を渡って来た、ということなのだが。

「彼女も、実家へ帰しました。今後のことは、どうなるか分かりません。監督も、ガールフレンドのことまではどうしようもないですよね？」

「そうですね……これがもっと前だったら、指導しなくちゃいけなかったと思うけど」

「でも、二人は結構前からつき合ってたようですよ」

「ああ」力なく平野が言った。

「花井君は、女性で変わるタイプじゃないでしょうね。それとこれとは——野球と恋愛は、分けて考えられるのかもしれない。心配するだけ損じゃないでしょうか」

「まあ、そうかもしれません」平野の言葉は歯切れが悪かった。

「もう一つ、賭博の問題も心配はいらないと思います」

平野が疑わしげに目を細めた。

「捜査中なので何とも言えませんが、花井君が八百長に絡んでいるようなことはないと思います。もちろん、学校側には大きなダメージになると思いますが」

「クソ野郎は、放り出せばいいんだ」丁寧な仮面をいきなり投げ捨て、平野が喚いた。

「俺がどれだけ苦労してきたか……それを、野球部と関係ない生徒が悪さをしただけで、こっちに責任を持ってこられたら困る」

「苦労されたんですね」

平野がゆっくりと口をつぐんだ。大きく見開いた目は、少しだけ潤んでいる。

「全然縁のない高校の監督をいきなり引き受けて、プレッシャーもあったでしょう。結果を出さないと、いつ馘になるか分からない」

「ある意味、プロですね。結果が全てだから」平野が自嘲《じちょう》気味に言った。「OB会も怖いですよ。いつも目を光らせてるし」

「寮に住みこんでまで選手たちを指導するのは、生半可な覚悟じゃできませんよね」

「高校生を押さえるのは大変ですよ。最近の若い連中は、頭ごなしに怒鳴りつけても言うことを聞かない。野球を教えて、寮でも気を遣って……ずいぶん痩せました」

「分かります」

「去年甲子園に出て、やっと少しは、プレッシャーから解放されたと思ったんですがね」

「花井君が怪我して出遅れたら、あなたの責任も問われる」

あなたは結局、自分の管理の下手さをなじられるのが怖かったのではないか——そんな台詞が喉元《のどもと》まで上がってきた。大事に育てたドラフト一位選手が、怪我でまともな活躍ができなかったら、学校ばかりではなくチームからも責められる。結局それが怖かったのではないか。高校野球の名将と言われる人は、甲子園の出場回数、そこでの勝利数と、プロ入りした教え子の数で評価される。平野も監督を引き受けた以上は、いずれ「名将」と呼ばれるようになりたいはずだ。そのために、不確定な要素は極秘に排除しなければならなかった。不確定要素——翔太の怪我。

翔太を迷わせたのも、あなたの判断ミスだ。

明白な事実なのだが、それは言えない。言うのは、刑事の仕事ではないのだ。私には、したり顔で説教する権利などない。

「どうするつもりなんですか」平野がかすれる声で訊ねた。

「どうする、とは？」

「パイレーツに知らせるんですか」

「分かりません」本当に分からなかった。「球団側は、花井君が失踪していたことも、手術を受けたことも、まだ知りません。警察としては、それを教える義務もない。ただ、球団が何も知らないままでいるのはまずいかもしれませんね。自主トレの段階でボールを投げられなかったら、絶対に問題になるでしょう。その際、説明を求められるのは、監督、あなたじゃないですか。それに、親御さんも心配している。うちの刑事が送っていますから、向こうで事情は話すかもしれませんが……いや、花井君が自分で話すかもしれませんね。彼としては、こんな大事になるとは思ってもいなかったはずだ。ご両親を大事にしている子だから、心配しているのを見れば、話さざるを得なくなるでしょう。どうなんですか？　彼は本当は、あなたが何とかしてくれる、と思っていたんじゃないですか」

「それは……」平野が胸に顎を埋めた。

「無理ですよね。誤魔化す方法なんか、ない。あなたとしては、ご両親が心配して捜索願を出すのに合わせて、自分も心配な顔をしているしかなかったんでしょう、手術とその後の処置が終わって、花井君が戻って来たら、何と説明するつもりだったんですか」

つい、きつく追及するような口調になってしまう。私は咳払いを一つして、煙草を一服した。いつもは気持ちを落ち着かせてくれるニコチンも、今日はどこか邪魔に感じられる。まだ長い煙草を、私は早々に揉み消した。

「あなたがやったことは、褒められたものではありませんが、私だったらご両親にだけは話していたと思います。そうすれば、完全に秘密にすることができたでしょうね。他の野球部員たちを納得させるのは、難しくなかったはずだ」

「翔太は、親御さんから預かった大切な選手なんです。それを、怪我をさせて……私には、ご両親と正面から向き合う勇気がなかった」平野が硬く拳を握った。

「たかが怪我じゃないですか。手術も上手くいったんだし……」

「たかが、じゃないんです！」平野が声を張り上げる。「怪我で人生を棒に振った選手がどれほど多いか、知らないんですか？　十八やそこらで夢が消えるのは、見ていられない」

「うちの醍醐も、怪我でプロ野球の世界から引退した男ですよ」私は立ち上がった。「でも、あいつが不幸だとは、私には思えない。少なくとも私は、あいつと一緒に仕事ができて、嬉しいと思っていますから。変な話ですが、あいつが怪我をせずにプロで活躍していたら、出会えなかったでしょう。そういう世界では、私の人生は何パーセントか、つまらなくなっていたと思います」

　平野が頭を抱えた。一気に秘密がばれて、どうしていいか分からなくなっているのだろう。

「私には、これ以上は何もできません。あとはあなたの判断です」言ってしまってから、ひどい捨て台詞だと思った。「一つだけお願いしたいのは、これからも花井君を守って欲しい、ということです。ここまでやったんですからね……私も、彼がプロでプレーするのを見たい」

一礼して、監督室を出る。これは断罪よりもひどい結末ではないか、と思った。全ての判断を平野に押しつけてしまったのだから。もしかしたら何か、アドバイスできたかもしれない……いや、無理だ。

この件は、最初から最後まで、私とは無縁の世界で起きていた案件である。この事態を上手く収拾できるのは、関係者である平野しかいない。

私は一塁線側にある金網のフェンスの前に立ち、練習風景をぼうっと見守った。選手たちは、監督がいなくても、まったく手を緩めることなく、まるでこれから試合が始まるかのように真剣な様子だった。

自分でも気づかぬうちに、携帯電話を取り出していた。昨日貰った杉山の名刺を見て、番号を打ちこもうとしたが、通話ボタンを押そうとして、指が止まってしまう。

事実は事実。翔太は負傷して手術を受け、いつから本格的な練習ができるかは、まだ分からない。レギュラー取りはおろか、開幕一軍入りの保証すら、今はないはずだ。だがそれは、あくまで野球の世界の話である。自分が部外者であることを強く意識し、発言権はないのだ、と自分を戒めた。

一息つき、携帯を畳んでズボンのポケットに落としこんだ。杉山に話したら、どんな反応を示すだろう。彼のことだ、「責任を持って面倒を見る」と言い出すのではないか。翔太や平野と結託して、怪我した事実をチームに隠すかもしれない。それが翔太のためだと思えば……ばれた時には、本人がパイレーツにいられなくなるかもしれないが、彼ならあくまで翔太を庇う気がしていた。

翔太には、自分をここまで思う人がいるのだ、と意識して欲しい。彼は間違いなくスターになる人間だが、自分だけの力で、そういう立場が出来上がるものではないのだから。

私はフェンスに指を絡めた。

夕闇が落ちてくるまで、そうやって練習を眺めていた。

失踪課へ戻ると、驚いたことに全員が居残っていた。特に何をしているわけではないが、何となく空気が硬い。私が部屋へ入って行くと、醍醐と愛美が慌てて何か話し始める。いかにもわざとらしく、思わず失笑してしまった。森田はパソコンに向かい、田口は腕を組んで居眠りしている。体が今にも椅子からずり落ちそうだった。真弓がいないのは……いつも通りで、金魚鉢の中で誰かと電話中だった。

私は自席に腰を下ろし、顔を擦ると、ことの顚末《てんまつ》について話し始めた。結局判断を平野に委《ゆだ》ねてしまったこと……割り切ったつもりでも、多少は悔いが残る。警察の仕事ではないと分かっていても、もう一歩踏みこんで、相談に乗るべきだったのではないか。

「仕方ないと思いますよ」醍醐が溜息をつくように言った。「俺たち、あくまで部外者ですから」

「部外者？　お前はまだ野球界の人間だと思っていたけどな」

醍醐が寂しげな笑みを浮かべて肩をすくめる。

「大昔の話です。もう、割り切れてますよ。とにかく、この件はこれでよかったんです。誰も傷つかなくて済んで、よかったじゃないですか」

「これから傷つくかもしれないけどな。チームと花井翔太の関係は、どうなるか分からない」

「それこそ、俺たちが手を突っこめるところじゃないですよ」

「翔太はどうしてた？」

「物凄《ものすご》く反省してました。こんな騒ぎになってるとは、思ってもいなかったみたいですね。ちょっと考えが足りないですけど、所詮《しょせん》高校生なんだから、仕方ないでしょう……これからどうなるのか、心配してましたけど、こっちも答えようがないですよね」

「それでお前、何も言わなかったのか？」

「バットを振れって言っておきました」醍醐が両の拳を合わせて、スイングの真似をした。見えないバットが空を切る様が、簡単に想像できる。「リハビリして、死ぬほど練習して、それで結果を出すしかないって。パイレーツを騙したことになるかもしれないけど、実力があればチームは絶対に見捨てないでしょう？　力が全ての世界ですから」

「体育会系の連中は、単純で分かりやすいよな」

「オス。でも、こんなものですから」醍醐がにやりと笑う。

　私は愛美に顔を向けた。

「それで、そっちのお嬢さんは？」

「もちろん、家で大騒ぎでしたよ」肩をすくめる。「あの子は、いいことをしたと思ってるんですから。処置無しです」

「でも、悪いとは言い切れないな」

「まあ、そうなんですけど」愛美が、短く切り揃えた爪を弄った。

「高校生同士が一緒に家出っていうのは問題かもしれないけど、弱さと優しさと……もしかしたら、いい話かもしれない」

「私は認めませんけどね」愛美が顔を上げた。「ああいうクソガキは、一度痛い目に遭わせないと駄目ですよ」

「今回の件で、十分痛い目に遭ってるんじゃないか」私は顔をしかめた。言葉が悪いにもほどがある。「そうでなくても、これから遭うと思うよ。翔太の父親は、彼女をあまり気に入っていないみたいだし」

「子どもの恋愛に親が口を出すのは、変じゃないですか」

「親はいつでも、子どものことに口出ししたくなるものなんだ」私は肩をすくめた。

「高城さん、そんなことより、これから呑みにいきませんか」醍醐がことさら明るい口調で提案した。

「何だよ、それ」失踪課のメンバーと呑みに行くこともないではないが、今日がそのタイミングとは思えない。

「いや、無事に事件も解決したんだし、全員揃ってるし。室長も行くって言ってますよ」

「やめようよ。土曜日だぜ？　皆他にやることがあるだろう」

「たまにはいいじゃないですか」愛美が同調した。「私も別に、やることはないですし」

「離婚しそうな友だちの相談に乗ることは？」

愛美が唇を引き結び、私を睨みつけた。自分の子どもっぽさが嫌になる。彼女が心配してくれたのなら、素直に感謝すべきなのだ。醍醐に目を向ける。

「子どもの世話はいいのかよ」

「土曜日ですから。上の子は、ずいぶんしっかりしてきましたしね」

「そうか」踏み切れない。このままアルコールの助けを借り、仲間たちの同情を受けて、それで少しでも苦しみを先延ばしにするのが正しいのかどうか。今この瞬間、また胸に芽生え始めた不安を押し潰すために、逃げていいものか。

ふと、重苦しい沈黙が落ちる。土曜日なので署内にも人は少ないのだが、それにしてもこの静けさは気味が悪かった。

顔を上げると、カウンターの向こうに長野がいた。強張った表情で、規制線に動きを封じられたようにその場に立ち尽くしている。室長室のドアが開き、真弓が出て来た。醍醐が手を握り締めると、持っていた鉛筆がぽきりと折れる。愛美がのろのろと立ち上がったが、それだけで動きは止まってしまう。

長野が泣いていた。棒立ちのまま、声も上げず、ただ頬を濡らしている。

20

そして、世界は再び暗転した。

この作品はフィクションで、実在する個人、
団体等とは一切関係ありません。
本書は書き下ろしです。

中公文庫

牽《けん》制《せい》
——警《けい》視《し》庁《ちょう》失《しっ》踪《そう》課《か》・高《たか》城《しろ》賢《けん》吾《ご》

2012年12月20日　初版発行

著　者　堂《どう》場《ば》瞬一《しゅんいち》

発行者　小林敬和

発行所　中央公論新社
〒104-8320　東京都中央区京橋2-8-7
電話　販売 03-3563-1431　編集 03-3563-3692
URL http://www.chuko.co.jp/

ＤＴＰ　ハンズ・ミケ
印　刷　三晃印刷
製　本　小泉製本

Published by CHUOKORON-SHINSHA, INC.
Printed in Japan　ISBN978-4-12-205729-6 C1193

中公文庫既刊より

各書目の下段の数字はＩＳＢＮコードです。978－4－12が省略してあります。

と-25-14
神の領域　検事・城戸南
堂場瞬一
横浜地検の本部係検事・城戸南は、ある殺人事件の真相を追ううちに、陸上競技界全体を蔽う巨大な闇に直面する。あの「鳴沢了」も一目置いた検事の事件簿。
205057-0

と-25-18
約束の河
堂場瞬一
法律事務所長・北見は、ドラッグ依存症の入院療養から戻ったその日、幼馴染みの作家が謎の死を遂げたことを知る。記憶が欠落した二ヵ月前に何が起きたのか。
205223-9

と-25-21
長き雨の烙印
堂場瞬一
地方都市・汐灘の海岸で起きた幼女殺害未遂事件。ベテラン刑事の予断に満ちた捜査に疑いをもった後輩の伊達は、独自の調べを始める。〈解説〉香山二三郎
205392-2

と-25-23
断　絶
堂場瞬一
汐灘の海岸で発見された女性の変死体。県警は自殺と結論づけたが、刑事・石神は独自に捜査を継続、地元政界の権力闘争との接点が浮上する。〈解説〉池上冬樹
205505-6

と-25-26
夜の終焉（上）
堂場瞬一
両親を殺された真野亮介は、故郷・汐灘を捨て、喫茶店を営んでいた。ある日、店を訪れた少女が事故で意識不明に。身元を探るため、真野は帰郷するが――。汐灘サーガ第3弾。
205662-6

と-25-27
夜の終焉（下）
堂場瞬一
父が殺人を犯し、検事になることを諦めた川上譲は、東京で弁護士として仕事に邁進していた。そこに舞いこむ故郷・汐灘からの依頼は、死刑を望む殺人犯の弁護だった。
205663-3

ほ-17-1
ジ　ウI　警視庁特殊犯捜査係
誉田哲也
都内で人質籠城事件が発生、警視庁の捜査一課特殊犯捜査係〈ＳＩＴ〉も出動するが、それは巨大な事件の序章に過ぎなかった！　警察小説に新たなる二人のヒロイン誕生!!
205082-2

ほ-17-2
ジウII 警視庁特殊急襲部隊
誉田哲也
誘拐事件は解決したかに見えたが、依然として黒幕・ジウの正体は摑めない。捜査本部で事件を追う美咲。一方、特進をはたした基子の前には謎の男が！ シリーズ第二弾
205106-5

ほ-17-3
ジウIII 新世界秩序
誉田哲也
〈新世界秩序〉を唱えるミヤジと象徴の如く佇むジウ。彼らの狙いは何なのか？ ジウを追う美咲と東は、想像を絶する基子の姿を目撃し……!? シリーズ完結篇。
205118-8

ほ-17-4
国境事変
誉田哲也
在日朝鮮人殺人事件の捜査で対立する公安部と捜査一課の男たち。警察官の矜持と信念を胸に、銃声轟く国境の島・対馬へ向かう。〈解説〉香山二三郎
205326-7

ほ-17-5
ハング
誉田哲也
捜査一課「堀田班」は殺人事件の再捜査で容疑者を逮捕。だが公判で自白強要の証言があり、班員が首を吊った姿で見つかる。そしてさらに死の連鎖が……誉田史上、最もハードな警察小説。
205693-0

や-53-1
もぐら
矢月秀作
こいつの強さは規格外——。警視庁組織犯罪対策部を辞し、ただ一人悪に立ち向かう「もぐら」こと影野竜司。最凶に危険な男が暴れる、長編ハード・アクション。
205626-8

や-53-2
もぐら 讐
矢月秀作
警視庁に聖戦布告！ 影野竜司が服役する刑務所が爆破され、獄中で目覚める〝もぐら〟の本性——超法規的、過激な男たちが暴れ回る、長編ハード・アクション第二弾！
205655-8

や-53-3
もぐら 乱
矢月秀作
女神よりも美しく、軍隊よりも強い——次なる敵は、中国の暗殺団・三美神。影野竜司が新設された警視庁特務班とともに暴れ回る、長編ハード・アクション第三弾。
205679-4

や-53-4
もぐら 醒
矢月秀作
死ぬほど楽しい殺人ゲーム——姿なき主宰者の目的は、復讐か、それとも快楽か。凶行を繰り返す敵との、超法規的な闘いが始まる。シリーズ第4弾！
205704-3

各書目の下段の数字はISBNコードです。978－4－12が省略してあります。

と-26-9
SRO Ⅰ 警視庁広域捜査専任特別調査室　富樫倫太郎
七名の小所帯に、警視長以下キャリアが五名。管轄を越えた花形部署のはずが——。警察組織の盲点を衝く、連続殺人犯を追え！　新時代警察小説の登場。
205393-9

と-26-10
SRO Ⅱ 死の天使　富樫倫太郎
死を願ったのち亡くなる患者たち、解雇された看護師、病院内でささやかれる『死の天使』の噂。SRO対連続殺人犯の行方は。待望のシリーズ第二弾！　書き下ろし長篇。
205427-1

と-26-11
SRO Ⅲ キラークィーン　富樫倫太郎
SRO対〝最凶の連続殺人犯〟、因縁の対決再び!!　東京地検へ向かう道中、近藤房子を乗せた護送車は裏道へ誘導され——。大好評シリーズ第三弾、書き下ろし長篇。
205453-0

と-26-12
SRO Ⅳ 黒い羊　富樫倫太郎
SROに初めての協力要請が届く。自らの家族四人を殺害して医療少年院に収容され、六年後に退院した少年が行方不明になったというのだが——書き下ろし長篇。
205573-5

に-18-1
聯《れん》愁《しゅう》殺《さつ》　西澤保彦
なぜ私は狙われたのか？　連続無差別殺人事件の唯一の生存者、梢絵は真相の究明を推理集団〈恋謎会〉にゆだねるが……。ロジックの名手が贈る、衝撃の本格ミステリー。
205363-2

に-18-2
夢は枯れ野をかけめぐる　西澤保彦
早期退職をして一人静かな余生を送る羽村祐太のもとに、なぜか不思議な相談や謎が寄せられる。老いにまつわる人間模様を本格ミステリーに昇華させた名作。
205409-7

に-18-3
春の魔法のおすそわけ　西澤保彦
不思議な美青年、見知らぬバッグの二千万円。酔っぱらい作家・鈴木小夜子はこの謎が解けるか⁉　春の一夜のファンタジックなミステリー。〈解説〉森奈津子
205454-7

に-18-4
動機、そして沈黙　西澤保彦
妄執、エロス、フェティシズム……殺人鬼も刑事も、男も女もアブノーマル。西澤的「殺意のスイッチ」を陳列する本格ミステリ名作集。〈解説〉千街晶之
205721-0